La mariée de Willow Creek

Du même auteur
aux Éditions J'ai lu

Une épouse de trop, *J'ai lu* 4106
Chasseuse de primes, *J'ai lu* 4319
Aventurières de l'amour, *J'ai lu* 4608
Le serment de Jenny Jones, *J'ai lu* 5212
Mises au défi, *J'ai lu* 5356
Libérée sous caution, *J'ai lu* 5644
Chercheuse d'or, *J'ai lu* 5923
Les trois rebelles, *J'ai lu* 6071

Maggie Osborne

La mariée de Willow Creek

Traduit de l'américain par Nicole Ménage

J'AI LU

Titre original :

THE BRIDE OF WILLOW CREEK
An Ivy Book,
published by The Ballantine Publishing Group,
a division of Random House, Inc., New York

1

Lorsque Sam émergea du saloon, une traînée âcre de fumée et de suie flottait dans l'air. Il avait raté l'arrivée du train.

Seigneur! Pourquoi fallait-il qu'il soit en retard juste aujourd'hui?

À cause de son avocat, bien sûr. Cet incapable qui ne connaissait pas la ponctualité. S'il avait eu pignon sur rue, il aurait au moins eu un bureau avec probablement une pendule accrochée au mur sur laquelle il aurait pu surveiller l'heure. Mais il préférait rencontrer ses clients au *Gold Slipper*. D'accord, lui-même avait oublié sa montre de gousset, ce qui n'avait rien arrangé. Ces derniers temps, le sort semblait s'acharner contre lui.

Elle serait furieuse qu'il n'ait pas été là pour l'accueillir à la descente du train. Leurs retrouvailles ne commençaient pas sous les meilleurs auspices, si toutefois il pouvait parler de «retrouvailles».

Sam ralentit le pas en traversant Fifth Street. Il ne restait qu'une seule personne sur le quai. Au moins, il n'avait plus à se demander avec angoisse s'il allait la reconnaître au bout de dix ans.

L'Angelina Bertoli dont il avait gardé le souvenir était une toute jeune fille plutôt maigrichonne, et il aurait juré qu'elle était plus petite. C'était aujourd'hui une femme aux formes séduisantes, mais il l'aurait reconnue entre mille. À vrai dire, et cela l'ennuyait considérablement, s'il l'avait rencontrée pour la première fois, il l'aurait trouvée fort attirante.

Tandis qu'il se dirigeait vers elle à grandes enjambées, il nota des détails qui ravivèrent sa mémoire. La lourde masse de cheveux auburn noués sur la nuque. La courbe sensuelle des lèvres. Le doux ovale du visage. Cette vitalité teintée d'impatience et de curiosité qui donnait l'impression qu'elle était en mouvement, alors même qu'elle demeurait immobile, son petit sac serré contre elle.

Quand elle posa les yeux sur lui, il se rappela qu'ils étaient si sombres qu'ils en paraissaient presque noirs. En revanche, il avait oublié à quel point ils étaient expressifs. En cet instant, il n'y retrouva ni la tendresse, ni l'amour, ni l'émoi qu'il y décelait si souvent jadis, mais l'éclat d'une colère qu'aucun sourire conciliant ne venait adoucir.

— Sam Holland?

Elle semblait l'avoir reconnu, mais une imperceptible nuance de doute trahissait son étonnement devant les changements survenus en lui, notamment ses cheveux, qu'il avait laissés pousser et retenait en catogan avec un lien de cuir. Il paraissait plus que ses vingt-huit ans à cause de sa peau tannée par le grand air, et peut-être avait-il grandi et forci lui aussi. Elle s'attendait peut-être à le voir en costume, comme la dernière fois.

Il avait bien songé à en mettre un, puis s'était finalement décidé pour un pantalon en denim et une chemise en flanelle. Il n'était pas là pour jouer les élégants mais pour lui faire des adieux définitifs.

Plus tard, il comprit que la question d'Angie était de pure forme. Elle ne l'aurait pas frappé si elle ne l'avait reconnu au premier regard.

Il ne vit rien venir. Les yeux fixés sur la montagne de bagages empilés autour d'elle, sacs, boîtes, malles, il se demandait comment elle pouvait avoir besoin de tant de choses pour une seule nuit quand il reçut son poing en pleine figure. Les yeux écarquillés de stupeur, il se tâta la mâchoire comme pour vérifier que toutes ses dents étaient bien en place.

Il n'en revenait pas. Elle l'avait frappé en public, et avec une violence telle qu'il en avait perdu l'équilibre !

Il jeta un coup d'œil inquiet dans Bennet Street, une rue très passante. Les commérages allaient bon train dans les petites villes comme Willow Creek. Demain, tout le monde saurait que Sam Holland avait offensé une femme.

— Il y a des années, je m'étais promis que, si je te revoyais un jour, je me ferais un plaisir de te casser la figure, martela-t-elle en se tenant le poignet. J'espère y être parvenue !

— Seigneur, ça commence bien ! murmura-t-il.

— À quoi t'attendais-tu ? siffla-t-elle, le regard dur, les joues en feu.

Par prudence, Sam se plaça hors de sa portée.

— Nous aurons tout le temps de parler du passé, répliqua-t-il. Mais l'endroit est mal choisi. Où es-tu descendue ? Au *Continental* ou au *Congress* ?

— Je n'ai rien retenu.

De mieux en mieux...

— Dans ce cas, nous avons un problème. Le combat Morgan contre Fitzgerald a lieu ce soir. Il n'y a plus une chambre de libre dans toute la ville.

Et vu la façon dont les choses se présentaient, il allait devoir renoncer au plaisir d'y assister lui-même.

— J'ai eu la faiblesse de croire que tu t'occupais de tout après avoir reçu mon télégramme, jeta-t-elle avec mépris.

Autrement dit, même un minable tel que lui aurait pu avoir la courtoisie d'y songer, traduisit-il.

Était-ce le soleil ou le feu de la colère, mais il avait l'impression de bouillir.

— Le temps des illusions est révolu, Angie. C'est toi qui as eu l'idée de venir, je ne t'ai rien demandé cette fois.

À la satisfaction de Sam, elle tressaillit.

— Ton père n'avait qu'à prendre les dispositions nécessaires, ajouta-t-il.

— Mon père est mort il y a six semaines, rétorqua-t-elle d'un ton tranchant, comme si elle l'en tenait pour responsable.

Bon débarras ! faillit-il lancer. Mais il opta pour l'hypocrisie.

— Je suis désolé, mentit-il, songeant qu'ils ne pouvaient s'attarder indéfiniment sur ce quai sans risquer d'attirer l'attention, si ce n'était déjà fait.

Et puis, il fallait résoudre le problème de son hébergement. Il avait beau retourner le problème dans sa tête, il ne voyait qu'une solution.

— Je crains que tu ne sois obligée de passer la nuit chez moi, reprit-il, sans prendre la peine de dissimuler son peu d'enthousiasme.

— Si cela te dérange à ce point, tu n'as qu'à m'abandonner ici. Ce ne serait pas la première fois !

Elle croyait qu'*il* l'avait abandonnée ? *Lui* ? Il la regarda, incrédule. Il s'était trompé sur toute la ligne en pensant qu'elle n'avait pas beaucoup changé. L'Angelina Bertoli qu'il avait connue était une jeune fille douce, docile, souriante. Le genre de fille incapable de prononcer un mot dur. Du moins était-ce l'image qu'il avait conservée d'elle. Il aurait éclaté de rire si on lui avait dit qu'un jour, elle deviendrait acariâtre, hargneuse et irascible. Et jamais il n'aurait cru qu'un membre du sexe faible puisse lui inspirer des sentiments aussi amers. Pas plus tard que le matin même, il était convaincu qu'ils n'éprouvaient plus l'un pour l'autre qu'une indifférence cordiale.

Il héla un porteur et lui proposa quelques pièces pour qu'il se charge des bagages à sa place. Albie

Morris marchanda et ils tombèrent d'accord sur une somme légèrement revue à la hausse.

Une autre question se posait maintenant à Sam. Où emmener Angie ? Ils devaient parler, certes, mais pas chez lui. Aucun des saloons de la ville ne convenait à une dame, et en raison du combat de boxe, tous les endroits respectables étaient pris d'assaut.

— Et maintenant ? demanda-t-elle en surveillant Albie qui hissait ses affaires sur un chariot. Allez-y doucement avec les malles !

— Je connais un établissement, dit Sam.

Il s'agissait d'une nouvelle pâtisserie dont Molly Johnson lui avait parlé. Avec un peu de chance, il n'y aurait pas grand monde, quoique, si la chance avait été de son côté, il n'en serait pas à régler des problèmes qui auraient dû l'être des années auparavant. Il serait riche, débarrassé de ses ennuis juridiques, de ses soucis et... de cette femme.

Mais Sam n'était pas né sous une bonne étoile. Angie et lui n'échangèrent pas un mot de tout le trajet, et il découvrit en arrivant que la propriétaire de la pâtisserie n'était autre que Mme Finn. Un détail que Molly Johnson avait négligé de lui préciser. Demain, le nom de Sam Holland serait sur toutes les lèvres.

Avisant des tables en terrasse donnant sur le jardin de derrière, il salua les quelques clients présents et entraîna sa compagne à travers la pièce en priant pour ne pas attirer l'attention de la patronne. Peine perdue. Dès qu'elle le vit, Mme Finn fondit sur lui.

— Bonjour, monsieur Holland ! s'écria-t-elle avec son plus beau sourire tandis que son regard s'attardait sur Angie. Cela fait une éternité que je ne vous ai vu.

Et voilà ! Il avait espéré qu'Angie repartirait de Willow Creek incognito, mais c'était raté.

Sa colère grimpa d'un cran. Pourquoi ne s'était-elle pas contentée de lui écrire ? Pourquoi avait-il fallu qu'elle vienne ranimer les vieilles douleurs et les ressentiments ? Pour le mettre dans une position délicate devant toute la ville ?

La mort dans l'âme, il présenta Sarah Finn à Angie, puis, serrant les dents, ajouta :

— Et voici Mme Holland. Ma femme.

À l'étonnement qui se peignit sur les traits de Mme Finn, Angie comprit que les gens de Willow Creek ignoraient que Sam était marié. À Chicago, en revanche, tout le monde savait qu'elle était mariée mais vivait seule. Visiblement, lui avait préféré garder secrète cette humiliante situation. Elle serra son sac à main si fort que les jointures de ses doigts blanchirent sous ses gants.

— Eh bien, pour une surprise… murmura Mme Finn en examinant Angie avec une fascination grandissante. Nous avons donc une noce à célébrer !

— Je crains que non. Hier, c'était l'anniversaire de nos dix ans de mariage, rectifia Angie.

Et tant mieux si cette révélation embarrassait Sam.

Mme Finn en demeura bouche bée. Parfait. Si cette femme était une pipelette, comme elle l'espérait, les petites cachotteries de Sam seraient de notoriété publique dans l'heure qui suivait.

— Apportez du café et des gâteaux pour Mme Holland, intervint Sam. Nous nous installerons dehors.

Sur ce, il agrippa le bras d'Angie sans douceur et l'entraîna vers la porte-fenêtre. Ainsi, il était en colère. Cela tombait bien, car elle l'était aussi, et bien plus qu'elle ne l'avait prévu.

Peu de temps avant la mort de son père, elle avait confié à Peter De Groot qu'elle ne pensait plus à Sam, et c'était vrai. Elle avait fini par ne plus évoquer son souvenir qu'en de rares occasions, quand il écrivait à son père pour l'informer qu'il changeait d'adresse, par exemple.

Jusqu'à ce qu'elle monte dans ce train qui reliait Chicago à Denver, elle croyait naïvement que le temps avait cautérisé ses plaies et adouci sa rancœur. Mais au fur et à mesure que la distance qui les séparait se réduisait, sa rage s'était ranimée pour atteindre son point culminant lorsqu'elle lui avait envoyé son poing en pleine figure. Seigneur, comment avait-elle osé faire une chose pareille ? Rien que d'y songer, elle s'empourpra d'embarras.

Mais le pire... oui, le pire, c'était qu'elle en avait éprouvé un certain plaisir, et qu'elle comptait bien recommencer. Si sa mère l'avait vue... Heureusement, la pauvre femme n'étant plus de ce monde, elle n'en saurait jamais rien.

— Quel besoin avais-tu de mettre Mme Finn au courant de nos affaires ?

Non, elle n'hésiterait pas à le frapper de nouveau.

— Notre anniversaire de mariage était-il censé rester secret ?

Sam se balança sur sa chaise. Devant eux, la ville s'étageait à flanc de colline en une succession de petites maisons plus ou moins délabrées, de tentes et de cabanes. La plupart des trembles et des épicéas avaient été abattus pour construire les habitations, et seuls quelques rares spécimens destinés à procurer un peu d'ombre avaient échappé à la hache. Cette nudité donnait à l'ensemble une apparence incertaine, comme si rien n'en garantissait la permanence. Au-delà, les sommets couronnés de blanc impressionnèrent Angie. Elle n'était pas habituée à voir de la neige en avril. Elle reporta son attention sur le profil dur de Sam.

Il avait ôté son chapeau, et elle découvrait ses cheveux bruns attachés sur la nuque. Les hommes ne les portaient pas longs à Chicago, et elle ne savait trop qu'en penser. Elle avait l'impression de se retrouver face à un étranger, et sa peau tannée ainsi que les petites rides autour de ses yeux ne faisaient qu'accentuer ce sentiment. Elle avait gardé gravée dans sa mémoire l'image du jeune homme de dix-huit ans qu'elle avait connu. À l'époque, il portait la moustache, alors qu'aujourd'hui, elle pouvait admirer le dessin harmonieux de ses lèvres.

Contre toute attente, elle dut admettre que ce style inhabituel et quelque peu exotique l'attirait secrètement. L'idée était cependant si dérangeante qu'elle préféra ne pas s'attarder sur la forme de sa bouche, la largeur de ses épaules, les lignes ciselées de son visage, le timbre profond de sa voix. Ou sur quoi que ce soit d'autre qui fût susceptible de la charmer.

Elle baissa la tête sur le croissant que Mme Finn avait posé devant elle.

— Je veux divorcer, Sam.

Il hocha la tête, le regard perdu au loin.

— Je m'en doutais. J'attends cela depuis des années. Tu peux entamer la procédure, je ne m'y opposerai pas.

Elle serra les lèvres, contenant sa colère. Il ne lui facilitait pas la tâche.

— Je l'aurais fait et je me serais contentée de t'en informer par courrier si j'en avais eu les moyens mais... en vérité, il faudrait que tu paies les frais.

Ce n'était pas le moment de laisser sa fierté entraver sa résolution, mais la démarche était si difficile que sa voix n'était plus qu'un murmure.

— Je ne peux ni me permettre de prendre un avocat ni subvenir à mes besoins en attendant que le divorce soit prononcé.

Là-bas, à Chicago, son père devait se retourner dans sa tombe à l'idée que sa fille en soit réduite à admettre son dénuement et à demander l'aide de Sam Holland.

Quand il se décida enfin à tourner les yeux vers elle, elle ne vit aucune douceur dans les prunelles d'un bleu lumineux qui lui rappelait celui du lac Michigan, ou la couleur que prend le ciel au crépuscule juste avant de sombrer dans l'indigo.

Son silence prolongé acheva de la mettre mal à l'aise, et elle comprit qu'elle avait été bien naïve de croire que Sam accepterait sans poser de questions.

— Ma mère est morte il y a un an des suites d'une longue maladie dont j'ignorais le coût exorbitant. À la mort de papa, j'ai trouvé un tiroir plein de factures impayées. Même notre maison était hypothéquée.

Tout en parlant, elle détachait des petits bouts de croissant et les roulait en boule qu'elle posait sur le bord de son assiette. Son père avait d'abord vendu le cabriolet et les chevaux. L'argenterie avait suivi, puis Mme Dom avait cessé de venir faire le ménage. Devinant alors à quel point leur situation financière s'était dégradée, Angie avait essayé d'aborder le sujet avec son père, mais trop orgueilleux pour admettre sa déchéance, il s'était énervé et la discussion n'avait rien donné. Elle n'avait découvert la vérité qu'à sa mort, quand elle s'était retrouvée sans un sou.

— Si j'ai bien compris, tu veux que je paie le divorce et que je subvienne à tes besoins jusqu'à ce qu'il soit prononcé, ce qui devrait prendre disons... un an.

— Cela n'a rien d'extravagant. Dois-je te rappeler que tu ne m'as pas donné un centime pendant ces dix années où nous avons été mariés ?

— Au cas où ta mémoire serait défaillante, ton père m'a clairement indiqué qu'il comptait s'occuper de toi comme il l'avait toujours fait, avant de m'inviter à disparaître. Mais peut-être n'a-t-il dit tout cela qu'après que tu m'as planté là ?

— Quoi ? s'étrangla-t-elle, ulcérée. Tu es en train d'insinuer que c'est *moi* qui t'ai quitté ?

Elle n'en revenait pas.

— Parce que ce n'est pas le cas ? Nous avions convenu d'annoncer à tes parents que nous étions mariés avant d'aller au *Grand Hôtel*. C'est toi qui hésitais sous prétexte qu'ils seraient bouleversés. Moi, comme un idiot, j'ai cru que nous affronterions ton père ensemble et que nous repartirions *ensemble*. Jamais je n'aurais imaginé que tu quitterais la pièce avant de disparaître complètement de ma vie !

— Ce n'est pas juste ! Je suis sortie du salon parce que mon père m'avait ordonné de monter dans ma chambre.

— Pour l'amour du Ciel, Angie ! Tu étais une femme mariée, avec ton mari à tes côtés !

— J'avais seize ans et j'étais habituée à obéir à mon père ! Tu le savais. Pourquoi ne m'as-tu pas pris la main pour me soutenir ? Pourquoi ne m'as-tu pas aidée à lui tenir tête ? Et puis, tu n'as pas tenté de me retenir que je sache !

— Je souhaitais peut-être être épaulé moi aussi. Ton père m'accusait de t'avoir séduite, d'avoir volé ton innocence. Il m'a dit que je n'étais pas digne de toi, que je serais toujours un minable… et où étais-tu pendant tout ce temps ? Si tu avais été là pour le détromper, il m'aurait sans doute cru quand j'ai nié avoir profité de toi.

— Tu n'avais qu'un mot à dire et je serais restée près de toi.

— Et comment aurais-je pu le deviner ? Tu as éclaté en sanglots et tu es partie en courant. Je ne doutais pas que tu reviendrais, ajouta-t-il en haussant les épaules. Après tout, nous étions mariés. Nous avions décidé de vivre ensemble, de construire notre avenir ensemble. Mais toi, tu t'es volatilisée et ton père m'a chassé comme un malpropre.

Il se pencha vers elle et ajouta :

— Je t'ai attendue dehors pendant trois heures. *Trois heures*.

— Je pensais que tu viendrais me chercher et que nous partirions ensemble. Tu aurais dû le faire.

— Malgré ton père qui me barrait le chemin ? Dans sa propre maison ?

Sam secoua la tête et se laissa aller contre le dossier de sa chaise.

Le silence tomba entre eux, mais la colère sourdait. Angie s'étonnait de l'intensité de ses émotions. C'était comme s'il l'avait abandonnée la veille, et pas dix ans plus tôt. Le choc, la blessure, le désespoir étaient là, intacts. Infiniment douloureux. Comment avait-elle pu croire qu'il lui serait indifférent ? En le revoyant, elle revivait l'agonie de cette nuit terrible où il était parti sans elle.

S'exhortant au calme, elle s'efforça de contenir le tremblement de ses mains, et s'irrita de constater qu'elle y parvenait mal.

— Cela ne sert à rien de revenir là-dessus, dit-elle.

Durant toutes ces années, il lui avait paru évident que Sam était le seul responsable de ce fiasco, et qu'il le savait. À aucun moment il ne lui était venu à l'esprit qu'il puisse rejeter la faute sur elle. S'il le prenait ainsi, elle aurait beaucoup à dire. Elle jugea cependant préférable de s'en abstenir. Elle n'avait pas fait tous ces kilomètres pour régler des comptes.

— Je suis venue jusqu'ici avec le peu d'argent qui me restait. Je n'avais pas le choix. Nous avons commis une erreur en ne divorçant pas plus tôt. Le moment est venu de la corriger.

Il devrait subvenir à ses besoins en attendant, il n'y avait pas d'autre solution. Au lieu de le lui proposer immédiatement, il lui demanda :

— Pourquoi n'as-tu pas entamé la procédure pendant toutes ces années ? Je ne comprends pas.

Comme elle ne répondait pas, il fronça les sourcils.

— Angie ?

— J'ai entendu. Je me suis d'abord dit que mon père me laisserait partir dans l'Ouest avec toi s'il pensait que... enfin... s'il me croyait enceinte.

En d'autres termes, sans savoir ce qu'elle faisait, elle avait laissé son père croire que Sam l'avait réellement séduite.

Celui-ci hocha la tête en silence et tourna le regard vers la vallée.

— Au bout de quelques mois, quand il a compris que je n'attendais pas d'enfant, il a songé à faire annuler le mariage. Mais les gens savaient déjà que j'étais mariée.

Son alliance était devenue une corde enroulée autour de son cou.

— Ma mère était horrifiée à l'idée d'un divorce et du scandale qui en découlerait, poursuivit-elle. Elle trouvait plus facile d'expliquer que j'attendais de te rejoindre. Puis, peu à peu, les gens ont cessé de poser des questions sur mon mari.

Elle façonna une nouvelle boule de croissant avant de lancer :

— Et toi ? Pourquoi n'as-tu pas entamé la procédure ? Chaque fois qu'une enveloppe arrivait avec ton nom dessus, j'espérais qu'il s'agissait des papiers.

— Un gentleman ne prend pas de telles initiatives. Il laisse sa femme requérir le divorce, quelles que soient les circonstances. Voilà pourquoi j'ai toujours tenu ton père au courant de mes changements d'adresse au fil des ans.

À une époque, Angie avait craint que Sam ne l'humilie en demandant le divorce. Puis, lorsqu'elle avait pris conscience de la vie de solitude et d'ennui qui l'attendait, la honte et le scandale lui avaient paru un faible prix à payer pour retrouver sa liberté et la possibilité de recommencer son existence.

— Bon, dit-elle enfin. Nous voilà maintenant dix ans plus tard. Dix années perdues.

Comme il ne répondait pas, elle s'essuya les mains sur sa serviette et enchaîna :

— Je suppose que tu es aussi impatient que moi de te libérer de ces chaînes.

Sam jeta un coup d'œil vers la porte-fenêtre.

— Dommage que Mme Finn ne vende pas d'alcool, j'aurais bien besoin d'un verre. Pour être franc, je désire ce divorce autant que toi. En vérité, je t'en ai voulu de ne pas l'avoir demandé plus tôt.

Il plongea son regard dans le sien avant d'ajouter :

— Nous allons divorcer, Angie, mais cela prendra du temps. J'aurais vraiment aimé faire mentir ton père en t'apprenant que j'avais réussi au-delà de mes rêves les plus fous. Ce n'est pas le cas.

Un rayon de soleil éclaira son visage de face. À sa grande stupeur, Angie s'aperçut qu'il la troublait autant qu'autrefois. Le jeune homme dont elle était tombée amoureuse était devenu un homme qu'elle ne reconnaissait pas, un étranger infiniment séduisant mais dur et… dangereusement attirant.

Exaspérée, elle se concentra sur ce qu'il lui disait : il n'avait pas les moyens de l'entretenir et de payer le divorce. Elle reporta son attention sur les flancs des montagnes percés de mines en activité.

— En dix ans tu n'as pas trouvé d'or ?

— Je ne suis à Willow Creek que depuis deux ans. Avant, j'ai prospecté dans des mines d'argent sans grand succès. Entre-temps, j'ai travaillé dans la construction à Colorado Springs.

Malgré elle, Angie songea que son père n'avait pas tout à fait tort. Sam n'était pas arrivé à grand-chose.

Comme s'il lisait dans ses pensées, son visage se colora légèrement.

— Je ferai bientôt fortune, j'en ai la conviction. En attendant, je mange à ma faim et j'ai un toit.

— Inutile de te justifier, je n'ai rien dit.

Ce n'était pourtant pas l'envie qui lui en manquait. Elle aurait aimé le blesser comme il l'avait blessée. Une réaction stupide. Tant de temps avait passé. Elle prit une profonde inspiration.

— Alors, quand penses-tu être en mesure de régler les frais de ce divorce ?

— Je ne sais pas. Même si je décrochais la timbale demain, j'ai d'autres priorités. Je suis désolé, Angie, mais il se trouve que j'ai certaines responsabilités.

Tandis que le silence s'installait de nouveau entre eux, la jeune femme comprit qu'elle avait eu tort de s'imaginer que sa vie prendrait un tour nouveau dès qu'elle reverrait Sam. Elle avait caressé l'espoir qu'il accepterait sa requête et qu'elle repartirait avec suffisamment d'argent pour recommencer de zéro.

Elle ravala tant bien que mal les larmes de frustration qu'elle sentait perler au bord de ses paupières.

— Et que suis-je censée faire en attendant que tu trouves de l'or ? Où vais-je vivre ? Où puis-je aller ?

Il jura entre ses dents.

— Tu m'excuseras, mais je ne peux te proposer de t'installer dans ma résidence secondaire. J'aurais préféré, s'empressa-t-il d'ajouter comme elle s'apprêtait à l'interrompre. Mais… je n'ai pas les moyens d'en avoir une. Alors, je ne vois qu'une solution. Il te faudra vivre avec moi tant que je n'aurai pas de quoi réparer nos erreurs.

— C'est hors de question.

— Si tu as une meilleure idée, je t'écoute.

Elle n'en avait pas. Sans argent, ils étaient coincés. Elle devrait attendre pour commencer sa nouvelle vie. Cette fois, ce furent des larmes de rage qu'elle refoula.

— Sais-tu seulement ce que c'est que d'être mariée sans l'être ? De voir ses amies heureuses de fonder une famille ? Pendant que d'autres femmes tenaient leur maison et élevaient leurs enfants, moi, je restais assise au salon à broder un nombre incalculable de napperons et de taies d'oreiller. En fin d'après-midi, je regardais par la fenêtre les voitures qui ramenaient les uns et les autres dans leur foyer. J'imaginais tous ces époux se retrouvant autour de la table du dîner tandis que je m'étiolais chez mes parents. J'ai tellement attendu, Sam ! Combien de temps devrai-je encore patienter avant d'entamer enfin une vie qui vaille la peine d'être vécue ?

— Je ne peux pas te répondre, répondit-il en fermant brièvement les yeux. Je suis désolé que les choses se soient passées ainsi. Si je pouvais les changer, je le ferais.

Une fois de plus, Angie eut envie d'ôter son alliance et de la jeter le plus loin possible. Cette bague lui avait apporté une heure de bonheur pour dix ans de malheur.

— Sam, il n'y a vraiment pas d'autre solution ? Nous sommes obligés de vivre ensemble pendant Dieu sait combien de temps ?

Il se leva soudain et jeta quelques pièces sur la table.

— Je t'éviterai le plus possible, déclara-t-il. Et ne t'inquiète pas pour ton honneur. Tu ne risques rien avec moi.

Cette question ne lui avait pas effleuré l'esprit. Y penser la fit rougir et elle se demanda si elle devait le remercier de la rassurer sur ce point ou s'en offenser. Quel besoin avait-il de lui préciser une chose qui lui semblait évidente ?

Il remit son chapeau en la regardant de travers.

— Cette situation ne me plaît pas plus qu'à toi. J'espérais que tu venais m'annoncer que tu demandais le divorce et que tu repartirais avant que qui que ce soit n'apprenne qui tu es. Au lieu de ça, je me retrouve avec une nouvelle bouche à nourrir. Je sais, je ne me comporte pas en gentleman. Tu penses que je te dois bien cela, et tu as peut-être raison, mais nos routes se sont séparées depuis trop longtemps. Il y a dix ans, je n'étais pas digne de toi, et maintenant que tu es dans le besoin, je le suis soudain assez pour te prendre en charge. Avoue que c'est un peu difficile à avaler !

— Je n'ai jamais dit une telle chose ! C'est mon père.

— Mais tu l'as cru, sinon tu m'aurais suivi.

Il n'y avait pas de réponse simple à cette accusation et elle ne chercha pas à lui en offrir une. Les vieilles questions attendraient. Pour l'heure, elle avait d'autres problèmes à résoudre.

Sans lui laisser le temps de tenir sa chaise, elle se leva et se dirigea vers la porte. Le regard intrigué de Mme Finn les suivit comme ils passaient devant le comptoir. La patronne n'avait pas entendu leur conversation mais elle ne s'était pas gênée pour les observer à travers la vitre.

— De quel côté ? s'enquit Angie, une fois dans la rue.

— Vers le bas.

Toutes les rues descendaient depuis la gare et celle où ils se trouvaient, Carr Street, semblait être la rue principale. Aucune voie n'était pavée ni pourvue de lampadaires. Quant à l'entretien, il laissait fort à désirer. Des nuées de mouches bourdonnaient autour d'amas de crottin de cheval vieux de plusieurs jours. Non loin, quelqu'un faisait brûler des ordures, répandant dans la ville une fumée nauséabonde. Angie se pinça les narines.

Le long des trottoirs, les petites maisons de bois ressemblaient à des cabanes comparées aux belles demeures en brique de Chicago. Ici, les mauvaises herbes et les fleurs sauvages envahissaient les jardinets, alors que chez elle, les pelouses étaient tondues et les parterres de fleurs soigneusement entretenus. Les hommes ressemblaient aux pirates d'antan avec leurs cheveux longs. Les pâtisseries n'offraient que des croissants et des pains au lait. Chicago lui manquait déjà terriblement. Les larmes aux yeux, elle décida qu'elle détestait cette ville.

— C'est ici, annonça Sam.

Ils s'arrêtèrent devant une maisonnette plus petite que l'abri à voitures situé derrière la maison d'Angie. Comment pourraient-ils s'éviter dans une habitation aussi minuscule ? En revanche, elle semblait bien plus soignée que celles qui l'entouraient, c'était toujours ça.

Angie contourna la pile de bagages que Albie Morris avait déjà déposés dans la cour et attendit en silence que Sam ouvre la porte.

En façade, les planches étaient disposées verticalement, tandis qu'à l'intérieur elles étaient placées horizontalement. Une toile tendue au plafond incliné en assurait l'étanchéité.

À son grand soulagement, elle repéra tout de suite qu'il y avait deux chambres de part et d'autre d'une pièce principale servant à la fois de cuisine, de salle à manger et de salon. Pendant que Sam transportait ses bagages à l'intérieur, elle examina les lieux.

Elle fut surprise de découvrir des rideaux fleuris ornant la fenêtre au-dessus de l'évier, un vase de pissenlits sur la nappe recouvrant la table, un tapis bordé d'un galon. Ces efforts de décoration destinés à atténuer la rudesse de l'ensemble l'étonnèrent de la part d'un célibataire aussi viril que Sam. Et puis, tout était parfaitement propre, alors qu'elle l'imaginait vivant dans un intérieur négligé et en désordre.

Après avoir déposé la dernière malle, Sam s'approcha de l'évier.

— Ce n'est pas le confort auquel tu es habituée, mais il y a l'eau courante, fit-il en désignant la pompe.

Et les murs sont soigneusement isolés. La cuisinière fonctionne bien, et il y a un cellier à l'extérieur.

Il semblait attendre un commentaire, mais que dire de ce logis exigu qui était à peine plus qu'un abri contre les intempéries ? Où prenait-on son bain ? Où s'installer pour les veillées du soir ? Où s'isoler pour trouver un peu d'intimité ? Elle deviendrait folle si elle devait vivre longtemps dans un tel endroit, mais ce n'était sûrement pas ce qu'il avait envie d'entendre.

Soudain, la porte de derrière s'ouvrit et deux petites filles vêtues de robes poussiéreuses et de chaussettes sales et distendues firent irruption dans la pièce. Elles se précipitèrent sur Sam.

— Tu rentres tôt, pour une fois !

— Un monsieur a laissé une pile de bagages dehors, mais Mme Molly dit qu'on ne doit pas y toucher.

— Les filles ? dit Sam avec un sourire tout en essayant gauchement de lisser leurs chevelures emmêlées. Nous avons une invitée.

Elles se turent dès qu'elles s'avisèrent de la présence d'Angie. Appuyées contre Sam, elles inspectèrent l'intruse avec des yeux gris identiques, curieux et vifs.

— Voici Angie, continua Sam. Elle va rester quelque temps avec nous.

Levant la tête vers la jeune femme muette de stupéfaction, il ajouta :

— Angie, je te présente mes filles.

2

— Voici Lucy, sept ans, enchaîna Sam en couvrant la petite tête blonde de sa main. Et Daisy, cinq ans.

Angie ouvrit et referma la bouche comme si elle manquait d'air. Sam devinait qu'elle n'allait pas tarder à entrer en éruption. S'accroupissant, il observa ses filles de plus près, et constata qu'elles étaient particulièrement dépenaillées.

— Que diable avez-vous fait après l'école pour vous mettre dans un état pareil ?

Lucy coula un regard vers Angie, puis essaya vainement de frotter une tache sur sa robe avant de murmurer :

— On a fait une course dans Golden Avenue.

— C'est Lucy qui a gagné, déclara solennellement Daisy.

Ce genre de situation le laissait perplexe, car elle soulignait toute la difficulté qu'il y avait pour un homme d'élever des filles. Devait-il féliciter Lucy d'être capable de dévaler une pente plus vite que tout le monde ? Ou bien lui reprocher de se conduire comme un garçon manqué et de se salir ?

— Je suis content que tu aies gagné, dit-il finalement. Je dois discuter avec Angie, alors si vous voulez bien retourner chez Mme Molly et lui demander de vous faire dîner ? Je vous verrai quand vous aurez mangé, et nous parlerons.

Lucy mit ses petites mains en coupe autour de sa bouche et s'approcha de l'oreille de son père :

— Elle va rester longtemps avec nous, la dame ?

— Je te le dirai plus tard. Allez-y, à présent.

Les fillettes se dirigèrent vers la porte non sans avoir jeté un dernier regard à Angie. Sam attendit un instant, puis risqua un œil dehors. Elles étaient là, près du porche.

— On n'écoute pas aux portes, se fâcha-t-il. Allez ! Oust !

Elles coururent en riant vers la maison voisine, mais Sam attendit un instant, pour s'assurer qu'elles étaient bien avec Molly.

— Le dîner est prêt, lui lança celle-ci de la cour, les yeux brillant de curiosité. Viens les chercher quand tu veux.

— Merci.

La présence d'Angie devait en intriguer plus d'un. Il allait lui falloir fournir quelques explications. De plus, quelqu'un l'avait sûrement vue le frapper à la gare, et à l'heure qu'il était, Mme Finn racontait sûrement à qui voulait l'entendre que Sam Holland était marié depuis dix ans.

Quand il rentra, Angie était assise à la table de la cuisine, livide.

— Je ne parviens pas à y croire, dit-elle. Une première question s'impose : où est la mère de tes filles ?

Ses yeux se posèrent sur les rideaux fleuris, et elle ajouta froidement :

— J'imagine que celle qui vit avec mon mari ne va pas tarder à faire son entrée ?

— Laura est morte d'une pneumonie il y a un an.

Sam s'approcha de la cuisinière, remua le charbon et mit la cafetière au chaud.

— Je ne sais pas quoi dire, reprit-elle. Comment as-tu pu faire une chose pareille ?

Il y avait des douzaines de réponses possibles, mais toutes entraînaient des explications et des justifications.

— Qu'est-ce que tu veux savoir exactement ? Autant me le demander tout de suite, je n'ai pas envie de parler de Laura devant mes filles.

— Est-ce que tu l'aimais ?

— Oui.

— Salaud ! murmura-t-elle d'une voix tremblante. Quand je pense que j'ai vieilli seule à Chicago pendant toutes ces années alors que toi tu... tu vivais ta vie !

Elle tendit la main vers le vase de fleurs, comme pour le lui jeter à la figure, puis elle se ravisa et prit une profonde inspiration.

— Savait-elle que j'existais ?

— Oui.

Toute sa vie, il regretterait de n'avoir pu épouser Laura.

Angie avait gâché sa jeunesse parce qu'elle était incapable de se libérer de l'emprise de ses parents et que Mme Bertoli redoutait le scandale plus que tout au monde. Du coup, il n'avait pu épouser Laura, qui avait rompu avec les siens à cause de lui. Elle méritait mieux, et jusqu'à la fin de ses jours il s'en voudrait de n'avoir pu lui passer la bague au doigt.

— Cela ne la dérangeait pas de vivre dans l'adultère avec un homme marié ? jeta Angie d'une voix acerbe.

Sam agrippa fermement le bord de l'évier.

— Laura Govenor était une femme honnête et respectable. Tu ne la connaissais pas, alors rien ne t'autorise à la juger. Bien sûr qu'elle aurait préféré que ma situation soit résolue et que je puisse l'épouser, mais elle a eu le courage de suivre son cœur.

Il n'ajouta pas *elle* mais ce fut tout comme.

— Elle affirmait que seul notre bonheur comptait pour elle, que cela lui était égal.

Ce qui n'était pas le cas de Sam.

— As-tu jamais pensé que cela pouvait ne pas m'être égal, à moi? s'enflamma Angie.

— Après que ton père m'eut jeté dehors, je t'ai écrit six lettres dans lesquelles je te suppliais de venir dans l'Ouest avec moi. Je sais que tu les as reçues puisque je les ai données à Mme Dom, la femme de ménage de tes parents. Tu m'as même répondu une fois, pour me dire que ton père n'accepterait jamais que tu quittes Chicago. Tu as fait ton choix, Angie, et, effectivement, j'en ai conclu que ce que je pouvais faire de ma vie ne t'intéressait pas. Ton attitude a été claire, non?

La colère qui l'animait le surprit. Elle n'était pas causée par ses regrets de n'avoir pu légaliser sa situation avec Laura mais par l'évocation de son premier amour, de sa première trahison, de sa première peine de cœur. Il lui tourna le dos, les mâchoires crispées, prit deux tasses sur l'étagère au-dessus de l'évier et y versa du café. Il les posa sur la table et s'assit en face d'elle.

Elle était si différente de la fine et délicate Laura. Angie avait un teint coloré, des traits fermes, elle était grande et suffisamment forte pour avoir failli l'assommer!

— Jamais je n'aurais cru pouvoir haïr quelqu'un, répliqua-t-elle d'une voix sourde. Mais je te hais, Sam. Quand je pense à toutes ces années perdues où… où je suis restée seule, et chaste, alors que toi…

— Que veux-tu que je te dise? Que j'ai eu tort? D'accord, je le reconnais. J'aurais dû partir dès que ton père m'a interdit de te courtiser, te dissuader de me voir en cachette et ne pas te demander de m'épouser. Je n'aurais pas dû suggérer que nous nous enfuyions ensemble ce dimanche après-midi. J'aurais dû t'emmener de force de la maison de ton père. C'est cela que tu veux entendre?

— Tu as vécu maritalement avec une femme et tu as eu deux enfants, l'accusa-t-elle.

— Et je ne te présenterai aucune excuse pour cela. Si j'ai des regrets aujourd'hui, c'est d'avoir perdu Laura sans avoir pu l'épouser et lui donner plus. Elle a été un rayon de soleil dans cette maison et dans ma vie. Et elle m'a donné Lucy et Daisy, et c'est ce qui pouvait m'arriver de mieux. Si c'était à refaire, Angie, je referais exactement la même chose, en mieux, si possible. Mais avec Laura.

Dans le silence qui suivit, il lutta contre sa colère tandis qu'elle ôtait lentement les épingles de son chapeau avant de les poser sur la table.

— J'imagine que tu sais déjà que tu t'es mal conduit, que tu n'as pensé qu'à toi, je m'abstiendrai donc de le souligner. Il m'est venu une pensée pendant que tu essayais de justifier ta conduite impardonnable.

Sam la fusilla du regard.

— Tu t'attends peut-être que je m'occupe de tes filles pendant mon séjour ici ?

Jusqu'à présent, il n'avait pas encore envisagé les détails pratiques de leur cohabitation.

— Cela me semble raisonnable, dit-il après réflexion. Ce serait ridicule que je continue à payer Molly Johnson pour veiller sur elles, faire la lessive et la cuisine, alors que tu vis ici. J'ai autre chose à faire de mon argent.

— C'est bien ce que je pensais, remarqua-t-elle d'un air maussade. Mais il y a une chose que tu dois savoir. Contrairement à toi, je n'ai aucune expérience des enfants. Heureusement que notre situation n'est que temporaire parce que je risque de commettre des erreurs.

— Si tu as des questions à poser, tu pourras toujours t'adresser à Molly. Elle habite juste à côté.

Angie haussa les sourcils.

— Parce que cette femme sait que j'existe ? Cela ne la gênait pas que tu vives ici avec Laura tout en sachant que tu étais marié ailleurs ?

— Molly Johnson est la bonté même, riposta-t-il en plissant les yeux. Je lui expliquerai qui tu es.

Il se souvint avec colère des parents de Laura qui le haïssaient parce qu'ils savaient pourquoi il ne pouvait épouser leur fille. Par égard pour Laura, il avait tenu à ce que tous les autres les croient mariés. À présent, Mme Finn n'ignorait plus qu'ils avaient vécu dans le péché, et il devrait l'expliquer à Molly. Toute la ville allait découvrir que Laura n'était pas une femme respectable et elle ne méritait pas ça. Son seul crime avait été de l'aimer.

Bien qu'il détestât les parents de Laura, ils ne méritaient pas non plus la honte qui ne tarderait pas à rejaillir sur eux quand il deviendrait de notoriété publique que leur fille s'était fourvoyée dans une liaison adultère. Heureusement, à Willow Creek, les ragots ne duraient pas. Les nécessités de la vie reprenaient vite le dessus. Seuls les Govenor mettraient plus de temps à surmonter le déshonneur qui avait sali leur nom. Ils tiendraient Sam pour responsable, l'accuseraient d'avoir corrompu leur fille et se serviraient d'Angie contre lui.

— Pourquoi a-t-il fallu que tu reviennes ? jeta-t-il en la toisant comme si elle avait été le diable en personne.

Cette accusation lui sembla vaguement injuste, car au fond, il était le seul à blâmer quant à la situation faite à Laura, mais en cet instant, la rage l'emportait.

Ils finirent leur café en silence tandis que le ciel s'embrasait des lueurs chatoyantes du couchant.

Sam finit par revenir au présent. Il se racla la gorge.

— Tu as faim ? Je peux aller en ville chercher de quoi manger.

Il en profiterait pour voir si le combat avait commencé. Il avait parié cinq dollars sur Mad Morgan et il ne pouvait se permettre de les perdre. L'espace d'un instant, il songea à laisser ses filles chez Molly, ce soir, comme il l'avait prévu. Mais il valait mieux ne pas envenimer une situation déjà suffisamment compliquée comme cela. Il devait d'abord parler aux petites.

— Je ne pourrais rien avaler.

Après une hésitation, elle enleva sa cape et la posa sur une chaise, comme si elle se résignait à l'inévitable : elle n'avait d'autre choix que de rester. Elle poussa un long soupir.

— Parle-moi d'elle. Comment était-elle ?

— Laura ?

— Évidemment ! Qui d'autre ?

Sam n'était pas un expert en psychologie, mais il devinait qu'Angie avait été profondément ébranlée, et il espérait que sa mauvaise humeur était due aux chocs successifs qu'elle venait de subir.

— Contrairement à toi, Laura n'était pas particulièrement jolie, mais sa douceur naturelle la rendait belle. Elle souriait tout le temps, trouvait toujours matière à se réjouir des choses les plus insignifiantes, même si, par ailleurs, la vie était dure.

Son regard se posa sur le vase de fleurs de pissenlit. C'était Daisy qui les avait cueillies, mais ç'aurait pu être Laura. Elle voyait de la beauté partout, même dans les mauvaises herbes.

— Elle était si petite et si menue qu'on avait l'impression qu'un coup de vent pouvait l'emporter. Mais elle était courageuse. Elle a eu le cran de se dresser contre ses parents pour mener la vie qu'elle avait choisie.

Il adressa à Angie un regard chargé de sous-entendus avant de poursuivre :

— Elle ne cherchait pas les conflits, au contraire. Elle voyait toujours le bon côté des choses. Je crois qu'elle n'a jamais dit un mot plus haut que l'autre. Jamais je ne l'ai vue jurer ou se mettre en colère. Pourtant, Dieu sait que je lui ai donné des raisons de se plaindre.

— En résumé, elle était tout ce que je ne suis pas.

La galanterie aurait voulu qu'il demeure silencieux, mais trop de ressentiments s'étaient accumulés en lui.

— On pourrait le dire ainsi, admit-il.

— Il fut un temps où j'aurais pu essayer de devenir une épouse gentille et accommodante, remarqua-t-elle en fixant sa tasse vide. Mais cette époque est révolue. J'ai grandi et j'ai appris que les hommes ne sont pas les créatures infaillibles qu'ils prétendent être. De plus, je suis italienne.

— Quel rapport avec ce que nous évoquons ?

— Ma mère était issue d'une famille anglaise, comme toi, fit-elle en lui lançant un bref regard avant de détourner les yeux, comme si sa seule vue l'offensait. Elle considérait les Italiens comme des êtres d'émotion, capables de mourir de peur devant un ver dans une pomme comme s'ils venaient de découvrir un assassin devant leur porte. Des êtres de démesure, comme mon père. Et sans doute comme moi. Du moins par moments. Je ne suis jamais allée dans mon pays d'origine et je ne connais pas un mot de la langue de mes ancêtres, mais leur sang coule dans mes veines. Voilà pourquoi je ne risque pas de devenir gentille et docile.

Dix ans plus tôt, il ne l'aurait pas crue, mais aujourd'hui, il n'en doutait pas.

— Je suis désolée de t'avoir frappé, Sam, mais tu le méritais, continua-t-elle comme il se touchait la mâchoire.

— De mon point de vue, les torts sont des deux côtés. Peut-être un peu plus nombreux du tien, si je peux me montrer franc.

Ses narines frémirent et elle ferma les yeux un long moment.

— Tout le problème est là, ajouta-t-elle. Mais je suis trop fatiguée pour poursuivre cette discussion...

Elle s'interrompit soudain et se redressa.

— Je suppose que l'une de ces chambres est celle de tes filles ?

Il comprit aussitôt les raisons de son appréhension.

— Tu prendras ma chambre. Je monterai ma vieille tente dans le jardin.

Cette solution lui paraissant raisonnable, elle hocha la tête. Sam ne partageait pas son avis. Si quitter sa maison ne le dérangeait pas quand la nécessité l'exigeait, dormir dehors quand son lit était à deux pas lui semblait plus que stupide. Il se rendit compte que sa vie allait changer, et pas dans un sens qui lui convenait.

— Eh bien, puisqu'il n'y a pas d'autre solution, dit-elle en se levant, le visage sans expression. Prends ce dont tu as besoin dans ta chambre. Je ne vais défaire que mon bagage pour la nuit. Je finirai le reste demain.

Elle secoua la tête avant d'ajouter :

— Tu ne peux imaginer combien je déteste cette situation.

Et moi donc ! faillit-il rétorquer. Dix ans plus tôt, il la désirait de tout son être alors qu'elle était inaccessible, et maintenant qu'elle ressurgissait dans sa vie, il aurait préféré qu'elle soit n'importe où ailleurs.

Un peu plus tard, balayant ses scrupules, Angie ne put s'empêcher d'écouter la conversation entre Sam et ses filles. Ils s'étaient installés sur les marches du perron, devant la porte de la cuisine, et elle pouvait les entendre si elle se tenait près de la cuisinière.

— C'est ta femme ? s'écria Lucy, surprise.

— Tu t'es marié pour de vrai? lança la petite voix plus flûtée de Daisy. Pourquoi on n'était pas au mariage?

— Il a eu lieu il y a très longtemps, répondit Sam d'un ton lugubre.

Il leur expliqua d'une manière plus ou moins détournée que leur mère et lui n'étaient pas mariés. Comme elles ne réagissaient pas, il comprit en même temps qu'Angie qu'elles étaient trop jeunes pour en déduire qu'ils avaient vécu dans l'illégitimité et qu'il avait terni la réputation de Laura. La réalité présente les concernait davantage.

— Si elle est ta femme, ça signifie qu'elle est notre nouvelle maman? s'enquit Lucy.

— Est-ce que nous devrons l'appeler maman? s'inquiéta sa sœur.

Sam s'éclaircit la voix.

— Je pense qu'elle ne se formalisera pas si vous l'appelez Angie. Elle restera avec nous jusqu'à ce que j'économise assez d'argent pour obtenir le divorce, ce qui risque d'être long. Savez-vous ce qu'est un divorce?

— Non.

— Quand un homme et une femme ne veulent plus rester mariés, comme Angie et moi, ils demandent le divorce. Un juge examine cette requête et accorde la séparation.

— Bon, fit Lucy. Nous n'avons pas besoin d'une épouse ou d'une nouvelle maman. Mais tu devrais divorcer tout de suite, papa.

— Il faut beaucoup d'argent pour divorcer, ma chérie. Nous sommes en train d'économiser pour l'opération du pied de Daisy. Elle passera en priorité. Le divorce viendra après.

Le pied de Daisy? Angie tressaillit. Elle se remémora la fillette entrant en trombe dans la maison. Elle n'avait rien remarqué si ce n'est que... elle semblait moins sûre sur ses jambes que sa sœur aînée. En aurait-elle une plus courte que l'autre ? Était-ce là le problème ?

— Ça ne me dérange pas d'attendre pour l'opération, papa. Le divorce est plus urgent.

— Non, ma chérie. Nous avons déjà trop attendu. La chance est avec nous, je le sens. Nous utiliserons cet argent pour ton pied. Avez-vous d'autres questions à propos d'Angie ?

— Est-ce qu'elle va nous commander? s'alarma Lucy.

— Sans doute pas plus que Mme Molly. Je veux que vous vous teniez comme il faut. Pas d'impertinences. Et ce serait bien que vous fassiez votre travail sans qu'elle ait besoin de vous le demander. En somme, j'aimerais que vous m'aidiez à rendre cette situation la plus vivable possible.

Durant le silence qui suivit, Angie perçut des cris dans le lointain. Elle se rappela alors le fameux combat. Sam comptait sûrement y assister. Elle reconnut à contrecœur que c'était chic de sa part de ne pas les planter là, ses filles et elle, pour s'y rendre.

— Elle est jolie, remarqua Daisy en bâillant bruyamment.

— Oui, sans doute, admit Sam platement.

— Sûrement pas aussi jolie que maman !

À son intonation, Angie comprit que l'aînée serait source de problèmes. Ces enfants n'avaient aucune envie qu'elle s'immisce dans leur vie, pas plus qu'elle, d'ailleurs.

— Je n'ai jamais dit qu'Angie était plus jolie que maman, riposta Daisy.

— Ce n'est pas le cas, de toute façon !

— Ne commencez pas à vous chamailler. Votre mère était jolie dans son genre et Angie l'est dans le sien, répliqua Sam, surprenant cette dernière par sa diplomatie. Tout comme vous êtes ravissantes chacune dans votre style. Il n'y a pas de critère en la matière. Beaucoup de femmes sont belles.

— Pas Mme Molly, remarqua Lucy en baissant la voix. Mais ce n'est pas grave, elle est gentille.

— Moi aussi, j'aime bien Mme Molly.

Angie entendit Sam se lever.

— C'est parce qu'elle est belle à l'intérieur. Il n'y a pas de beauté plus grande. Bon, à présent il est temps d'aller au lit.

Angie s'empressa de retourner vider la trousse de toilette qu'elle avait posée sur la table. Dès que les fillettes entrèrent, elle se redressa et s'efforça de sourire.

— Bonsoir !

Elles répondirent à son bonsoir, mais pas à son sourire. Grâce à Mme Molly, elles étaient un peu plus présentables. Leurs visages et leurs mains avaient été lavés, leurs cheveux démêlés et leurs robes brossées.

Angie se rappela que ce n'étaient que des enfants, et qu'elle n'avait aucune raison de se sentir intimidée par leur silence ou leur expression solennelle.

— La journée a été longue et riche en surprises, enchaîna-t-elle, consciente de la présence attentive de Sam. Si vous voulez, nous pouvons attendre demain pour faire connaissance.

Les fillettes n'eurent aucune réaction. Elles se contentèrent de l'observer comme si elle était une curiosité dont la nature ne pouvait être déterminée au premier coup d'œil.

— Bien, il est temps de vous débarbouiller, intervint Sam.

— On l'a fait chez Mme Molly.

— Il faut vous laver les dents et mettre vos chemises de nuit.

Angie regarda Sam remplir une bassine et aider ses filles à leur toilette. Elles tenaient sûrement leurs cheveux blonds et leurs yeux gris de leur mère. Lucy serait grande, comme son père, tandis que Daisy serait plus petite.

La jeune femme se demanda soudain comment le problème de la cadette avait pu lui échapper. Quand elle s'appuyait sur son pied droit, son épaule s'abaissait de plusieurs centimètres et elle se déhanchait avec un mouvement de rotation pour se déplacer.

Sam suivit ensuite ses filles dans leur chambre et Angie entendit des bruits de ressorts de sommier, des rires et des cris quand Sam voulut les chatouiller. Il feignit ensuite de se mettre en colère comme elles ne se tenaient pas tranquilles pour le baiser final, puis il sortit en refermant la porte.

Considérant Angie un instant, il ouvrit la glacière et demanda :

— Tu bois de la bière ?

— D'habitude, non, mais ce soir... je veux bien.

Il ouvrit deux bouteilles et se dirigea vers la porte de la cuisine en lui faisant signe de le suivre.

— Ne devrions-nous pas éteindre les lampes ?

— Non. Daisy a peur si elle doit se lever dans le noir.

— Tu ne les éteins pas de la nuit ?

— Les lampes à huile ne reviennent pas cher. Avant d'aller te coucher, tu en laisseras une sur l'évier et tu éteindras les autres.

Angie ne connaissait pas Sam sous ce jour compréhensif et tendre. Visiblement, il se débrouillait bien avec les enfants, et elle regretta que ce ne soit pas le cas avec les femmes. Du moins avec elle.

Elle s'enveloppa dans un châle et le rejoignit dehors. Ils s'installèrent sur les marches, elle un peu plus bas afin d'éviter de le toucher. Devant eux clignotaient les lumières de Bennet Street. Des bruits de musique leur parvenaient par intermittence du saloon, des cris, la rumeur de conversations trop lointaines pour être saisies. Puis le calme se fit, signe que le combat commençait.

Angie leva la tête et découvrit avec émerveillement une voûte de satin noir piquetée d'une myriade d'étoiles. Chicago n'offrait pas une vue du ciel aussi dégagée, aussi grandiose, la nuit.

— Parle-moi de Daisy, dit-elle doucement.

— Elle est née avec un pied bot valgus.

— Oui... Je crois savoir que plus on tarde pour intervenir, plus le problème est difficile à corriger.

— Le médecin a voulu attendre qu'elle ait un an pour tenter des manipulations et le port d'un moulage. Cela s'est avéré inefficace et douloureux, alors Laura a interrompu le traitement et nous avons économisé pour l'intervention chirurgicale. Hélas ! nous n'avons cessé de reculer l'échéance, car chaque fois que je réussissais à rassembler l'argent nécessaire, quelque chose survenait et il servait à autre chose. Tout à l'heure, quand je te parlais de mes priorités, j'évoquais l'opération de Daisy.

Angie hocha la tête.

— Cette fois, rien ne doit la différer, ajouta-t-il. Rien.

Du coin de l'œil, elle le vit avaler une longue gorgée de bière.

— Il y a un médecin suffisamment qualifié, à Willow Creek ?

— Celui qui la traitait et qui a accepté de l'opérer est à Colorado Springs. Il demande mille cinq cents dollars.

— C'est énorme !

— Une fortune.

— Tu en es où ?

— J'ai réussi à mettre presque six cents dollars de côté, jeta-t-il rageusement. Il y a toujours quelque chose à payer, l'épicier, le glacier, le charbonnier, mon avocat, ma note au saloon, Molly, la blanchisserie, l'écurie. Plus les arriérés. La semaine dernière, j'ai à peine économisé vingt dollars !

— Je possède à peu près cent trente-deux dollars, risqua-t-elle après une brève hésitation.

Elle regretta aussitôt son initiative qu'il reçut comme un affront.

— Je ne suis pas de ceux qui acceptent de l'argent d'une femme ! rétorqua-t-il avec colère.

— Je ne te le propose pas, je l'offre à Daisy.

— C'est moi qui paierai son opération.

Des remarques acerbes lui vinrent aux lèvres. Elle eut envie de lui rétorquer que Daisy avait cinq ans et qu'il n'avait pas été capable de réunir les fonds nécessaires jusqu'ici. Plus on attendait, plus les déformations osseuses risquaient de laisser des traces irrémédiables. Trouvant cependant inutile d'envenimer la situation, elle préféra garder ses réflexions pour elle.

Du moins pour ce soir, car elle comprenait maintenant pourquoi Sam s'était plaint de se retrouver avec une nouvelle bouche à nourrir.

— Très bien, dit-elle en fixant la silhouette sombre de la tente qu'il avait plantée dans le jardin. Nous ne demanderons pas le divorce tant que Daisy n'aura pas été opérée.

— Cela me paraît évident.

Angie se demanda comment elle allait réussir à le supporter pendant tout ce temps. S'exhortant à la patience, elle répondit calmement :

— Je ferai tout mon possible pour réduire les dépenses ménagères et pour économiser.

— Je l'espère bien.

Les dents serrées, elle leva les yeux vers les étoiles en songeant que cette Laura avait dû être une sainte.

3

Le lendemain matin, Sam considéra la porte fermée de sa chambre avec ennui. Chez les Bertoli, une employée de maison préparait le petit déjeuner avant de s'attaquer aux tâches domestiques. Angie n'était sans doute pas habituée à se lever tôt. Elle n'avait pas d'enfants à emmener à l'école et ne travaillait pas. Mais comment pouvait-elle continuer à dormir pendant que ses filles papotaient tout en mettant la table bruyamment ?

Le petit déjeuner était le seul repas dont Sam savait s'acquitter plus ou moins honorablement.

— Comment voulez-vous vos œufs, les filles ?

— Brouillés, répondirent-elles en chœur.

— Ils seront frits.

— Comme tous les matins, alors pourquoi tu nous poses la question ? demanda Lucy.

— Ma chère enfant, réussir des œufs frits est tout un art. Il s'agit déjà de ne pas casser le jaune, ensuite, il faut que le blanc soit croustillant sans brûler. Pour les œufs brouillés, on mélange tout, c'est bien plus simple.

Les fillettes riaient tout en se poussant.

— Mais c'est plus de travail puisqu'il faut ajouter du lait et remuer.

— Je suis d'accord, s'inclina Sam en souriant.

Le matin, Lucy et Daisy ressemblaient à des petites filles modèles avec leurs cheveux bien coiffés, attachés sur la nuque, leur visage et leurs mains impeccables, leurs robes propres soigneusement ceinturées. À propos, se demanda-t-il soudain, est-ce qu'il avait payé la couturière, la semaine dernière ?

À cet instant, Angie émergea de la chambre en nouant hâtivement son peignoir. Une longue natte flottait dans son dos et ses joues étaient roses de sommeil.

Sam se troubla. La vision de la jeune femme au saut du lit lui parut infiniment érotique. Pourtant, sa tenue n'avait rien de suggestif. Au contraire. Sa chemise de nuit était boutonnée jusqu'au col et les manches longues de son peignoir cachaient ses poignets. Quant à ses jambes, il n'en voyait rien. Ses mules d'appartement dépassaient à peine de ses longs vêtements. Ce n'étaient pas ses habits qui la rendaient attirante, mais les images que la présence d'une femme dans sa cuisine de bon matin évoquait.

Après avoir dit bonjour aux filles, elle le rejoignit près de la cuisinière.

— Je ne me suis pas réveillée, je suis désolée. Que veux-tu que je fasse ?

La vue de ses cheveux défaits l'empêchait de réfléchir correctement. Combien de fois avait-il rêvé d'elle dans cette tenue, dix ans plus tôt ? Il s'imaginait alors glissant la main sous la chemise de nuit, découvrant les longues jambes fines à la peau de satin... Il retint in extremis le plat d'œufs qui faillit lui échapper.

— C'est ton premier jour, fit-il en se raclant la gorge. Tu es dispensée de tes devoirs. Assieds-toi. Lucy, sers une tasse de café à Angie, s'il te plaît. Attention, le pot est chaud.

Mal à l'aise, elle le regarda ajouter des tranches de bacon dans chaque assiette.

— Je devrais peut-être m'habiller avant de m'asseoir, je n'en ai pas pour longtemps.

— Comme tu veux, si tu aimes les œufs froids, répondit-il en s'efforçant de garder un ton léger.

Sam ne savait plus très bien où il en était. D'un côté, il retrouverait son calme si elle se changeait. De l'autre, il y avait si longtemps qu'il n'avait eu le plaisir de déjeuner avec une femme aux cheveux dénoués qu'il aurait volontiers prolongé un peu ce repas matinal, même si se sentir aussi attiré par elle le gênait devant ses filles. Douce torture...

Comme si elle trouvait sa remarque stupide, Angie lui jeta l'un de ces regards belliqueux qui n'auguraient rien de bon.

La nuit dernière, en se couchant sous sa tente, il s'était promis que même si elle se montrait désagréable il ne lui ferait aucune réflexion désobligeante devant les filles. Il aurait du mal à tenir cette promesse, mais il ferait de son mieux. Mieux valait faire contre mauvaise fortune bon cœur et essayer de tirer le meilleur parti de la situation. Il opta donc pour la conciliation.

— Cela dit, je peux les garder au chaud si tu préfères t'habiller tout de suite.

Il remarqua avec une pointe de fierté que ses filles n'avaient pas oublié de déplier leur serviette sur leurs genoux.

— Non, je crois que... je vais rester. Nous devons prendre nos repas ensemble. Je vais servir le lait.

— Non, c'est au tour de Daisy de s'en charger, je crois, dit-il.

Remarquant la surprise de la jeune femme, la fillette ajouta avec un air de défi :

— Oui, et je sais aussi aller le chercher, pas vrai, papa ?

— Exact. Daisy est très efficace. Elle fait autant de choses que Lucy, malgré ses difficultés pour marcher.

Sam estimait qu'il était néfaste pour un enfant d'être trop couvé, même lorsqu'il était handicapé. Angie rougit.

— Je ne voulais pas dire que...

— Je sais. Je tiens juste à ce que tu saches qu'ici, nous ne nous voilons pas la face. Pendant des semaines, Mme Molly a cru que Daisy était incapable de porter quoi que ce soit, de grimper sur un tabouret, de faire des courses et tout un tas de choses, ce qui la dispensait de se rendre utile.

Daisy s'empourpra et baissa la tête pour dissimuler un sourire.

— Cette petite maligne l'avait même persuadée qu'elle ne pouvait pas se brosser les cheveux ! ajouta Lucy en riant.

Sam jeta un coup d'œil à la pendule.

— Allez-vous vous décider à manger ces œufs ? Vous allez être en retard.

— Tu as préparé nos déjeuners, papa ? s'enquit Lucy.

— Oui. Sandwichs au bacon pour tout le monde, y compris pour moi.

— Encore ! soupira Lucy en lançant un regard à Angie.

— Que préféreriez-vous ?

— Du poulet rôti. Les jumeaux Saunders en ont toujours dans leur panier. Ça sent drôlement bon !

— Moi, je voudrais des gâteaux, renchérit Daisy. Au citron, avec du sucre glace dessus. Hmm...

— C'est un repas du dimanche, voyons, remarqua Sam avant de se tourner vers Angie. Tu cuisines, n'est-ce pas ?

— Oui, mais... je n'ai jamais eu à préparer trois repas par jour... tous les jours.

De même qu'elle n'avait sans doute jamais fait elle-même la lessive de toute une maisonnée, ainsi que le ménage et les courses. Elle ne s'était jamais chargée de la corvée de charbon ni de la tenue du budget.

Était-ce à cause de la roseur de ses joues ? De cette longue natte brune qui lui arrivait au creux des reins ? Sam se sentait disposé aux concessions.

— Je continuerai à me charger du petit déjeuner. Tu n'auras qu'à t'occuper des paniers-repas et du dîner.

Son offre la laissa de marbre. On ne lui avait pas appris à remercier un homme qui acceptait de mettre un tablier à sa place et elle ne mesurait sans doute pas ce que cela lui coûtait.

Pour elle, il n'était qu'un pauvre charpentier qui avait du mal à joindre les deux bouts alors qu'elle avait grandi auprès d'un père maçon. Ces gens-là étaient parvenus à convaincre le monde que construire des maisons en brique relevait de l'art et que leur travail devait être payé à sa juste valeur contrairement à celui des charpentiers comme Sam, cette masse laborieuse incapable de s'offrir des domestiques et des voitures couvertes.

Tout à coup, il lui en voulait d'être ce qu'elle était et il se demanda pourquoi il avait eu la folle prétention de séduire une fille comme elle. Dans son milieu à lui, les femmes accomplissaient leurs tâches et portaient leur fardeau sans se plaindre, alors que dans celui d'Angie, elles prenaient le temps d'apprendre la musique, la peinture ; elles se levaient tard pendant que d'autres se chargeaient des tâches ingrates à leur place.

— Pourquoi me regardes-tu ainsi ? demanda-t-elle.

— Pour rien.

Il examina son assiette avant d'ajouter :

— À quoi bon te servir des œufs au plat parfaits si c'est pour te voir les couper en plein milieu et mélanger les jaunes et les blancs dans un infâme chantier !

— Pardon ? Tu me reproches ma façon de manger mes œufs ?

Elle lui lança son fameux regard noir.

— Voyons un peu comment tu manges les tiens, enchaîna-t-elle. D'abord les blancs, puis les jaunes, avec du pain. Hmm... N'est-ce pas un peu de jaune que j'aperçois, là ? Dans ce coin ? Mêlé au blanc ? Quelle horreur !

Si ses filles n'avaient pas éclaté de rire, il aurait posé sa fourchette et serait sorti de la maison en trombe. Seigneur ! Cette femme était décidément insupportable.

— Écoute, mange tes œufs comme tu veux, Angie, d'accord ?

— Oh, merci ! dit-elle avec un grand sourire.

Sam regarda ses filles en fronçant les sourcils, pour mettre un terme à leur hilarité.

— Bon, les filles, vous avez terminé ? Il est l'heure de partir. N'oubliez rien.

Se tournant vers la jeune femme, il annonça froidement :

— Elles rentrent vers 3 heures. Moi, je ne sais pas. Si le temps le permet, j'irai prospecter jusqu'à la nuit après mon travail.

Angie hocha la tête et but une gorgée de café.

— Tu nous accompagnes à l'école, papa ? demanda Lucy.

— Évidemment, comme tous les jours.

— Papa ? dit Daisy en s'accrochant à sa ceinture. Tu es en colère contre nous aussi ?

Surpris par cette question, Sam se figea avant de s'agenouiller près de la fillette.

— Je ne suis en colère contre personne, mon poussin. Je n'ai pas bien dormi sous la tente et je me suis levé du pied gauche, c'est tout.

En vérité, il avait à peine fermé l'œil. Avant d'aller se coucher, il était allé en ville pour voir qui avait gagné le combat. Comme la chance ne lui souriait pas en ce moment, il n'avait pas été surpris de perdre cinq dollars.

Il s'était ensuite rendu au *Gold Slipper* pour boire quelques bières, mais le maire lui avait demandé s'il était vrai qu'une très belle femme l'avait à moitié assommé sur le quai de la gare. Otto Finn s'en était alors mêlé, annonçant qu'une beauté s'était installée chez Sam et qu'il devrait peut-être songer à lui offrir des gants de boxe. Hilares, les deux hommes avaient ensuite raconté l'histoire aux autres clients. Agacé d'être ainsi pris pour cible de leurs plaisanteries, Sam avait quitté le saloon pour aller se réfugier sous sa tente.

Une fois les filles à l'école, il rentra demander à Angie si elle serait là à son retour. Toujours à table, le dos tourné, elle achevait son café.

— Je n'ai pas d'autre endroit où aller, alors je serai là, répondit-elle sans prendre la peine de lui faire face.

— C'est bien ce que je craignais, jeta-t-il avant de refermer la porte derrière lui.

Pourquoi avait-il imaginé qu'elle aurait trouvé une autre solution pendant la nuit ? D'ici peu, les parents de Laura sauraient qu'elle vivait avec lui. Il s'éloigna en soupirant.

Sam venait de partir quand Lucy revint sur ses pas en courant. Elle avait oublié ses crayons. Avant de ressortir, elle se pencha vers Angie et murmura :

— Ma maman ne s'asseyait jamais à la table du petit déjeuner en robe de chambre !

Angie attendit d'être seule pour lâcher un profond soupir. Elle considéra ensuite les restes du petit déjeuner d'un œil morne et repoussa son assiette.

Chez elle, par une journée comme celle-ci, elle aurait mis son chapeau de paille, une vieille robe et se serait occupée du jardin potager. Ou bien elle serait allée faire des courses en ville avant de s'arrêter au salon de thé. Peut-être encore aurait-elle choisi une robe de couleur claire pour rendre quelques visites à ses amies.

Toute à sa rêverie, elle sursauta en découvrant une femme dans l'embrasure de la porte de derrière que Sam avait laissée ouverte à cause de l'odeur du bacon.

— Je sais qu'il est tôt, dit l'inconnue en jetant un coup d'œil à son peignoir. Je vous laisse ce panier, je reviendrai plus tard.

— Non, non, je vous en prie.

La femme, qui s'apprêtait à poser le panier, se redressa, l'air surpris.

— Ce n'est que du pain. Je pensais que vous n'auriez pas le temps d'en faire, le premier jour, alors...

— Je voulais seulement dire : « Non, ne partez pas ! » rectifia Angie en se levant, confuse de se trouver en peignoir devant une inconnue. Entrez. Je suis Mme Sam Holland, et je suppose que vous êtes... Molly ?

La femme sourit.

— Elle-même. Mme Cannady Johnson.

Molly Johnson devait avoir dans les quarante ans. Comme les filles l'avaient fait remarquer, ce n'était pas une beauté, mais son visage était avenant et inspirait d'emblée la sympathie. Elle avait un regard vif et intelligent. Ses cheveux grisonnants coupés court auraient paru déplacés sur une autre, mais, curieusement, pas sur elle.

— Je suis désolée de vous recevoir dans cette tenue et... toujours à table, mais... Oh, et si je ne vous ai pas proposé d'entrer tout de suite, c'est que j'étais perdue dans mes pensées. À vrai dire, je crois que j'ai raté mon entrée.

Molly se mit à rire.

— Inutile de vous excuser, je ne suis pas du genre à me formaliser. Je voulais seulement vous souhaiter la bienvenue et boire une tasse de café, s'il vous en reste. Ne bougez pas, je sais où sont les tasses.

Angie s'empressa de débarrasser, gênée que Molly la surprenne dans une cuisine sens dessus dessous. Il est vrai qu'il n'y avait pas de salon, ici, et que sa visiteuse ne s'était pas annoncée. Pourtant, elle ne put s'empêcher de remarquer que ce mépris des convenances créait une sorte d'intimité immédiate entre elles.

Ce sentiment se confirma quand Molly lui proposa de l'appeler par son prénom. Bien sûr, elle en fit autant en songeant que l'étiquette n'avait pas grande importance à Willow Creek.

— Nous sommes voisines, Angie, et vous savez, je ne suis pas de celles qui font des chichis, alors sentez-vous à l'aise.

Angie servit le café et Molly mit trois morceaux de sucre dans sa tasse avant de reprendre la parole à sa manière directe.

— Alors, d'après Sam, vous avez été mariés il y a dix ans, mais votre père n'a pas supporté d'être mis devant le fait accompli et il s'est opposé à ce que vous viviez avec un simple charpentier. Comme vous étiez jeune et sous sa coupe, vous avez refusé de suivre Sam dans l'Ouest. Jusqu'ici c'est exact ?

Angie acquiesça, trop surprise pour trouver quoi dire.

— Maintenant que vous n'avez plus de famille et que vous êtes sans le sou, vous venez demander à Sam de payer le divorce, mais il n'en a pas les moyens. Furieuse, vous le frappez sur le quai de la gare, et après une dispute à la pâtisserie, vous échouez ici, obligée d'attendre un divorce qui n'est pas près de se réaliser.

— Vous avez résumé l'essentiel… c'est… c'est sûr.

— À présent, voici mon histoire, du moins ce que je veux bien en raconter. Après avoir grandi dans le Wisconsin, j'ai passé quelque temps à Chicago, puis à Denver. C'est là que j'ai rencontré Cannady Johnson et que je l'ai épousé, il y a quinze ans. Nous sommes arrivés ici un peu avant Sam, il y a trois ans. Can voulait chercher de l'or. Il n'a quasiment rien trouvé, mais il est trop têtu pour renoncer. Je crains fort que nous finissions au cimetière du mont Piscah. J'ai fait des choses dont je ne suis pas fière mais mon seul regret est de ne jamais avoir eu d'enfants. Voilà. Maintenant, nous avons fait connaissance, conclut-elle avec un large sourire.

Angie l'observa un instant avant d'éclater de rire.

— Eh bien, disons que c'est un début.

— Vous pouvez me poser toutes les questions que vous voulez sur Willow Creek. La ville n'a guère plus de trois ans. Elle possède plus de saloons et de maisons closes que d'églises et d'écoles. Si vous vivez au-dessus de Bennet Street, vous êtes convenable ou vous essayez de l'être. En dessous, vous êtes fauché comme les blés. Quant à Poverty Gulch, c'est le quartier le plus minable derrière la gare, mieux vaut ne pas s'y aventurer. Les maisons closes les mieux tenues se trouvent dans Myers Street, une rue malgré tout fréquentable pour les femmes respectables. Venant de Chicago, vous apprécierez de pouvoir vous déplacer sans escorte, ici. Il n'y a aucun risque.

Les deux femmes continuèrent de bavarder, puis, cédant à la curiosité, Angie posa à Molly la question qui lui brûlait les lèvres, même si elle la trouvait indiscrète.

— Je suppose que vous connaissiez Laura ?

— Je la connaissais si bien que je suis tombée des nues quand Sam m'a parlé de vous. J'aurais juré que Laura n'était pas le genre de femme à vivre avec un homme marié. Même avec un homme marié que son épouse avait laissé tomber.

Les joues d'Angie se colorèrent. Molly ne faisait qu'énoncer la vérité mais elle lui paraissait soudain si crue, si froide...

— Je regrette que ma présence révèle soudain l'illégitimité de leur union.

Tout à coup, Angie mesurait les conséquences de sa venue à Willow Creek, non pour Sam ou pour Laura, mais pour Lucy et Daisy. Jusqu'à présent, personne ne savait qu'elles étaient des enfants illégitimes. Certes, elle-même ignorait tout de leur existence lorsqu'elle avait pris la décision de venir ici, mais cette pensée n'atténuait pas vraiment son sentiment de culpabilité.

— On en parlera pendant quelque temps, puis on oubliera, ne vous inquiétez pas, assura Molly, comme si elle lisait dans ses pensées. Bien sûr, il y aura toujours des irréductibles, comme les parents de Laura. Ils sont devenus très bêcheurs depuis qu'ils ont fait fortune. Ils vivent maintenant à Colorado Springs, dans une maison immense, un vrai palais, paraît-il.

Molly fit la grimace avant d'ajouter :

— Can connaissait Herb et Winnie Govenor, avant. Lui conduisait des chariots de marchandises et elle vendait des tartes sur le pas de sa porte. Aujourd'hui, quand ils reviennent à Willow Creek, ils ne disent même plus bonjour à Can, tellement ils sont fiers.

— Attendez, si les Govenor sont si riches, pourquoi n'ont-ils pas payé l'opération de Daisy ?

Molly battit des cils puis regarda soudain la pendule.

— Mon Dieu ! La matinée est déjà bien avancée et je n'ai même pas fait mes lits. Je me sauve.

Une fois à la porte, elle salua Angie et glissa :

— Ce n'est pas que je refuse de répondre à votre question mais… je préfère que ce soit Sam qui vous mette au courant.

Une fois seule, Angie fit le ménage de la petite maison, prépara de la pâte pour faire des nouilles et fit sa toilette tout en songeant aux révélations de Molly. L'idée de rencontrer les Govenor l'angoissait. Qu'ils connaissent ou non son existence, ils ne la verraient pas d'un bon œil puisque sa présence faisait rejaillir la honte sur leurs petites-filles.

Plongée dans ses pensées, elle ne vit pas le temps passer jusqu'au retour de Daisy et de Lucy. Elles déposèrent leur cartable et Lucy annonça avec fermeté :

— On va au *Old Homestead.*

— Avant de ressortir, j'aimerais que vous rangiez votre chambre. Et chaque matin, vous devrez faire votre lit avant de partir. C'est ce que vous faisiez jusqu'ici, non ?

— À quoi ça sert de faire son lit tous les jours ? demanda Lucy avec une pointe de défi.

— À rien. Mais les jeunes filles convenables le font. Et je crois me rappeler que votre père vous a chargées d'autres tâches.

— Oui, mais on ne peut pas nettoyer la poussière alors que vous avez mis vos pâtes à sécher partout, rétorqua la fillette en montrant le fil, au-dessus de la cuisinière, où étaient suspendues les pâtes en question. Viens, Daisy.

Angie réfléchit rapidement à la meilleure façon de réagir.

— Si vous ne rangez pas d'abord votre chambre, vous... vous serez punies !

Un éclat de rire lui répondit.

— Attendez ! cria-t-elle, impuissante. Où allez-vous ?

— Au *Old Homestead,* on vous l'a déjà dit.

— Bon, abdiqua Angie malgré elle. Mais soyez à l'heure pour le dîner !

Songeant qu'elle devrait très vite apprendre à se faire obéir, elle courut derrière les fillettes.

— Lucy ? Qu'est-ce que c'est exactement, le *Old Homestead* ?

— C'est là que vivent les prostituées les plus chics de la ville, rétorqua la fillette avec délectation.

Atterrée, Angie suivit des yeux les deux petites têtes blondes qui s'éloignaient, secouées par un irrépressible fou rire.

4

Quand Sam franchit le pas de sa porte, trois paires d'yeux au regard meurtrier se fixèrent sur lui.

— Où diable étais-tu passé ? attaqua Angie.

— Je t'avais dit que je ne rentrerais pas de bonne heure.

Il se dirigea vers la cuisinière et souleva le couvercle d'une marmite, humant avec émoi l'odeur délicieuse d'un ragoût de bœuf et de nouilles maison. Depuis combien de temps n'avait-on pas préparé un repas digne de ce nom sur ce feu ?

— Après mon travail, je suis passé à Gold Hill. Ma concession devrait s'avérer prometteuse.

— Papa, il faut que je te parle !

— Moi aussi, papa.

— Et moi aussi ! ajouta Angie.

— Bien, mais ne pourrions-nous dîner d'abord ? Interprétant le silence général comme un oui, il se remplit une grande assiette de ragoût, se coupa une tranche de pain et s'installa à table. Il aurait été normal qu'Angie le serve, mais son air pincé et ses bras résolument croisés sur sa poitrine indiquaient qu'elle n'en avait pas l'intention.

Il commença à manger, mais ses filles et Angie demeurèrent immobiles, les yeux rivés sur lui, si bien qu'il posa sa cuillère en soupirant :

— D'accord. Qui commence ?

— Nous, décida Lucy en défiant Angie du regard.

— On n'a rien fait, papa, enchaîna Daisy, l'air grave.

— Il faut vraiment que nous parlions devant *elle* ? lança Lucy.

— Je n'ai pas l'intention de bouger, rétorqua Angie. Si vous voulez parler en privé, vous n'avez qu'à sortir.

Les deux fillettes se précipitèrent aussitôt vers la porte.

Les soirées d'avril n'étaient pas vraiment chaudes à 9 500 pieds d'altitude. D'un autre côté, le froid écourterait leur entretien, ce qui permettrait à Sam de revenir à table très vite. Il se leva. Il se sentait d'humeur plus conciliante envers Angie maintenant qu'il avait goûté son ragoût. Une femme belle et bonne cuisinière ne pouvait que s'attirer son indulgence.

— Prenez vos châles, les filles.

Lui-même attrapa sa veste et les suivit sur les marches du perron éclairées par la lanterne suspendue au-dessus de la porte. Tous trois s'y installèrent.

— Elle n'a pas arrêté de nous donner des ordres, lâcha Lucy, les yeux brillant d'indignation.

Sam les contempla en se demandant comment elles se débrouillaient pour se mettre dans un état pareil. Le matin, lorsqu'elles quittaient la maison, elles ressemblaient à des petites filles modèles. Le soir, à leur retour, elles étaient décoiffées, barbouillées de poussière, leurs robes froissées et maculées de terre, comme ces petites vagabondes qui vivent dans les rues et s'abritent sous des cartons.

— On n'était pas rentrées de l'école qu'elle nous demandait déjà de faire notre lit et de ranger notre chambre !

— C'est ça qui vous bouleverse à ce point ? s'exclama Sam, soulagé. Je vous l'aurais demandé moi-même si vous n'aviez pas eu tant d'autres tâches à accomplir. Toutefois, maintenant qu'Angie est là pour se charger de la tenue de la maison, vous aurez le temps de vous occuper de votre chambre.

— Il est de son côté, geignit Lucy. Je te l'avais bien dit, Daisy.

— Bon, ferez-vous votre lit quand Angie vous le demandera ? trancha Sam.

— Oui, si c'est toi qui nous le demandes, mais nous n'avons pas d'ordres à recevoir d'elle, pas vrai, Daisy ?

— Oui, Angie n'est pas notre maman. Ce n'est pas à elle de nous dire ce qu'on doit faire.

— Si elle vous a seulement demandé de faire votre lit et votre chambre, cela ne me paraît pas excessif. Avez-vous au moins fait le reste de votre travail ?

— On n'a pas pu faire la poussière et balayer parce qu'elle avait mis des nouilles à sécher partout. Et puis, elle était déjà allée chercher le charbon, expliqua Lucy.

— Après, comme on n'avait pas de devoirs à faire, on lui a demandé si on pouvait sortir jouer.

— Vous le lui avez demandé ? s'étonna-t-il, intrigué par leur air innocent.

L'expérience lui avait appris que plus elles semblaient ingénues, plus il devait se méfier.

Daisy regarda sa sœur en fronçant les sourcils.

— Eh bien...

— On s'est dépêchées d'aller jouer et on n'a peut-être pas pensé à lui demander la permission. Mais elle n'a pas dit non !

— C'est vrai, papa. Lucy lui a même dit où on allait, mais elle s'est mise dans tous ses états parce qu'on n'était pas rentrées à 6 heures pile. Ensuite, parce qu'on n'a pas aimé ses nouilles. Elle se met en colère tout le temps. Elle nous déteste.

Sam haussa les sourcils.

— Ses nouilles sont délicieuses. Pourquoi n'en avez-vous pas mangé ? Vous les aimez, d'habitude.

— Certaines, oui. Mais celles-là... répondit Lucy. Alors tu sais ce qu'elle a fait ? Elle a repris nos assiettes et a vidé tout notre ragoût dans la marmite ! Elle veut qu'on meure de faim.

— C'est vrai, papa, confirma Daisy. On meurt de faim.

— Bon, résumons la situation. Angie a fait le ménage à votre place, mais elle voulait que vous vous occupiez de votre chambre. Elle s'attendait que vous soyez rentrées à l'heure pour dîner, après avoir passé une bonne partie de la journée à vous préparer un repas. Ensuite, elle a exigé que vous mangiez ce qui se trouvait dans votre assiette, comme cela se fait dans toutes les autres maisons de ce pays.

— Tu dis les choses comme si tu lui donnais raison, fit Lucy, boudeuse.

— Et tu oublies qu'elle nous laisse mourir de faim !

— Si vous n'aviez pas fait les difficiles, vous auriez mangé. Écoutez-moi bien, mes petites chéries. À partir de maintenant, vous ferez vos lits, vous rangerez votre chambre le matin avant de partir et vous rentrerez à 6 heures, 6 h 05 tout au plus.

— Tu ne rentres pas avant la nuit, toi !

— Moi, c'est différent. Je dois passer à la mine.

— Et ensuite, tu t'arrêtes au *Gold Slipper*, riposta Lucy. Tu sens la bière et le tabac !

— Un homme a le droit de se désaltérer et de se détendre après une journée de travail.

Et en allant au saloon, il apprenait les dernières nouvelles, les embauches, les faillites.

— Et qu'est-ce que tu penses de sa façon de nous donner des ordres ?

— N'oubliez pas qu'Angie n'est pas là pour longtemps. En attendant, essayons de mettre chacun du sien.

Elles bougonnèrent en s'appuyant l'une contre l'autre.

— Angie est responsable de vous en mon absence, reprit Sam. Alors vous ferez ce qu'elle vous dira. Et je ne veux plus vous voir refuser de manger ce qu'elle vous propose.

— On mangera si on est obligées, mais elle ne peut nous forcer à aimer ce qu'elle nous prépare !

— Personne ne vous le demande. Contentez-vous de vous nourrir.

Elles posèrent sur lui leurs grands yeux gris accusateurs et il se sentit coupable de les trahir. D'où leur venait ce pouvoir, à elles, minuscules créatures, alors qu'il était sûr d'avoir raison ?

— Je ne sais pas vous, fit-il, mais moi, j'ai froid. Si nous avons terminé cette discussion, je vous suggère de rentrer nous réchauffer.

— Papa ?

Il tourna la tête. Dans la douce lumière de la lanterne, le petit visage de Daisy levé vers lui évoquait celui d'un ange.

— Et pour notre dîner ? Tu vas nous envoyer au lit le ventre vide ?

Il l'embrassa sur le front.

— Oui.

S'il n'avait tenu qu'à lui, il leur aurait fait la leçon avant de leur donner à manger, mais aller contre la décision d'Angie la discréditerait aux yeux des filles. S'il voulait qu'elles apprennent à la respecter, il devait la soutenir.

Il se leva et les filles l'imitèrent. Posant les mains sur leurs petites épaules, il les poussa doucement vers la maison.

— Réfléchissez bien à tout ça. Vous vous rattraperez au petit déjeuner, demain matin.

Angie les attendait de pied ferme.

— À toi, maintenant, lui dit Sam en lui tenant la porte ouverte.

— Pas question. Je préfère rester au chaud et parler ouvertement, devant tout le monde. Premier point, attaqua-t-elle en soutenant le regard des fillettes. Ne trouves-tu pas raisonnable que je demande à Lucy et Daisy de faire leur chambre le matin ?

— Absolument. Nous en avons discuté et elles sont d'accord avec moi.

— Quelles autres tâches ont-elles à accomplir, d'habitude ?

— La poussière, balayer l'intérieur et le porche, la vaisselle du petit déjeuner, l'entretien de leur panier-repas, celui de la cuisinière, aider Mme Molly quand elle se charge de notre lessive. Quoi d'autre... ? J'ai l'impression d'oublier quelque chose.

— C'est déjà beaucoup de travail, admit Angie en considérant les petites filles d'un regard radouci. À partir de maintenant, je me chargerai de l'essentiel. Vous n'aurez qu'à continuer à vous occuper de votre chambre et de vos paniers. Nous organiserons un roulement pour dresser la table et essuyer la vaisselle.

Ne trouvant rien à redire à ces nouvelles dispositions, Sam n'intervint pas.

— Deuxième point : à quelle heure dînez-vous exactement dans cette maison ?

— Les filles n'ont pas de montre. Elles rentrent quand elles entendent la cloche de l'église sonner 6 heures. Le temps qu'elles se lavent, elles se mettent à table à 6 h 30.

— Et toi ? s'étonna Angie. Tu ne dînes pas avec elles ?

— Dès que les journées rallongent, je travaille jusqu'à la nuit. Je rentre donc plus tard.

— Je ne tiens pas un restaurant, décréta Angie. Je ne servirai le dîner qu'une fois, à 6 h 30.

Sam la considéra en plissant les yeux, mais s'abstint de tout commentaire.

— Dernier point : est-ce que tu permets à tes filles d'aller traîner autour d'une maison où vivent des prostituées? Excuse-moi, mais c'est le terme qu'elles ont employé.

Sam regarda les fillettes, ahuri.

— Je lui ai dit que nous allions au *Old Homestead* et elle a bien voulu! se défendit Lucy.

— Lucy, tu sais parfaitement qu'Angie ne pouvait savoir de quoi il s'agissait. Et toi, comment diable le sais-tu? Daisy?

Les deux fillettes échangèrent un regard incrédule, comme si on venait de leur poser la question la plus idiote qui soit.

— Papa, tout le monde connaît le *Old Homestead*. C'est là qu'habitent les plus jolies prostituées, expliqua patiemment Lucy.

Elle semblait insinuer que parmi les habitants de Willow Creek, seul un demeuré pouvait ignorer où se pratiquaient les passes à deux cents dollars. Et elle avait sûrement raison puisque des petites filles de cinq et sept ans le savaient. Seigneur!

— On aime bien regarder Mlle Lily monter à cheval, crut-elle bon d'ajouter.

— Oh, oui! approuva Daisy. Elle monte un beau cheval noir au poil tout brillant, et elle porte des chapeaux ornés de longues plumes. Moi, je préfère les plumes rouges.

— Et elle regarde toujours droit devant elle. Comme ça, fit Lucy en prenant son air le plus dédaigneux pour imiter la jeune femme, les mains sur les hanches, le menton relevé. Et puis, elle a des habits! Ils sont magnifiques, pas vrai, Daisy?

Sam n'en revenait pas. Ses filles admiraient la prostituée la plus célèbre de Willow Creek, mais n'avaient jusqu'à présent pas eu un seul mot gentil pour la femme respectable qui se tenait devant elles.

— Écoutez, je vous interdis de retourner près du *Old Homestead*, c'est clair?

— On est obligées de passer devant pour aller à l'école, rétorqua Lucy.

Sam réfléchit rapidement. Le matin, l'endroit était désert, mais Dieu sait ce qu'elles risquaient de voir l'après-midi, en rentrant...

— D'accord, vous passez devant. Mais une fois à la maison, il est hors de question que vous y retourniez exprès ! Ce n'est pas un endroit pour les petites filles. Et si jamais je vous entends parler à nouveau de prostituées, gare à vous !

Daisy fronça les sourcils.

— C'est un gros mot « prostituée », papa ?

— Eh bien... non, mais il n'a rien à faire dans la bouche d'enfants de votre âge.

Un regard à Angie lui apprit qu'elle partageait son opinion.

Hélas ! les premiers bâtiments que l'on construisait dans des villes minières étaient les saloons, les maisons closes, les salles de jeu, tripots et autres lieux de perdition. Les prostituées et les entraîneuses s'installaient bien avant les mères de familles et y étaient souvent plus nombreuses. Pas étonnant que ses filles les connaissent.

Sam serra les poings. Il trouverait de l'or, ferait opérer Daisy et partirait ensuite le plus loin possible de ces maudites exploitations minières.

— Pourquoi ? insista Daisy.

— Parce que les dames qui vivent au *Old Homestead* sont... sont...

— De pauvres infortunées, intervint Angie.

— Si on veut. Des anges déchus, en quelque sorte.

— Ah ? s'étonna Daisy. Est-ce que Mlle Lily s'est fait mal quand elle est tombée du paradis ? C'est pour ça qu'elle ne regarde jamais à droite et à gauche ? Parce qu'elle s'est cassé le cou ?

Par moments, Sam se sentait complètement dépassé par sa tâche de père, notamment quand chaque mot qu'il prononçait l'enfermait un peu plus dans l'impasse où il s'était fourvoyé. Il lança un nouvel appel à l'aide silencieux à Angie, mais elle se contenta de hausser les sourcils, comme si elle aussi voulait savoir si Mlle Lily s'était rompu le cou.

— Bon, Mlle Lily n'est pas vraiment tombée du paradis, commença-t-il. C'est une expression qui signifie que les femmes sont des anges, à part certaines qui ont perdu la grâce.

— Moi, je ne crois pas que nous soyons des anges, déclara Lucy. *Elle,* en tout cas, n'en est pas un, c'est sûr, précisa-t-elle en regardant Angie.

— Mais maman est un ange, murmura Daisy, les yeux soudain pleins de larmes. Papa, tu crois qu'elle risque de tomber du paradis ?

— Oh, je ne veux pas que maman soit un ange déchu comme Mlle Lily ! s'écria Lucy en retenant ses pleurs.

Une stupeur horrifiée se peignit sur les traits de Sam. Comment diable en était-il arrivé là ?

— Tu peux émettre un avis sur la question, dit-il à Angie.

— Je ne voudrais pas m'immiscer dans une conversation privée. Je t'avais prévenu que je ne connais rien en matière d'éducation. Tout compte fait, je... je crois que je vais sortir prendre l'air.

Cela lui ressemblait bien de l'abandonner au moment où il avait le plus besoin d'elle !

Bon, elle avait quelques excuses. Ce n'était que son deuxième jour.

Il s'accroupit près de ses filles.

— Reprenons depuis le début...

Le matin, quand John Avril aérait le saloon après avoir balayé la sciure et vidé les crachoirs, l'odeur de tabac et de bière du *Gold Slipper* s'évanouissait au profit de celle du café et des fameuses brioches au fromage de Mme Avril.

— Je dis que nos enfants ne devraient pas avoir à passer devant le *Old Homestead* en rentrant de l'école.

L'un des conseillers que Sam avait réunis prit la parole.

— On n'y peut rien, Sam, à moins de démolir le *Old Homestead* ou de le déplacer.

— Je ne suggère rien de tel, mais nous pourrions construire une autre école en amont de Bennet.

— Il y en a déjà une, rappela le maire.

— Oui, si on en bâtissait une seconde, elle pourrait accueillir les petites classes, ce qui n'est pas le cas actuellement.

— Et où trouver l'argent pour une telle entreprise ? Franchement, Sam, il y a des choses plus urgentes à faire dans cette ville, notamment agrandir la prison. Avec la gare et les visiteurs importants qu'elle nous amène, il nous faudrait paver Bennet Street, installer des réverbères pour éclairer les rues, nettoyer Poverty Gulch.

— Et si je construisais l'école moi-même, sans que cela ne coûte rien à la ville, à part le terrain ? Je suis sûr que les gars de mon équipe seront d'accord pour me donner un coup de main, et je trouverai des volontaires qui me fourniront du bois.

— Eh bien… dans ce cas, oui, faudrait voir.

— Je ne vous trouve pas très enthousiaste, remarqua Sam. Y aurait-il un problème ?

L'un des conseillers se pencha vers lui en s'appuyant sur ses coudes.

— Il y a des bruits qui courent, Sam, si tu vois ce que je veux dire.

La colère s'empara de lui.

— Je n'ai rien à voir avec ces incendies !

— Personne ne dit le contraire. Simplement, tes deux derniers projets sont partis en fumée. Étrange coïncidence, non ?

— Il s'agit d'une coïncidence, en effet. Tu viens d'employer le mot juste.

— Personne n'accuse qui que ce soit mais... ces deux incendies étaient volontaires, et ils ont touché des bâtiments qui n'étaient pas terminés alors que tu étais le contremaître du chantier.

Sam luttait pour garder son calme. Il toisa les hommes réunis avec lui autour de la table.

— Le premier projet était celui des bureaux du syndicat. C'est peut-être l'œuvre d'un militant anti-syndicaliste.

— Ce ne serait pas surprenant, en effet.

— Le deuxième projet était la maison de Homer Whittier, un homme haï par la plupart des citoyens de cette ville, y compris ceux ici présent. Ce type a fait fortune plus ou moins honnêtement, en profitant et en s'attribuant le fruit du travail des autres. Il a suffisamment d'ennemis capables d'avoir voulu se venger.

— Possible, Sam. Tu as sans doute raison. Personne ne t'accuse de quoi que ce soit.

— Alors où est le problème, bon sang ?

— Le problème c'est que tu étais chaque fois le contremaître. Tout le monde pense qu'il s'agit d'une coïncidence, y compris le chef de la police, mais si jamais un autre feu prenait sur l'un de tes chantiers...

Sam repoussa sa chaise.

— Si je comprends bien, tu ne crois pas que j'ai allumé ces feux, mais j'aurais pu le faire, et tu attends maintenant de voir si je vais être assez stupide pour en allumer d'autres.

— Je dis simplement que si un autre de tes chantiers brûlait, nous serions moins indulgents à ton égard. Quelqu'un essaie peut-être de t'envoyer un message, Sam.

— Tu changes de sujet. Ces incendies n'ont rien à voir avec le projet d'une nouvelle école. Ma question est simple. Êtes-vous prêts à m'accorder le terrain pour que je la construise ?

Les conseillers et le maire se regardèrent sans échanger un mot. À la fin de cette concertation silencieuse, ce dernier s'éclaircit la voix.

— Pour le moment, je te suggère de terminer la maison du révérend Dryfus. Nous en reparlerons ensuite.

— Autrement dit, vous voulez attendre de voir si quelqu'un va incendier le chantier, répliqua Sam, furieux.

Clem alluma un gros cigare avant de répondre.

— Personne n'en veut au révérend, Sam.

— Donc, si un feu se déclare vous en conclurez que je suis le coupable, c'est ça ?

Outré, il appuya ses deux mains sur la table pour se lever.

— Assieds-toi, Sam, et cesse de dire des âneries. Personne ne t'accuse. Nous nous demandons simplement si tu ne servirais pas de cible.

— Écoutez, la maison du révérend est presque terminée. Le jour où il emménagera avec sa femme, je réunirai à nouveau le conseil pour vous demander ce terrain pour une nouvelle école.

— Accepterais-tu qu'un autre commence les travaux tout de suite ? suggéra le maire. Cela nous ferait gagner du temps.

— C'est moi qui ai eu l'idée de ce projet et je tiens à le réaliser moi-même. Rien ne presse, de toute façon. Nous avons jusqu'à l'automne.

— Entendu, conclut le maire.

Sam passa le reste de la journée à réfléchir à son projet et à la manière de réunir tout ce dont il aurait besoin pour le mener à bien. À l'heure du déjeuner, il s'installa à l'abri du toit presque terminé de la maison du révérend et dégusta les restes du ragoût d'Angie avec du pain et une vieille pomme encore goûteuse qu'elle avait dû trouver dans le cellier.

Il contempla les pentes des collines qui s'inclinaient jusqu'à la vallée où Willow Creek s'étendait peu à peu. Dans les prés paissaient de paisibles troupeaux.

Son regard tomba sur les ruines noircies de l'Union Hall, la bâtisse calcinée du syndicat, et sur celles de la maison de Whittier.

L'incendie criminel ne faisait aucun doute. L'auteur n'avait même pas pris la peine de déguiser son acte.

Il termina sa pomme et rassembla son équipe.

— À partir de maintenant et jusqu'à la fin du chantier, je veux qu'un gardien reste sur place ici jour et nuit. Je le paierai en conséquence, précisa-t-il sans dire que cet argent, il le sortirait de sa poche. Y a-t-il un volontaire ?

Il préférait se sacrifier financièrement plutôt que de voir détruire son gagne-pain.

Si le maire et le shérif avaient raison, si quelqu'un cherchait vraiment à lui nuire, il allait au-devant de graves ennuis. Mieux valait rester vigilant.

De plus, si ces feux n'étaient pas une coïncidence, comme il le craignait, il avait une petite idée de l'identité du coupable. Et s'il ne se trompait pas, le message était clair.

5

Si la maison de Sam lui avait paru petite de prime abord, Angie ne fut pas longue à s'en féliciter. Ses journées étaient entièrement occupées par le ménage, la lessive, les courses et la cuisine. Sa seule distraction était la tasse de café qu'elle prenait parfois dans la matinée avec Molly Johnson, entre deux coups de plumeau.

Le samedi, elle dut renouveler les provisions et paya de sa bourse. De plus, lorsque le marchand de glace se présenta, il lui demanda de lui régler la facture, ce qui ponctionna encore ses maigres économies.

Pendant que la pâte à pain levait, elle s'installa à l'extérieur, sous le porche de la cuisine, pour plumer les poulets. Plus loin, sur les pentes de la colline, s'élevait la fumée des pompes à eau situées près des mines. Avec celle des locomotives qui tiraient les wagons de minerais, elle formait de longues traînées nébuleuses et grises qui flottaient au-dessus de la ville. Jour et nuit, les activités de Willow Creek étaient source de poussière et de bruit. Angie n'était pas habituée à ce tumulte incessant. Les mines fonctionnaient vingt-quatre heures sur vingt-quatre. Un mineur terminant à minuit trouvait toujours un saloon, un restaurant, une salle de jeu ou de danse ouverte.

Sam ne rentrait jamais avant la tombée de la nuit. La veille, ses filles étaient couchées depuis longtemps quand il était revenu. Il s'était glissé en silence dans la cuisine pour voir si Angie lui avait laissé de quoi manger. Elle n'en avait rien fait.

Mais ce soir, elle l'attendrait de pied ferme, car elle voulait lui parler.

Si elle le voyait peu, elle pensait beaucoup à lui. Un peu trop même. Elle s'était aperçue avec surprise qu'elle prenait un grand plaisir à le regarder se raser le matin devant son petit miroir, se coiffer, nouer ses cheveux sur sa nuque. Elle lui faisait même chauffer de l'eau pour sa toilette et étendait sa serviette qu'il négligeait de suspendre.

Ces gestes quotidiens créaient entre eux une sorte d'intimité. Elle se demandait s'il avait ressenti la même chose, le premier jour, quand elle avait fait irruption en peignoir. À moins qu'elle ne lui ait rappelé Laura...

Elle trouvait pénible de penser à elle, mais comment l'éviter quand elle vivait dans *sa* maison, dormait dans *son* lit, s'occupait de *ses* filles ? Et quand elle passait une grande partie de son temps à s'irriter contre l'homme que Laura avait aimé ?

À s'irriter et à se laisser troubler. Sam Holland était un très bel homme, qu'elle avait aimé, désiré. Parfois, elle contemplait le dessin de ses lèvres en se remémorant ces moments où, jeune fille, elle rêvait d'en découvrir le goût. À son grand désarroi, elle s'aperçut qu'elle en rêvait toujours.

Agacée par le tour que prenaient ses pensées, elle acheva de préparer le poulet et le mit à cuire avant d'aller brosser l'ensemble printanier qu'elle comptait porter à la messe, le lendemain. En finissant de déballer sa malle, elle tomba sur une tasse et une soucoupe en porcelaine de Chine ayant appartenu à sa mère. Au souvenir de cette femme si douce et si sereine ses yeux s'embuèrent. Son calme à toute épreuve l'avait toujours étonnée. Elle ne lui ressemblait pas. Elle avait hérité son caractère impétueux et coléreux de son père. Physiquement, elle ne possédait pas la grâce et la délicatesse qui faisaient le charme de Mme Bertoli.

Angie soupira. Sa mère lui manquait. Il y avait tant de choses dont elle aurait aimé parler avec elle…

Quand elle avait emballé ses affaires, elle ne pensait pas rester à Willow Creek plus de quarante-huit heures. Elle se serait installée ensuite dans une petite maison en attendant l'issue du divorce. Dieu seul savait maintenant pour combien de temps elle était là ! Qu'aurait pensé Emily Bertoli de sa situation ?

Contemplant les petites roses peintes sur la porcelaine, elle songea qu'elles évoquaient parfaitement sa mère. Elle posa ce précieux legs sur le rebord de la fenêtre, au-dessus de l'évier. Chaque fois qu'elle se sentirait triste, elle le regarderait pour se souvenir que sa présence ici n'était que temporaire. Bientôt, elle aurait sa propre maison et serait une femme libre ; elle pourrait enfin commencer à vivre.

Un peu plus tard, quand les fillettes furent installées à la table du dîner, Angie retint un sourire. Elles contemplaient le poulet avec des yeux brillant de convoitise tout en tâchant de le cacher.

— Alors, lança-t-elle d'un ton léger, vous n'êtes pas allées dans Myers Street aujourd'hui, n'est-ce pas ?

— Non, répondit Daisy d'un ton solennel. Papa nous l'a défendu.

Angie leur passa la purée.

— Et où êtes-vous allées ?

— Nous avons joué à la balle avec les enfants Mueller, et puis nous sommes allées voir papa travailler. Moi aussi, je serai charpentier quand je serai grande, décréta Lucy.

— Ah ? s'étonna Daisy. Je croyais que tu voulais être comme Mlle Lily.

— Je voudrais lui ressembler, mais je serai charpentier.

— Ce n'est pas un métier de filles, avança Daisy en cherchant l'approbation d'Angie.

— Je n'ai jamais vu de femme construire une maison, mais... prendre un marteau et planter un clou, c'est à notre portée.

— Est-ce que papa était déjà charpentier quand vous l'avez connu ? demanda Lucy.

— Oui. Mon père les avait engagés, son père et lui, pour construire de nouvelles armoires pour notre cuisine. Voilà comment nous nous sommes connus.

La première fois qu'elle avait vu Sam, elle en avait eu le souffle coupé. Il était si beau, si... naturel. Son cœur s'était mis à battre violemment tandis qu'elle l'observait. Près du grand orme, dans le jardin, il mesurait une planche de bois posée sur deux chevalets. Elle se rappelait avec précision son expression intense et concentrée, la sûreté de ses gestes.

Habituée à fréquenter des jeunes gens en costumes stricts, aux chaussures soigneusement cirées et aux cheveux plaqués et gominés, la décontraction de Sam qui travaillait en chemise ample l'avait fascinée. Ses manches relevées laissaient apparaître des bras musclés qui l'avaient profondément troublée. Physiquement.

Quand il avait levé la tête et lui avait souri, son cœur avait cessé de battre. D'un mouvement souple, il avait rejeté ses cheveux bruns en arrière et avait posé sur elle ses yeux bleus et rieurs qui offraient un contraste saisissant avec son visage bronzé.

Elle avait seize ans, et était tombée éperdument amoureuse au premier regard.

— Angie ?

Daisy lui tira la manche.

— Oui ?

— Vous avez l'air bizarre...

— Euh... je... je me demandais simplement où vous rangiez votre baignoire, balbutia-t-elle en posant les yeux sur les trois bassines d'eau qui chauffaient sur le fourneau. Nous sommes samedi. C'est le jour du bain.

— Je n'ai pas besoin d'un bain, décréta Daisy, le visage soudain fermé.

— On utilise le baquet à lessive pour notre toilette. Daisy n'a pas envie de se baigner parce qu'elle ne veut pas montrer son pied, expliqua Lucy.

— Ce n'est pas vrai ! se défendit la cadette en rougissant. J'ai horreur des bains, c'est tout.

— Moi aussi, renchérit Lucy en défiant Angie du regard.

Elles ne perdaient jamais une occasion de la mettre à l'épreuve.

— Vous ne voudriez pas aller à l'église demain en étant sales ?

— Nous devons aller à l'église ? s'étonna Lucy.

Visiblement, elles ne s'y rendaient pas régulièrement. Angie non plus, mais elle estimait qu'une fillette qui souhaitait ressembler à Mlle Lily avait besoin d'être remise dans le droit chemin.

— Si je suis trop sale pour aller à l'église, je resterai à la maison, marmonna Daisy en plongeant le nez dans son assiette. Je ne prendrai pas de bain.

Angie décida de ne pas céder. Il était temps qu'elles comprennent qu'elles lui devaient un minimum d'obéissance.

— Où est le baquet ? demanda-t-elle à Lucy.

Daisy serra ses petits poings.

— Je n'irai pas dedans.

— Dehors, sous le porche de la cuisine. Je vais le chercher.

Pour une fois, la plus jeune ne suivait pas l'aînée qui lui servait toujours de modèle. Angie comprit que la situation était grave.

— Si cela peut t'aider, je ne regarderai pas ton pied, dit-elle doucement à Daisy dès que Lucy fut sortie.

Une larme roula sur la joue de la fillette.

— S'il vous plaît, ne m'y obligez pas, murmura-t-elle.

Le cœur d'Angie se serra. Plusieurs fois, Daisy était rentrée de l'école avec les yeux rouges, comme si elle avait pleuré. Redoutant que les autres enfants ne se soient moqués d'elle ou ne l'aient tourmentée à cause de son infirmité, elle lui avait posé la question, mais Daisy s'était murée dans le silence.

D'un autre côté, elle n'hésitait jamais à courir avec sa sœur et à se dépenser physiquement. Il n'y avait donc pas lieu de la ménager plus que nécessaire.

Lorsque Lucy revint en roulant l'énorme baquet sur le sol de la cuisine, Angie fut prise d'une inspiration subite.

— Vous êtes trop petites pour faire votre shampoing toutes seules. Je vais vous aider. Ce soir, exceptionnellement, vous serez autorisées à garder un vêtement. Un seul. Je devine que Daisy choisira de garder ses chaussettes, ajouta-t-elle d'un ton badin.

— Moi, mon jupon, décida Lucy.

— Parfait, dit Angie en commençant à verser l'eau chaude. Mes sels de bain sont sur la commode de la chambre. Daisy, tu veux bien aller les chercher ?

— Des sels de bain ? Mme Molly dit qu'ils coûtent trop cher pour être gaspillés pour des enfants.

— De temps en temps, des petites extravagances aident les femmes à se sentir mieux.

Angie prit soin de se détourner pendant que les fillettes se déshabillaient. Peu après, un délicieux parfum de rose embaumait la cuisine.

— C'est moi la première ! lança Daisy en grimpant dans le baquet. Hum… Ça sent bon !

Angie lui tendit un gant et une savonnette à la rose. C'était un petit luxe, certes, mais dans la mesure où Sam s'offrait de la bière et des cigares, elles-mêmes pouvaient s'octroyer de menus plaisirs.

Lucy s'agenouilla près du baquet et trempa ses mains dans l'eau parfumée.

— Tu as l'air bizarre avec une seule chaussette.

— Et toi, tu ne crois pas que tu es bizarre en jupon ?

Angie n'aurait jamais imaginé que la soirée s'achèverait dans des éclats de rire. Pourtant, ce bain s'avéra plaisant pour tout le monde. Une fois enveloppées dans des serviettes, les fillettes coururent dans leur chambre pour se mettre en chemise de nuit pendant qu'Angie entrait à son tour dans l'eau, déjà moins chaude, pour faire sa propre toilette.

Peu après, elles séchaient toutes trois leurs cheveux, assises devant la porte ouverte de la cuisinière. Angie avait vu le pauvre pied de Daisy, bien entendu – la chaussette mouillée n'en dissimulait plus grand-chose –, et une bouffée de colère l'avait submergée. Comment se faisait-il que Sam n'ait pas trouvé le moyen d'économiser l'argent de l'opération en cinq ans ? Il aurait pu vendre son cheval, sa maison ou... dévaliser une banque !

La chaleur engourdit les fillettes qui ne tardèrent pas à somnoler. Angie les emmena dans leur chambre et les borda. Au moment de leur dire bonsoir, elle se demanda si elles attendaient un baiser. Elle n'eut pas à s'interroger longtemps, car Daisy noua soudain ses petits bras autour de son cou.

— Merci, lui murmura-t-elle à l'oreille.

La jeune femme en fut tellement émue qu'elle en oublia de leur faire réciter leur prière.

6

En constatant que deux lampes brûlaient encore dans la maison, Sam se dit que soit Angie avait oublié d'éteindre, soit elle l'attendait. S'il s'agissait de cette dernière hypothèse, il ne savait trop s'il devait s'en réjouir.

Il ouvrit doucement la porte de la cuisine et entra. Elle était là. Assise à la table. Ravissante. Et elle sentait délicieusement bon. La rose, lui semblait-il. Oui, c'était ce parfum qu'exhalaient les roses en été. Elle portait une jupe sombre et un chemisier blanc qui mettait en valeur le galbe de ses seins. Il se demanda comment il n'avait pas remarqué plus tôt les courbes sensuelles de son corps, sa silhouette magnifique. En fait, il évitait d'y penser. À quoi bon ? C'était aussi vain que de souhaiter pouvoir changer le passé.

— Assieds-toi, dit-elle en se levant. Je vais te servir.

Il s'aperçut alors qu'elle avait dressé un couvert pour lui.

— J'ai déjà dîné au *Bon Ton*.

Toute la semaine, il s'était couché l'estomac vide, car elle ne lui avait jamais laissé un repas au chaud ou même de quoi manger. La mort dans l'âme, il avait dépensé cinquante *cents* pour s'offrir un souper substantiel, ce soir. Pour rien, apparemment, puisqu'elle avait changé d'avis.

Décidément, les femmes étaient des êtres imprévisibles.

— Il faut qu'on parle, Sam.

« Mauvais signe », se dit-il.

— Le café est-il encore chaud ?

— Brûlant.

Comme elle ne faisait pas mine de le servir, il se leva et s'en chargea lui-même.

— Sais-tu quelle heure il est ? commença-t-elle.

À la lumière de la lampe, ses cheveux auburn brillaient comme de la soie. Quelques mèches bouclaient autour de son visage, adoucissant ses traits bien dessinés. Pour essayer d'oublier combien elle était belle il se concentra sur sa personnalité exaspérante. Pourtant, il se surprenait parfois à retenir son souffle tandis qu'il la contemplait, et à songer que faire l'amour à une femme, avoir une femme dans sa vie lui manquait.

— Presque 11 heures, répondit-il.

— Depuis que je suis ici, tu n'as pu souhaiter bonne nuit à tes filles que deux fois. Trouves-tu normal de consacrer à peine une heure par jour à tes enfants, le matin ?

— Tu en as assez de t'occuper d'elles ? rétorqua-t-il tout en déplorant leur incapacité à avoir une conversation amicale.

— Non, mais ce n'est pas moi qu'elles ont envie de voir en fin de journée.

— Écoute, je passerais plus de temps avec elles si je le pouvais, mais je travaille dix heures par jour avant d'aller à la mine. Ensuite, je me rends au *Slipper* ou dans un autre saloon pour connaître les nouvelles.

— Tu estimes plus important de t'asseoir dans un saloon qu'avec tes enfants ?

La colère empourpra le visage de Sam.

— Rien n'est plus important que mes filles. Je n'agis que dans un seul but : rassembler l'argent nécessaire à l'opération de Daisy. Même quand je m'assois dans les saloons ! C'est là que j'apprends si on a découvert d'importants gisements, si les cours montent, quels syndicats sont acheteurs, si des voleurs de concessions traînent dans les parages. Tu ne sais pas ce qui se passe dans ces mines. Ces informations sont vitales.

— Tes filles ont besoin de toi, s'obstina-t-elle. N'est-ce pas vital aussi ?

— Bon sang, Angie, je fais de mon mieux ! Je ne peux être au four et au moulin. Je ne ferai jamais fortune si je n'agis pas ainsi. Je n'ai pas le choix.

— Molly Johnson prétend que tu rentrais plus tôt avant.

— A-t-elle précisé qu'il n'y a pas longtemps que les jours ont rallongé ? Je travaille plus longtemps parce qu'il fait jour plus longtemps. De plus, tu es là pour mettre les petites au lit.

Sam détestait devoir se justifier. C'était l'un des inconvénients lorsqu'on partageait sa vie avec une femme, il devrait se le remémorer plus souvent.

— Cela ne m'ennuie pas de m'occuper de tes filles. Je tiens à travailler et à me rendre utile tant que je suis là, mais pas à ce que toutes mes économies y passent.

— De quoi parles-tu ?

Elle lui énuméra les factures et les commerçants qu'elle avait dû payer. Sam ne comprenait vraiment rien aux femmes. Quelques jours plus tôt, elle était prête à offrir tout ce qu'elle possédait pour l'opération de Daisy, et maintenant, elle chipotait pour quelques dollars.

— D'accord, marmonna-t-il en sortant de sa poche arrière sa paie hebdomadaire. Je ne voudrais surtout pas que tout *ton* argent y passe. Combien je te dois ?

— Rien. Pour cette fois.

Elle examinait l'enveloppe d'un air pensif.

— Je me demande si tu gères bien ce que tu gagnes.

— Pardon ? s'étrangla-t-il.

Angie haussa les épaules.

— Oui, je ne comprends pas que tu n'aies pas encore réussi à rassembler les fonds nécessaires à l'opération de Daisy.

L'accusation fit mouche. Pourquoi éprouvait-elle le besoin de lui rappeler qu'il était encore loin du compte ? Une réflexion du père d'Angie lui revint en mémoire. *Tu n'arriveras jamais à rien*. En d'autres termes, elle venait de lui faire les mêmes reproches. La colère flamba dans ses yeux mais il retint les répliques acerbes qui lui venaient aux lèvres.

— Où veux-tu en venir, Angie ?

— Je sais tenir un budget. Je crois que nous économiserions plus vite si je m'occupais de la gestion du ménage.

Sa proposition le sidéra. Bien sûr, il connaissait des hommes qui remettaient toute leur paie à leur femme, mais lui ne connaissait pas sa femme. Il ne savait pas si elle était dépensière ou économe. Rien ne lui disait qu'elle n'était pas capable de gaspiller l'argent d'une semaine pour l'achat d'un chapeau venu de Paris.

— C'est moi qui tenais les cordons de la bourse quand maman est morte et quand papa a réduit les dépenses. Je m'en suis très bien sortie.

Comme il ne répondait pas, elle ajouta :

— Je peux me charger de notre argent.

— *Notre* argent ?

Il n'y avait pas cinq minutes, elle faisait une très nette différence entre *son* argent à *elle* et le sien. Elle ne manquait pas d'air, tout de même !

— J'ai dressé la liste des créanciers et j'ai chiffré ce qu'il y avait à payer, puis j'ai divisé ce qui restait. J'ai prévu l'argent des provisions, des urgences éventuelles, celui du saloon et celui dont les filles et moi pourrions avoir besoin. J'ai gardé une partie pour l'opération de Daisy et une autre pour notre divorce.

Elle semblait avoir pensé à tout. Sam se calma et réfléchit en se passant la main dans les cheveux. S'il parvenait à mettre sa fierté de côté et à réfléchir en toute honnêteté, il devait convenir qu'elle n'avait pas tout à fait tort. Il n'était pas un as en matière de gestion. Si la confier à Angie pouvait hâter l'opération de Daisy, il aurait tort de refuser, même si cette idée le hérissait.

Hésitant, il tourna et retourna l'enveloppe entre ses mains. Laura ne lui avait jamais demandé de lui remettre sa paie, mais Laura était aussi différente d'Angie que la pluie du beau temps.

— Je ne sais pas, avoua-t-il.

— Faisons un essai, proposa-t-elle.

— Bon, d'accord, s'inclina-t-il en pensant à Daisy. Faisons un essai pendant une semaine ou deux. Nous aviserons ensuite.

— Tu ne le regretteras pas, Sam, affirma-t-elle.

Il le regrettait déjà.

— Tu paieras ton équipe toi-même, crut-elle bon de préciser. Je ne serais pas à l'aise dans ce rôle.

— Seigneur ! Il ne manquerait plus que ça ! Que ma femme paye mes hommes !

Il secoua la tête et lui tendit l'enveloppe en songeant qu'en moins d'une semaine elle avait pris en main la tenue de sa maison, l'éducation de ses filles et la gestion de l'argent qu'il gagnait à la sueur de son front. Pendant ce temps, il se retrouvait sous une tente, au fond d'un jardin, à passer des nuits blanches en pensant à cette femme qui le détestait.

— Tu n'as plus rien à me dire ? grommela-t-il.

— Si, fit-elle en fourrant l'enveloppe dans la poche de sa jupe. Tous les matins, tu interroges tes filles sur ma façon de les traiter. J'ai l'impression que tu me surveilles, que tu épies le moindre de mes faits et gestes pour me juger, ajouta-t-elle en relevant la tête.

— En effet. Tu devrais comprendre que ce n'est pas facile pour moi de confier mes filles à une femme que je ne connais pas. Parce que je ne te connais pas,

Angie. Qui me dit que tu ne les maltraites pas ? Il est normal que je me renseigne.

— Je n'ai jamais eu d'enfant, mais je serais incapable d'en maltraiter un ! s'indigna-t-elle.

— Dans ce cas, il n'y a pas de problème, Angie. Écoute, ajouta-t-il d'un ton moins sec, je suis leur seule famille, le seul à les protéger du reste du monde. Je serais un père indigne si je te les confiais sans jeter un coup d'œil par-dessus ton épaule.

L'image d'une épaule ronde à la peau laiteuse occulta brusquement sa vision et ses pensées. Il secoua la tête pour la chasser. Il s'égarait.

— Et leurs grands-parents, elles ne les voient jamais ? demanda-t-elle à brûle-pourpoint.

— Qui t'a parlé d'eux ? fit-il en se raidissant.

— Molly. Elle m'a appris qu'ils vivaient à Colorado Springs.

Il jura entre ses dents.

— Je viens de te dire que j'étais leur seule famille.

Il se leva et posa sur elle un regard glacial.

— J'ignorais que Molly Johnson était aussi bavarde.

— Nous avons sympathisé. Elle essaie seulement de m'aider.

Elle se leva à son tour et ils se retrouvèrent tout près l'un de l'autre. Sam respira le délicieux parfum de roses qui émanait d'elle et son regard s'aventura dans l'étroite échancrure de son chemisier. Il détourna les yeux pour ne pas voir sa poitrine se soulever au rythme de sa respiration, mais le souvenir des quelques baisers qu'ils avaient échangés jadis lui revint. Trois en tout. Dont deux le jour de leur mariage. Des baisers passionnés mais chastes. À peine s'ils avaient entrouvert les lèvres. Ils étaient deux gamins inexpérimentés, à l'époque.

— As-tu embrassé un autre homme que moi ? lui demanda-t-il brusquement.

Une vive rougeur colora les joues d'Angie.

— Bien sûr que non !

— C'est dommage.

Il prit soudain conscience de toutes ces années perdues pour elle. À vingt-six ans, c'était une femme mariée mais vierge, et personne ne l'avait jamais vraiment embrassée. Pas étonnant qu'elle soit aussi agressive, la plupart du temps.

— Angie, je suis désolé.

Il le lui avait déjà dit, mais c'était la première fois qu'il le pensait vraiment. Il secoua la tête.

— Nous étions si jeunes à l'époque, si jeunes... ajouta-t-il.

Elle se laissa retomber sur sa chaise.

— Comment avons-nous pu croire que nous étions assez adultes pour nous marier ?

Elle ferma un instant les yeux.

— Il est tard, Sam. Ne parlons pas du passé, nous risquerions de nous disputer.

Il hocha la tête sans pouvoir s'empêcher de s'interroger sur ce qu'aurait été sa vie si elle l'avait suivi dix ans auparavant. Auraient-ils été heureux ? Auraient-ils été pressés de gagner le lit conjugal, une nuit comme celle-ci ? Mais à quoi bon toutes ces suppositions ?

— Bonne nuit, Angie, dit-il en se dirigeant vers la porte de la cuisine.

— Oh, j'allais oublier ! fit-elle. Nous partons à 10 h 30, demain matin.

— Pour aller où ?

— À l'église.

Elle jeta un regard sur son pantalon en denim et sa chemise de travail avant d'ajouter :

— J'imagine que tu prendras le temps de passer à la douche municipale, avant.

Molly amenait souvent les filles à l'église, mais pas tous les dimanches. Il comprit qu'il pouvait difficilement se dispenser de les accompagner, après qu'Angie lui eut reproché de les négliger. Du même coup, il renonça à son projet de passer la matinée à sa concession minière. Il sortit en jurant dans sa barbe, s'arrêta brusquement et revint sur ses pas.

— Mon costume et mes chaussures sont dans ton armoire.

Son armoire.

— Je te les sortirai demain matin, répondit-elle.

— Tu es en train de bouleverser ma vie, Angie.

Il se demanda soudain si ses cheveux sentaient aussi la rose. Si les fossettes aux coins de sa bouche se creusaient quand elle souriait – si toutefois il lui arrivait de sourire.

— Je n'ai pas l'intention de bouleverser quoi que ce soit.

Il aurait juré qu'elle contemplait sa bouche avec une expression étrange.

— Je vais être claire, Sam. Je ne nourris aucune pensée charitable ou respectueuse envers Laura. Néanmoins, quand je regarde ses filles, je ne peux m'empêcher de me demander ce qu'elle aurait fait à ma place. Et je crois qu'elle aurait voulu que leur père passe plus de temps avec elle et qu'elles aillent à l'église.

Sans répondre, Sam se contenta de tourner le dos et de sortir.

Ce n'était pas la première fois qu'il dormait sous la tente. Cela lui était arrivé souvent quand il était parti faire fortune dans l'Ouest. L'odeur de la bâche épaisse lui était familière, elle évoquait les espoirs et les désillusions qui avaient été son lot jusqu'à présent.

Mais à l'époque, il n'avait pas une maison à deux pas. Et encore moins un matelas en plumes dont sa femme profitait sans lui.

Il noua les mains derrière la tête et fixa le plafond de toile. Le retour d'Angie dans sa vie lui déplaisait tout autant que le désir qu'elle éveillait en lui en même temps que ce sentiment d'impuissance qu'il croyait avoir surmonté depuis longtemps.

Dans ces moments de découragement, il se surprenait à dialoguer silencieusement avec son beau-père, lui expliquant qu'il aurait peut-être réussi s'il s'était établi quelque part au lieu d'aller chercher fortune dans les mines d'or. Mais sa femme ayant refusé de quitter Chicago, il n'avait eu aucune raison de s'établir. Une vie aventureuse lui avait paru mieux convenir à sa solitude. Libre de toute attache, il avait poursuivi des rêves démesurés, réussissant à subsister sans pour autant prospérer.

Certains prétendaient que Gold Hill avait déjà donné tout ce qu'elle avait dans le ventre, qu'on n'y dénicherait plus de grands gisements, mais Sam n'en croyait rien. Pas plus tard que le mois dernier, Bart Jablonski avait vendu sa concession à un syndicat quatre-vingt mille dollars. C'était moins du million, mais la somme était loin d'être négligeable.

Sam ferma les yeux. Il y avait des années qu'il rêvait de tomber sur le jackpot, au point d'en perdre parfois le sommeil.

Cette nuit, cependant, ce n'étaient pas ses espoirs déçus qui l'empêchaient de dormir mais un parfum de roses, la vision de grands yeux noirs et de fossettes qui se creusaient autour d'une bouche qui appelait les baisers.

Au moment de partir pour la messe, Daisy et Lucy se présentèrent en robe de calicot, chapeau de paille informe, et chaussures râpées de tous les jours.

Angie fronça les sourcils en ajustant ses gants. S'agissait-il d'un nouveau défi ou d'un accès de rébellion sous prétexte que l'idée d'aller à la messe ne les enthousiasmait pas ?

Sur ces entrefaites, Sam entra par la porte de derrière en se battant avec son nœud cravate. L'espace d'un instant, Angie oublia les filles pour le contempler. Dieu, qu'il était beau ! Elle le trouvait déjà irrésistible en denim et flanelle, mais en costume… Ses épaules paraissaient encore plus larges, et il ressemblait davantage à l'homme qu'elle avait épousé. Mis à part la moustache, qu'il avait rasée, et la maturité qui rendait son visage plus expressif. Plus intéressant.

Le temps avait accentué la fermeté de ses traits, l'intensité de son regard. Il se déplaçait avec une sorte de confiance inaliénable, comme si rien ne pouvait se dresser en travers de son chemin. Si Angie l'avait rencontré aujourd'hui pour la première fois, elle l'aurait pris pour un homme d'affaires prospère, quelque peu impitoyable et calculateur. Et nécessitant une sérieuse coupe de cheveux.

Prenant soudain conscience qu'ils se dévisageaient mutuellement, elle s'éclaircit la voix et reporta son attention sur les filles.

— Dépêchez-vous d'aller mettre vos habits du dimanche, leur dit-elle d'un ton plaisant mais ferme.

— Nous n'avons pas d'habits du dimanche, rétorqua Lucy en affichant un air exagérément offensé.

— Cela ne vous dérange pas que je vérifie n'est-ce pas ?

Sans attendre leur réponse, elle entra dans leur chambre, certaine que Lucy mentait. Mais après avoir passé en revue le contenu de la vieille armoire, elle dut se rendre à l'évidence et retourna dans la salle en fulminant.

— Elles n'ont pas de robe du dimanche !

Sam examina ses filles.

— Je les trouve très bien comme ça, décréta-t-il, au grand plaisir des fillettes.

— Mais, elles sont habillées comme pour aller à l'école. C'est… c'est inacceptable !

Sam s'aperçut enfin qu'Angie portait un ensemble de printemps bleu marine avec de nombreux jupons qui donnaient à la jupe une forme très à la mode. Il se tourna vers ses filles en fronçant les sourcils.

— Pourquoi ne m'avez-vous pas dit que vous aviez besoin d'une robe du dimanche ?

Lucy se tordait les mains, et des larmes scintillaient dans les yeux de Daisy.

— Ce n'est pas leur faute ! plaida Angie.

— Je ne les accuse pas. J'aurais simplement aimé savoir qu'elles avaient besoin d'une nouvelle robe.

Angie faillit rétorquer qu'il aurait pu s'en rendre compte par lui-même, mais elle se souvint que les hommes ne s'intéressaient pas à la façon dont s'habillaient leurs enfants. Seules les femmes s'en chargeaient, et ces petites-là n'avaient plus de mère.

— Bon, allons voir ce que nous pouvons trouver pour rehausser tout ça, déclara-t-elle en entraînant les fillettes vers sa chambre.

— Papa nous trouve très bien, lui rappela Lucy.

— Certes, mais pour aller à la messe, on doit être encore plus belle que d'habitude.

Dans l'un de ses tiroirs, elle dénicha un col en dentelle. Elle le noua autour du cou de Lucy qui retrouva instantanément le sourire.

— Je n'aime pas quand vous vous disputez avec papa, remarqua Daisy en contemplant la jeune femme avec des yeux humides.

Il n'était pas venu à l'esprit d'Angie que la tension entre leur père et elle pouvait perturber les petites. Elle se promit de retenir cette nouvelle leçon.

— J'avais seulement oublié que les hommes n'aiment pas parler chiffon. Donne-moi ton chapeau, Daisy.

Angie prit du fil et des aiguilles. Cinq minutes plus tard, un ruban bleu et des petites roses en soie ornaient le chapeau de Daisy.

— Moi aussi, je sais coudre, avança timidement celle-ci. Mais pas aussi bien que vous.

— J'ai fait un modèle de broderie, l'année dernière, renchérit Lucy.

— C'est bien, approuva Angie en plaçant le chapeau sur la tête de Daisy. C'est très utile de savoir coudre.

Debout sur le lit, les fillettes se contemplèrent dans le miroir.

Lucy lissa le col de dentelle qu'Angie trouvait ridicule sur une robe en calicot.

— Mlle Lily porte des cols en dentelle parfois.

— Eh bien, si la fameuse Mlle Lily en porte, c'est que nous sommes à la mode, répondit Angie avec une ironie qui échappa à son auditoire.

Elle soupira. En touche finale, elle appliqua un soupçon d'eau de toilette à la rose derrière les oreilles des filles et des siennes.

— Voilà, nous sommes prêtes. Et vous êtes très bien coiffées, commenta-t-elle en notant leurs boucles blondes bien démêlées.

— Merci, dit Lucy, surprise.

Faisait-elle si rarement des compliments, que la fillette s'en étonnât ? songea-t-elle comme elles rejoignaient Sam. Une fois de plus, elle se sentit dépassée par ce rôle maternel qui lui était échu sans qu'elle eût rien demandé. Se recueillir à l'église lui ferait le plus grand bien, ainsi qu'aux filles. Mlle Lily... Seigneur, quelle référence !

— Prenez vos manteaux, les filles, dit Sam. Il a neigé la nuit dernière.

Il se rembrunit en constatant que celui de Lucy était trop court.

— Neigé ? En avril ? s'étonna Angie.

— À peine quelques flocons. Ils auront fondu avant midi.

— Papa, sens-moi ! s'écria Daisy. Angie m'a mis du vrai parfum !

Ayant ouvert la porte de la cuisine, celle-ci fixait le sol recouvert d'une fine pellicule de neige avec consternation. Cet endroit était inhumain. À Chicago, il faisait chaud depuis longtemps. Elle revit son jardin plein de tulipes, de jonquilles et de vivaces en boutons. Son jardin... qui n'était plus le sien. La maison où elle avait grandi appartenait à des étrangers désormais.

Sentant les larmes perler, elle chassa ces pensées qui l'emplissaient de mélancolie et sortit. Les nuages s'éloignaient vers le sud, cédant la place à de grands pans de ciel bleu. Décidant de prendre les choses du bon côté, elle se dit qu'au moins, l'air glacé lui donnerait bonne mine.

Des portes s'ouvraient dans Carr Street, livrant passage à des familles endimanchées. Des regards curieux se posaient sur Angie qui répondait aux saluts en se demandant si on la comparait à Laura. Probablement. De même que toute la ville devait savoir, sans en comprendre la raison, que Sam dormait dans le jardin.

Elle lui jeta un bref regard. Sans un mot, il lui prit le bras. C'était la première fois qu'il la touchait depuis qu'ils avaient discuté chez Mme Finn, le jour de son arrivée. Cette main sur son bras la troublait et son premier mouvement fut de se dégager. Mais, peu désireuse d'alimenter des commérages qui devaient déjà aller bon train, elle n'en fit rien. Le temps d'atteindre l'église, elle avait l'impression que ses doigts la brûlaient à travers sa manche.

Quand ils s'assirent parmi les fidèles, elle ne put se concentrer sur les paroles du prêtre. La proximité de Sam l'en empêchait. Elle sentait son épaule contre la sienne, et son odeur de savon et de lotion capillaire la grisait.

Avec un imperceptible soupir, elle contempla ses mains posées sur ses cuisses. Fortes, carrées mais racées, avec de longs doigts. Des mains d'artiste. De poète.

Cédant à une folle impulsion, elle se pencha vers lui et murmura :

— Tu joues du piano ?

Il haussa les sourcils et sourit.

— Non, du violon.

Mon Dieu, elle l'ignorait ! Leurs regards se soudèrent un instant et le sourire de Sam s'élargit tandis qu'il reportait son attention sur le prêtre. Il semblait lire en elle. Ils savaient si peu de chose l'un de l'autre.

Troublée, Angie se tourna vers les filles et leur fit les gros yeux car elles balançaient leurs jambes et se tordaient le cou pour voir qui arrivait. Elles attendaient sans doute Mlle Lily.

— Cessez de gigoter et écoutez, chuchota-t-elle, se rappelant que sa mère lui disait la même chose.

Elle se trouvait bien mal placée pour leur faire ce genre de remontrances, elle qui se laissait distraire par les mains d'un homme, son odeur, la chaleur de son corps près du sien. Quand il posait ses magnifiques yeux bleus sur elle, elle devenait toute faible. Ces émois physiques la déconcertaient et elle s'efforça de se rappeler qu'elle vivait chez Sam par la force des choses, et non de son plein gré.

Après le service, les femmes et les hommes se séparèrent en deux groupes. Sam rejoignit Cannady Johnson, le maire, son avocat et d'autres près de l'immense épicéa. Ils allumèrent des cigares et la conversation roula bien vite sur le prochain combat de boxe prévu pour l'été.

Tout en les écoutant, Sam remarqua que Molly Johnson présentait Angie aux autres femmes du groupe. Il constata également que tout le monde à part ses filles portait la tenue du dimanche. Il s'en voulait, mais Angie prendrait les choses en main.

Avant qu'elle ne surgisse à nouveau dans sa vie, il ne doutait pas de sa capacité à s'occuper de ses filles. À présent, il se sentait coupable de ne pas leur consacrer suffisamment de temps et de ne pas avoir pensé à leurs robes du dimanche. Le pire de tout restant qu'il n'avait toujours pas de quoi payer l'opération de Daisy.

Il exhala une bouffée de cigare tout en observant Angie à travers la fumée bleutée. Combien de fois par jour se remémorait-il les paroles de son père : *Tu n'arriveras jamais à rien*. Y pensait-elle aussi souvent que lui ? Quand elle le regardait, remerciait-elle sa bonne étoile de ne pas avoir perdu ces dix années avec lui ?

Cannady Johnson se tourna vers Sam et l'étudia d'un œil amusé.

— C'est une bien jolie femme que tu as là, Holland.

Tous les hommes se retournèrent pour observer Angie.

— D'origine italienne, n'est-ce pas ? J'ai entendu dire que les Italiennes…

Le regard froid de Sam coupa court aux propos de Peak Jamison.

Cole Krieder prit la relève.

— Ma première femme était italienne. Elle n'avait pas sa pareille pour réussir la sauce tomate. Paix à son âme, la pauvre.

— À propos, Sam, il faut qu'on parle de ta nouvelle femme, intervint Marsh Collins, son avocat.

Il l'entraîna à l'écart du groupe.

— Est-il vrai qu'elle n'est pas si nouvelle que ça ? Que vous êtes mariés depuis des années ?

— C'est une longue histoire, mais oui, c'est vrai, admit Sam en souhaitant plus que jamais qu'un autre scandale éclate et détourne l'attention des gens de sa situation.

Marsh hocha la tête.

— C'est une bonne idée de l'avoir amenée ici. Cela t'aidera, au cas où.

— Au cas où je n'arriverais pas à rassembler à temps l'argent pour l'opération de Daisy.

Sam chercha machinalement des yeux sa petite fille, qui courait avec d'autres. Son déhanchement faisait peine à voir, et son cœur se serra douloureusement. Elle affirmait qu'elle ne souffrait pas en marchant ou en courant, mais il en doutait.

Il serra les dents en se demandant s'il n'était pas devenu la cible d'une conspiration divine. Trois fois déjà il avait eu l'argent nécessaire. La première, un voleur sans foi ni loi s'en était emparé. La deuxième, l'un de ses ouvriers était tombé d'un toit et s'était tué. Il avait tout donné à sa veuve. La troisième, ses économies avaient servi à payer des funérailles décentes à Laura. Il lui avait acheté une robe en soie pour reposer dans son cercueil, le plus beau, avec des ferrures et des poignées en cuivre. Une pierre tombale en granite aurait coûté moins cher que le marbre qu'il avait choisi, mais il ne regrettait pas ses choix. À présent, cependant, il n'avait plus qu'une idée en tête : faire opérer Daisy. Envers et contre tout.

— Au cas où les choses ne se dérouleraient pas comme nous l'espérons, répondit Marsh Collins, usant de précautions oratoires qui ne lui étaient pas habituelles, tu ne serais pas seul. Cela aide toujours d'avoir une femme, un foyer stable. De plus, tout le monde prendra ta défense plus aisément.

— À moins que la maison de Dryfus ne brûle, jeta Sam en éteignant son cigare sur le talon de sa botte.

— Certes. Mais cela n'arrivera pas.

Tout semblait calme, en effet, et Sam se reprochait parfois de trop dépenser pour faire surveiller le chantier. Mais il avait opté pour la prudence. Ce soir, c'était son tour de monter la garde après minuit. Au moins, cela ne lui coûterait rien.

Clovis Petry s'approcha d'eux et les interrompit sans vergogne.

— Ta femme de longue date ne s'appellerait pas Angelina Bertoli, par hasard ? demanda-t-il.

Il n'y avait qu'une seule raison pour que le receveur des postes connaisse le nom de sa femme. Avant de lui répondre, Sam se tourna vers Marsh.

— Si tu as l'intention de compter cette brève et inutile conversation comme une consultation, regarde l'heure, s'il te plaît, parce que nous avons terminé.

Marsh sourit.

— Je la mettrai sur ta note.

— Pourquoi veux-tu connaître le nom de ma femme ? demanda alors Sam à Clovis.

— Parce que si elle s'appelle bien Angelina Bertoli, j'ai une lettre pour elle, de Chicago. Depuis déjà trois jours.

— Je passerai la prendre demain en allant au chantier.

— Elle provient d'un homme.

Marsh Collins éclata de rire.

— Que dit cette lettre, Clovis ?

— Je ne lis pas le courrier des gens ! s'exclama l'employé des postes, outré, avant de s'éloigner.

Sam regarda de nouveau Angie. Elle était la plus belle femme du groupe. Il en était de plus en plus conscient, surtout depuis qu'ils avaient partagé le même banc, à l'église. Pendant tout le sermon, des pensées bien peu religieuses l'avaient tourmenté.

Sa présence devenait un vrai problème, mais il ne pouvait s'ôter de l'esprit qu'elle était une femme aujourd'hui, et qu'aucun homme ne l'avait jamais vraiment embrassée.

7

Le lundi, un vent froid et sec soufflait dans un ciel bleu ensoleillé. Un jour parfait pour la lessive, selon Molly. N'étant pas une experte en la matière, Angie suivit ses conseils et sortit la lessiveuse.

Jamais elle n'avait lavé le linge de toute une famille. Une tâche ingrate et éprouvante, mais personne ne s'en chargerait à sa place, aussi prit-elle son courage à deux mains. Il lui fallait trois baquets. Un pour le savonnage, un pour le rinçage, le troisième pour l'essorage. Angie se mit au travail.

Un peu plus tard, comme Molly commençait à étendre son linge dans son jardin, Angie constata avec satisfaction que son blanc n'avait rien à envier à celui de sa voisine. Elle se tourna vers Willow Creek et constata que du linge flottait au vent sur toutes les cordes. Elle sourit en songeant qu'elle était comme toutes les autres mères de famille. Demain, elles repasseraient.

À la différence près qu'elle n'était pas une mère de famille. Les petites robes en calicot qui séchaient maintenant au vent appartenaient aux enfants d'une autre. Si Sam avait eu les moyens de payer le divorce, elle vivrait seule aujourd'hui, et donnerait son linge à la blanchisserie la plus proche. Comme elle l'avait toujours fait.

Avec un soupir, elle se dirigea vers la tente où dormait Sam et écarta le battant qui servait de porte.

Son sac de couchage était étendu sur un lit de camp. Une superbe petite table en bois ouvragé supportait une lampe. Un morceau de tronc d'arbre pourvu de branches servait de portemanteau.

Avec le sentiment d'être une intruse, Angie se glissa à l'intérieur et examina les vêtements. Ils avaient tous besoin d'être lavés. Sous l'effet d'une étrange impulsion, elle prit une chemise et y enfouit son visage pour respirer son odeur. Le savon. La mousse à raser. La sueur, imperceptiblement. Le cigare, légèrement. Mais surtout, le grand air. Sam évoquait le soleil, les forêts de pins, le parfum du bois et du goudron des toitures.

Et ces senteurs la troublèrent tellement qu'elle eut un étourdissement et chercha un siège, mais le seul endroit disponible pour s'asseoir était son lit.

Seigneur ! Que lui arrivait-il ? Quelques minutes plus tôt, elle réfléchissait à la maternité et aux aléas de la vie, et voilà soudain qu'elle se sentait toute faible et tremblante. L'odeur de Sam réveillait ses sens. Une douce chaleur se propageait en elle, se concentrant entre ses jambes en un véritable brasier.

Sous le choc, elle jeta la chemise et courut se réfugier dans la cuisine où elle but un café dans la tasse de sa mère. Comment le simple fait de toucher les habits de Sam, de humer son parfum avait-il pu la mettre dans un état pareil ? Encore heureux qu'elle ne soit pas tombée sur ses sous-vêtements !

— Angie ?

Elle sursauta en reconnaissant la voix de Sam. À quelques minutes près, il la surprenait dans sa tente, le visage dans sa chemise… Dieu du Ciel !

Elle se leva d'un bond et le toisa, saisie d'une colère aussi soudaine que sans objet.

— Que fais-tu là ?

— Si ma mémoire est bonne, j'habite ici. J'ai oublié mon panier-repas, ce matin.

Son regard coula sur elle, sur ses jupes relevées par des épingles, son tablier de lessive.

— Je n'ai pas l'intention de laver ton linge ! lâcha-t-elle brusquement.

Après tout, elle n'était pas venue chez lui pour lui servir de bonne, lui préparer ses repas et jouer les nounous ! Pendant qu'elle se morfondait chez ses parents, qu'elle s'étiolait jour après jour, il avait vécu maritalement avec une autre, lui faisant deux enfants. Durant toutes ces années, elle était restée chaste alors qu'il avait goûté à des plaisirs restés inconnus d'elle et mystérieux. Ce n'était ni normal ni juste.

— Que se passe-t-il, Angie ? Pourquoi es-tu en colère ?

Elle planta les poings sur ses hanches.

— Comment as-tu osé, Sam ? Nous étions mariés !

Elle se mit à arpenter la pièce.

— Tu t'es installé avec une autre, tu as fondé une famille comme si je n'existais pas ! Il ne t'est jamais venu à l'esprit que moi aussi j'aurais aimé avoir une vie de femme et des enfants ?

Furieuse, elle envoya un coup de pied dans un baquet posé sur le plancher. Un peu d'eau déborda, mais elle n'en avait cure. L'injustice de la vie lui donnait envie de crier, de casser.

— Je n'ai pas à laver tes sous-vêtements dans la mesure où tu n'es pas vraiment mon mari ! Tes chaussettes, encore moins ! Il faudrait qu'une femme soit dans l'indigence totale, qu'elle ait perdu la tête ou qu'elle soit follement amoureuse pour en avoir envie !

— Excuse-moi mais... qu'est-ce qui t'a mise dans cet état ? demanda-t-il en l'étudiant attentivement.

— N'est-ce pas évident ? Je suis là à m'occuper des enfants d'une femme que tu as aimée, avec qui tu as vécu pendant que moi je brodais ces innombrables taies d'oreillers ridicules, sans rien avoir connu d'autre de… de l'amour que trois baisers en tout et pour tout… sans même avoir… avoir… tu sais ce que je veux dire. Nous étions mariés, mais cela ne t'a pas empêché de…

Sans lui laisser le temps de réagir, il franchit la distance qui les séparait, glissa la main autour de sa taille et l'attira contre lui sans douceur. Aussitôt, l'odeur qu'elle avait respirée sous la tente l'enveloppa. Mit ses sens en émoi. Lui monta à la tête. La chaleur de ses mains, le contact de son corps puissant la troublèrent tellement que l'air lui manqua.

— Qu'est-ce que tu… bredouilla-t-elle.

Elle ne put aller plus loin, car il s'empara de sa bouche avec une ardeur brûlante. Ce baiser n'avait rien à voir avec celui d'un jeune homme inexpérimenté. Sa langue força le passage de ses lèvres sans pudeur, et ce fut comme si un courant électrique traversait le corps de la jeune femme.

Effarée, elle leva les bras pour le repousser, mais ses jambes se dérobèrent sous elle et elle se retrouva pendue à son cou. Elle ploya dans ses bras, totalement offerte. Un désir dévorant anéantissait sa volonté.

Elle répondit éperdument à son baiser et il frissonna contre elle en la sentant si réceptive, referma ses mains au creux de ses reins pour la plaquer contre lui. Jamais elle n'avait connu pareille intimité avec un homme, mais déjà de nouvelles sensations étranges et inconnues d'elle prévalaient sur la stupeur, le choc. Une onde de chaleur s'insinuait en elle, dans les lieux les plus secrets de son être. Elle se sentait toute drôle.

Tout à coup, elle se rendit compte qu'elle était en train de lui caresser la joue, de palper son visage ferme, légèrement râpeux. Le baiser qu'il lui donnait aujourd'hui n'avait plus rien de chaste. C'était le baiser d'un homme qui la désirait. Il la consumait, corps et âme.

Quand il libéra sa bouche, ils étaient tous deux à bout de souffle, mais il la garda contre lui pour l'empêcher de tomber.

— Si tu n'avais jamais été vraiment embrassée, c'est chose faite.

Une seule pensée s'imposa à l'esprit confus de la jeune femme : elle portait sa plus vieille robe relevée sur ses bas les plus grossiers, et ses cheveux étaient affreusement en désordre. Au moment où elle se sentait le moins séduisante, elle recevait le baiser de ses rêves. C'était à n'y rien comprendre.

Sam la lâcha doucement et s'approcha de l'évier où il s'appuya pour regarder dehors.

— Excuse-moi. Je m'étais juré de ne pas te toucher, fit-il en se passant la main dans les cheveux.

Étourdie, Angie se laissa tomber sur une chaise. Elle venait d'avoir un aperçu des égarements de la passion. Rien ne serait jamais plus comme avant. C'était l'expérience la plus excitante de sa vie.

Et elle rêvait de recommencer…

Se raclant la gorge, Sam se tourna vers elle. C'est alors qu'il aperçut des pots pourvus d'étiquettes sur l'étagère au-dessus de la cuisinière.

— Qu'est-ce que c'est ? s'enquit-il.

— J'ai commencé la lessive plus tard que prévu, car je suis allée en ville pour payer certaines de tes dettes, répondit Angie d'une voix un peu rauque qui sonna étrangement à ses propres oreilles. J'ai réparti ce qui reste dans ces pots.

L'un était marqué *Sam*, les autres *Les filles et Angie*, *Nourriture*, *Entretien maison*, *Opération*, *Divorce*. Il regarda ce que contenaient les deux derniers.

— Cinquante *cents* par pot ?

— Tu avais beaucoup de dettes, il ne reste pas grand-chose.

— Je n'en vois pas pour les cadeaux. Les petites filles ont besoin de cadeaux. Elles adorent les rubans, les crèmes glacées.

— J'avais prévu une rubrique *Extras* dans leur jarre, dit-elle d'une toute petite voix, émue de constater qu'il avait ce genre d'attentions pour elles.

— L'hiver est toujours une période calme pour la construction. Les activités devraient reprendre au printemps.

Elle avait pourtant constaté avec étonnement qu'il ne gagnait pas mal sa vie. Malheureusement, les heures de garde payées en supplément à ses hommes et ses dettes engloutissaient une bonne partie de son salaire.

— Je voulais régler une partie de ce que tu dois à Marsh Collins – la dette est importante –, mais on m'a conseillé d'aller au *Gold Slipper* pour le trouver, et il est hors de question que j'entre dans un saloon. Qui est ce Marsh Collins ?

Sam éluda la question.

— Reste-t-il assez pour acheter de nouvelles robes aux petites ?

Distraite par la courbe de ses larges épaules qu'elle imaginait sous la chemise de flanelle, elle ne répondit pas tout de suite. D'autant que son regard glissa malgré elle sur ses cuisses puissantes moulées dans le pantalon en denim…

— De nouvelles robes ? Euh… oui, j'y ai pensé. Je comptais couper deux des miennes pour leur en confectionner. Nous n'aurons plus qu'à payer la couturière, les chaussures et quelques babioles.

Sam pivota pour lui faire face.

— Tu n'as pas besoin de sacrifier tes robes. Achète du tissu.

— Ce n'est pas grave. Je…

— Ton père a habillé ma femme pendant dix ans. Je ne veux pas qu'il habille aussi mes filles. Achète du tissu.

Sur ce, il prit son panier-repas et se dirigea vers la porte.

— Pourquoi ne pas économiser cette dépense ? insista-t-elle.

— Il est hors de question que mes filles portent des vieilles nippes.

Pourquoi s'obstinait-il ? Aurait-elle heurté sa fierté ? Elle se leva d'un bond.

— Je refuse toujours de laver tes vêtements, crut-elle bon de lui rappeler.

Qu'il ne s'imagine surtout pas qu'un baiser allait tout changer ! D'autant qu'au lieu de la calmer, il lui avait donné un avant-goût de tout ce qu'elle avait manqué durant ces dix années et cela la mettait hors d'elle.

Au moment d'ouvrir la porte, il s'arrêta.

— J'allais oublier. Qui est Peter De Groot ?

Stupéfaite, Angie se figea sur place.

— Comment diable connais-tu le nom de Peter ? articula-t-elle, le premier choc passé.

Sam plongea la main dans sa chemise.

— Je suppose que c'est l'avocat de ton père ?

Les joues d'Angie s'empourprèrent.

— Non, dit-elle, réticente. M. De Groot est un ami. Un ami proche.

— Je vois. « Proche » jusqu'à quel point ?

Mal à l'aise, elle repoussa une mèche de son front.

— Nous… Eh bien… M. De Groot et moi avions l'intention de… enfin peut-être, nous marier, une fois notre divorce prononcé.

Sam plissa les yeux et son regard s'intensifia :

— Es-tu en train de me dire que ce type convoite ma femme ?

— En quelque sorte, oui, rétorqua-t-elle. Et je te trouve très mal placé pour me reprocher quoi que ce soit parce que toi, tu ne t'es pas contenté de convoiter une autre femme. Tu as vécu avec elle et tu lui as fait des enfants !

— Ce n'est pas la même chose.

— Bien sûr !

— Je te signale que nous sommes toujours mariés et que nous vivons sous le même toit, alors tu vas dire à ce type de ne plus essayer de prendre contact avec toi.

— Quoi ? Mais... quel toupet ! Il n'en est pas question ! Dès que nous aurons divorcé, j'ai la ferme intention d'épouser M. De Groot !

— Nous ne sommes pas encore divorcés alors, en attendant, je ne tolérerai pas que tu aies une liaison avec un autre !

— J'ai le droit de faire des projets d'avenir !

Il pointa un doigt dans sa direction.

— Angie, tu vas lui dire de cesser de t'écrire. Quand nous serons séparés, tu feras ce que tu voudras, mais tant que tu vivras sous mon toit, tu te plieras à *mes* règles.

Sur ces mots, il ouvrit grand la porte et sortit sous le regard courroucé de la jeune femme. Elle attrapa la première chose qui lui tomba sous la main, une salière, et la jeta dans sa direction. Elle s'écrasa contre le mur, près du chambranle. Voyant qu'elle avait manqué sa cible, elle saisit un vase et courut derrière lui pour le lui lancer. Il manqua sa tête de peu et s'écrasa sur la route.

Sam s'immobilisa et se retourna.

— Décidément, les Italiennes ont le sang chaud ! Je ne changerai pas d'avis pour autant. Dis à ce type que tu es ma femme, et que je ne tolérerai pas qu'il ose te courtiser !

— Je... je ne laverai jamais tes vêtements ! cria-t-elle. Et encore moins tes sous-vêtements !

Il feignit de ne pas l'entendre, mais il fut bien le seul dans le voisinage.

Quand Sam entendit le bonjour de Cannady Johnson, il sortit du trou où il creusait et secoua son chapeau avant de lui serrer la main.

— Alors ? La chance te sourit ? s'enquit Cannady en scrutant l'intérieur de la cavité où brûlait une lanterne.

— J'ai de l'espoir, cette fois. J'ai suivi un filon qui m'a mené jusqu'ici.

Il avait déjà suivi plusieurs filons sans résultat, mais aujourd'hui, il avait l'impression qu'il allait enfin trouver de l'or.

Dehors, le soleil se couchait, incendiant le ciel de lueurs fauves. Plus bas, les lumières de la ville s'allumaient peu à peu, notamment dans Bennet et Myers Street. Sam imaginait les familles réunies autour de la table, les pères lisant leur journal, d'autres partis boire quelques verres malgré la réprobation de leurs femmes.

Il s'appuya contre un rocher et essuya son front en sueur. Après avoir manié le marteau toute la journée puis la pioche et la pelle, il était fatigué.

— Je t'ai apporté des sandwichs, dit Can en lui tendant un sac en papier. Je crois savoir que tu n'as pas toujours un souper qui t'attend quand tu rentres chez toi. Ni des vêtements propres.

Les yeux bleus de Can pétillaient dans la lumière déclinante.

Sam accepta le paquet qu'il lui tendait et, l'instant d'après, il mordait avec appétit dans du pain garni de viande et de moutarde. Devant lui, les sommets des montagnes étaient frangés de nuages roses.

— Je ne sais pas ce qui lui a pris, confia-t-il à Can. Je suis rentré et elle m'est tombée dessus en criant qu'elle ne laverait pas mon linge.

Il secoua la tête avant d'ajouter :

— Je crois que je n'ai pas apprécié Laura à sa juste valeur.

— Cela me rappelle Molly, quand elle me pourchassait dans les rues de Denver armée de son ballet ! lança Can en riant.

— Mais tu savais pourquoi elle t'en voulait, non ?

— Elle s'imaginait que j'allais chez Matty Silks pour voir des filles. Enfin, je l'ai découvert plus tard, parce que sur le moment, je l'ignorais.

Molly n'était pas le genre de femme à tolérer ce genre d'écart. Sam sourit en imaginant la scène.

— Et je ne voyais aucune prostituée, crut bon de préciser Can.

— Je n'en ai jamais douté.

— Tu sais, moi je préfère les femmes qui ont du caractère. Elle n'est pas facile tous les jours, Molly, elle fait les délices des commères et me met parfois dans l'embarras, mais au moins, avec elle je ne m'ennuie jamais. As-tu remarqué combien d'hommes s'embêtent avec leur femme ?

— Ce n'était pas le cas avec Laura, dit Sam au bout d'un moment.

Beaucoup plus calme et mesurée qu'Angie, elle n'était pas pour autant une chiffe molle.

— Je ne l'ai jamais pensé. N'accorde pas trop d'importance aux excès de ta femme. Si tu veux mon avis, c'est sa façon à elle de te dire que tu devrais t'acquitter de certaines tâches ménagères.

Sam se remémora leur baiser. Une grave erreur qu'il regrettait. Déjà qu'il dormait mal, qu'est-ce que ç'allait être, maintenant ! Le souvenir de son corps contre le sien le hantait, sans parler de l'odeur de ses cheveux, de sa peau, de la sensation de ses seins fermes collés contre son torse et de la saveur de sa bouche... Il ne voulait pas y penser.

— Dès que j'aurai trouvé de l'or, Angie et moi divorcerons.

Et ce Peter De Groot de malheur serait là pour la cueillir.

— Jusque-là je donnerai ma lessive chez Su Yung, enchaîna-t-il.

Soucieux, il scruta les profondeurs du trou qu'il avait entrepris de fouiller. Le jackpot était là, il le sentait. Certes, il s'était dit la même chose à chaque nouveau forage et ses espoirs avaient toujours été déçus, mais il s'était promis de ne jamais baisser les bras. De rester positif. Chaque nouveau trou pouvait être le bon.

— Il paraît que tu fais garder ton chantier, la nuit ? demanda Can en allumant l'un de ses cigares à deux *cents*.

— Oui. Le gardien a entendu un bruit suspect, l'autre soir, mais ce n'était qu'un couple de cerfs, apparemment.

— J'ai fait ma petite enquête, Sam. Bill Haversham, Jason Todd et Jack Hudson travaillaient eux aussi sur les autres sites. Tu n'étais pas le seul.

— Je sais. Inutile de soupçonner qui que ce soit.

— Ces gars n'avaient pas plus de raisons que toi de mettre le feu, à moins d'avoir été payés pour le faire.

— Je n'ai pas remarqué qu'ils dépensaient plus que d'habitude.

— Moi non plus, admit Can. Les gens de l'Union parlent toujours de te poursuivre ?

Sam haussa les épaules.

— Marsh Collins affirme qu'ils n'ont aucun argument. On ne peut poursuivre un homme parce que des délits sont commis sur un site dont il était responsable. J'espère que les hommes de loi de l'Union le pensent aussi.

En attendant, ces histoires lui coûtaient une petite fortune en honoraires d'avocat. Chaque fois que Collins recevait une lettre sur le sujet, il rencontrait Sam et lui envoyait ensuite la facture de la consultation.

— Et tes recherches ? Ça s'annonce comment ? demanda-t-il à Can pour changer de sujet.

— J'ai suivi une nouvelle galerie et, ma foi, on dirait que ça ne s'annonce pas trop mal.

Une réponse vague qui n'étonna pas Sam. Seul un idiot irait révéler l'emplacement d'un riche gisement avant même qu'il ne soit confirmé, et sans s'être préalablement protégé.

— Et à part ça, quelles nouvelles ?

— Easy Effie, de Poverty Gulch, est morte d'une overdose de morphine la nuit dernière. C'est la troisième prostituée qui se suicide, ce mois-ci. Un nouveau laboratoire d'essais a ouvert près de la gare. Le bruit court qu'on a découvert un gisement au Vindicator. Et puis, notre maire menace d'aller casser la figure du maire de Victor qui passe son temps à dire du mal de lui ! dit-il en riant. Il y a aussi ce syndicat anglais qui cherche des sites à acheter pour une poignée de cerises. Un abruti s'est tiré dans le pied dans Myers Street en poursuivant un type qu'il accusait de lui avoir volé son argent et sa femme. Mme Finn s'est brûlé le bras avec de l'huile bouillante et Mme Leland a fini par mourir de l'une de ses nombreuses maladies. Voilà, c'est à peu près tout.

Sam hocha la tête.

— Merci. Tu viens de m'épargner plusieurs heures au *Slipper*. Je vais pouvoir travailler ici jusqu'à la nuit avant d'aller prendre mon tour de garde chez Dryfus.

Cela lui épargnerait de payer quelqu'un pour le faire à sa place. Sam roula en boule le papier gras et le rangea dans son panier.

— Merci pour les sandwichs et pour les nouvelles.

— Encore une chose, ajouta Can. As-tu réussi à réunir ce dont tu as besoin pour l'opération de Daisy ?

— Pas encore.

Mettant fin à la conversation, Sam se leva brusquement, s'approcha du trou et descendit l'échelle. Il reprit sa pioche et considéra la sylvanite qu'il avait découverte en espérant que sa concentration en or s'avérerait intéressante, parce que sinon, il en tirerait trois fois rien. Il en prélèverait un échantillon qu'il ferait analyser.

Levant les bras, il abattit sa pioche sur la roche. Jusqu'à la nuit, il creusa encore et encore. Lorsqu'il se sentait faiblir, il pensait à l'opération de Daisy. À son divorce. À ce qu'il ferait s'il devenait riche. Hélas, tandis que la lune montait dans le ciel, il s'aperçut qu'Angie occupait à elle seule l'essentiel de ses pensées.

Et il s'imagina envoyant son poing dans la figure de Peter De Groot…

8

Assise devant une feuille blanche, Angie mordillait son porte-plume en réfléchissant à la façon d'annoncer à Peter que son divorce n'aurait pas lieu avant plusieurs mois. Il serait déçu tout autant qu'elle.

Mais il était d'un naturel patient. Il lui portait depuis longtemps un intérêt et une affection qu'elle ne soupçonnait pas jusqu'à quelques mois auparavant. En homme d'honneur, il s'était toujours comporté avec elle comme un bon ami, rien de plus. Il ne s'était déclaré qu'après la mort de son père, quand elle lui avait annoncé qu'elle vendait la maison et partait voir Sam pour lui demander de divorcer. Pour la première fois, Angie l'avait alors regardé comme un prétendant et comme un mari possible.

Inclure Peter dans son avenir était nouveau pour elle, et l'idée d'être courtisée en bonne et due forme lui plaisait. Cela ne lui était jamais arrivé. Elle l'imaginait lui offrant des fleurs, des friandises, l'emmenant dîner aux chandelles dans d'élégants restaurants.

Et puis, il lui assurerait une vie confortable. Peter était un homme d'âge mûr, bien établi dans la vie. Avec lui, elle jouirait d'une sécurité financière fort agréable.

Elle soupira un peu tristement à l'idée de le faire attendre encore, mais il avait bien patienté pendant des années. Il n'était plus à quelques mois près, et elle non plus.

Il eût été plus simple de lui expliquer que Sam n'avait pas les moyens de divorcer pour l'instant, mais pour une raison qui lui échappait, elle ne pouvait s'y résoudre. Elle préférait épargner sa fierté. Non qu'il le méritât. Il ne s'était pas gêné pour l'abandonner afin de mener sa vie comme si elle n'existait pas. Pourtant, elle n'arrivait pas à surmonter ses réticences.

Elle hésitait aussi à apprendre à Peter qu'elle s'occupait de ses deux filles de peur que ce dernier ne soit désemparé à l'idée qu'elle veillait sur les enfants d'une autre. Il accuserait aussi Sam de manquer de sens moral et ne comprendrait pas qu'elle ait pu épouser un tel homme.

De même, elle ne préciserait pas qu'elle vivait sous son toit. Il lui faudrait alors expliquer que Sam dormait sous une tente, dans le jardin, et elle craignait que Peter ne la croie pas – il fallait se mettre à sa place.

Angie posa le porte-plume et se massa les tempes. Tous les matins, quand Sam partait travailler, elle priait pour qu'il trouve son pactole. En même temps, quelque chose lui disait que les riches gisements n'existaient pas, et elle se mettait à craindre d'être toujours là quand l'hiver viendrait.

La veille, elle s'était rendue chez Molly Johnson avec d'autres voisines pour faire leur raccommodage ensemble. Tilly Morgan avait mentionné l'hiver précédent où la température était descendue à moins quinze. Si cela se reproduisait, Sam resterait-il sous sa tente ? Que se passerait-il s'il demandait à dormir au chaud ?

Et elle avait beau lutter, ses pensées revenaient invariablement à leur baiser. En vérité, tout conspirait à le lui rappeler. Elle s'endormait avec l'image de leurs lèvres réunies, se réveillait avec elle. Il n'aurait jamais dû la prendre dans ses bras. C'était Peter qui aurait dû lui donner son premier vrai baiser, et même si elle s'en défendait, une petite voix lui soufflait qu'elle ne l'aurait pas autant apprécié.

Exaspérée, elle froissa sa feuille et consulta la pendule. Les filles n'allaient pas tarder à rentrer de l'école. Elle répondrait à Peter le lendemain. Au fond, elle savait qu'elle finirait par tout lui raconter. Elle se garderait toutefois d'évoquer la colère de Sam à son égard, et leur correspondance se poursuivrait en secret. Elle s'était d'ailleurs rendue à la poste pour ouvrir une boîte postale.

Quand les fillettes arrivèrent, Angie exigea qu'elles fassent leurs devoirs. La veille, à son grand étonnement, Abby Mueller lui avait appris que son fils les faisait tous les jours.

— Si vous me mentez à nouveau, je serai obligée de vous punir, déclara-t-elle en posant deux verres de lait devant elles.

— Nous n'avons pas menti, répliqua Lucy en relevant le menton. Vous nous avez demandé quelles étaient nos tâches domestiques, rien d'autre.

— Il s'agit d'un mensonge par omission, c'est la même chose.

Les deux sœurs échangèrent un regard de connivence, et Angie songea que les enfants étaient bien plus malins qu'elle ne l'aurait imaginé.

Lucy tourna les yeux vers la fenêtre ouverte qui laissait entrer des senteurs de lilas.

— Vous allez rester assise là à nous regarder travailler ? demanda-t-elle avec un air d'ennui.

— Oui.

Et pendant une heure, qui lui parut interminable, elle les surveilla.

— Voilà, c'est fini, dit Lucy en posant son crayon. On peut sortir ?

— J'aimerais d'abord vous parler. Voilà un moment que je suis là et nous n'avons pas beaucoup avancé.

Elles lui coulèrent un regard méfiant.

— J'aimerais être votre amie, ajouta Angie.

— Nous n'avons pas besoin d'une nouvelle amie, décréta Lucy, et Daisy approuva.

— J'ai trouvé un serpent dans mon lit, hier soir. Si vous savez qui l'y a mis, dites-lui que je n'ai pas peur des serpents et que je ne partirai pas.

— Vous... vous avez parlé du serpent à papa ? risqua Daisy après un silence.

— Pas pour l'instant, non.

Il s'agissait d'un serpent totalement inoffensif, mais sa découverte avait blessé Angie. Personne ne voulait d'elle dans cette maison. Ni Sam ni ses filles. Elle aussi préférerait être ailleurs, mais elle n'avait pas le choix.

Elle respira profondément et reprit :

— Je n'essaie pas de prendre la place de votre mère, si c'est ce que vous croyez. Moi aussi, j'ai perdu la mienne, et je sais qu'elle est irremplaçable.

— Votre mère est morte ? s'étonna Daisy.

— Oui.

Lucy demeura de marbre. Elle s'entourait d'un mur protecteur que seul son père pouvait franchir. Daisy aurait été plus accessible si elle ne s'était efforcée d'imiter systématiquement sa sœur.

— Et vous avez beaucoup pleuré ?

— Oui, beaucoup.

Cette fois, Angie surprit une lueur intriguée dans les yeux de Lucy.

— Vous vous rappelez à quoi elle ressemblait ? demanda finalement celle-ci.

Mon Dieu ! La conversation prenait un tour qu'elle n'avait pas prévu.

— Pas autant que je le souhaiterais, admit-elle à contrecœur.

— Moi, c'est pareil, reconnut Daisy d'une toute petite voix, les yeux pleins de larmes.

Angie sentit son cœur se serrer. Un rapide calcul lui rappela que Daisy avait trois ans et demi quand Laura était morte.

— Je crois que Dieu nous aide à oublier les choses qui nous font mal. Ce n'est pas important de ne pas te souvenir des détails de son visage. Ce qui compte, c'est de savoir qu'elle t'aimait.

Lucy essuya la moustache que le lait avait laissée au-dessus de sa lèvre.

— Ça fait mal de mourir ?

Juste Ciel ! Comment allait-elle sortir de là ?

— Non, je pense que c'est la fin des souffrances, au contraire.

Elle était contente de sa réponse, mais les fillettes ne semblaient pas convaincues.

— Vous pensez que les gens vont au paradis quand ils meurent ? voulut savoir Lucy.

Angie trouvait ce sujet particulièrement difficile à aborder avec des enfants.

— Des gens comme ta maman, certainement.

Bien sûr, elle se garda de remarquer qu'elle avait vécu dans le péché en vivant avec le mari d'une autre et en lui donnant deux enfants illégitimes.

— Les jumeaux Saunders disent que les mourants font un bruit horrible quand ils meurent, une sorte de... *Aaaaaarrrr, Aaaaarrrr !* enchaîna Lucy, s'appliquant avec gravité à imiter le dernier râle. C'est vrai, Angie ?

Les mains moites, Angie se leva brusquement.

— Je ne sais pas. Bon, venez dans la chambre, j'aimerais vous montrer deux de mes robes pour que vous choisissiez celle que vous préférez.

— Pourquoi ?

— Parce que nous allons la porter chez la couturière pour qu'elle la transforme en robe du dimanche pour vous.

Les deux fillettes ne se firent pas prier. Oubliant aussitôt leur conversation, elles quittèrent la table et s'engouffrèrent dans la chambre.

— Moi, j'aime la rose, déclara Daisy en caressant la robe déployée sur le lit.

— Je préfère la bleue, décida Lucy. Bon, on peut aller jouer dehors maintenant ?

Sans attendre sa réponse, elles se précipitèrent vers la porte. Angie s'était attendue à une discussion sur le modèle, les rubans, les accessoires. Mais non. Elles avaient hâte de sortir.

— Nous irons chez la couturière demain, après l'école, précisa-t-elle.

— On rentre au premier coup de 6 heures ! promit Lucy.

Angie sortit sur le perron et les vit rejoindre en courant un groupe d'enfants réunis derrière la maison des Kobler. Elle ouvrit la bouche pour leur demander de revenir nettoyer leur panier-repas, puis se ravisa et se contenta de faire un signe de la main à Lucy qui s'était retournée.

Décidément, elle ne savait pas s'y prendre avec elles. Elles ne l'aimaient pas, c'était clair, et, de son côté, elle n'était pas sûre de les aimer. Néanmoins, elle aurait aimé un peu plus d'enthousiasme de leur part quand elle s'apprêtait à sacrifier deux robes pour elles. Elles ne l'avaient même pas remerciée !

Quand Sam rentra, à peine une heure après la tombée de la nuit, elle le considéra avec surprise.

— J'avais l'habitude de passer mettre les filles au lit quand Molly les gardait, expliqua-t-il avant de se diriger vers leur chambre.

L'instant d'après, Angie les entendait chuchoter et rire de plaisir. Quand ce fut l'heure de la prière, la voix de Daisy s'imposa :

— Que Dieu bénisse maman, papa, grand-mère et grand-père. Et Angie, ajouta-t-elle sur un ton qui laissa la jeune femme imaginer le regard de défi qu'elle lançait à Lucy.

Angie n'avait pas encore sa place dans les prières de l'aînée. Cela viendrait avec le temps, se dit-elle. Elle se sentait secrètement ravie d'avoir fait de tels progrès dans le cœur de la plus jeune.

Quand Sam la rejoignit, il prit une bière dans la glacière et lui en proposa une qu'elle accepta.

Devinant ses intentions, elle prit son châle et le suivit sur le perron. L'air froid de la nuit charriait des senteurs de lilas et de feu de bois. Les lumières de Bennet et de Myers Street brillaient, et des bribes de voix et de musique leur parvenaient par instants, contrastant avec la quiétude du voisinage, seulement troublée par le bourdonnement des insectes.

— Je suis contente que tu sois rentré plus tôt, commença Angie pour rompre le silence qui s'alourdissait entre eux. C'est important pour les filles.

— Je ne l'ai pas fait parce que tu l'avais suggéré.

— Je n'en espérais pas tant.

Involontairement son regard se posa sur la forme sombre de la tente de Sam.

— J'avais une autre raison de rentrer tôt. Je voulais te donner ça, continua-t-il en lui tendant une enveloppe.

— Qu'est-ce que c'est ? s'étonna-t-elle en la prenant.

— Une centaine de dollars. Je suis tombé sur un petit gisement, la semaine dernière. La teneur en or n'était pas négligeable. J'ai gardé dix dollars.

Elle se tourna vers lui, et la lumière de la cuisine éclaira son visage aux sourcils froncés.

— Pourquoi garder ces dix dollars ?

— On a fêté ça au *Slipper*. C'est la coutume, quelle que soit la taille du gisement.

— Sam, nous n'avons que cinquante *cents* pour l'opération, et la même chose pour le divorce.

— À présent, nous avons six cent cinquante dollars pour l'opération. J'ai ajouté mes économies.

— Ces dix dollars auraient été les bienvenus dans le pot pour le divorce.

— Écoute, tu prends ces cent dollars et tu les répartis comme tu veux, rétorqua-t-il sèchement.

L'espace d'un instant, elle sembla se perdre dans la contemplation des étoiles, mais ses pensées poursuivaient leur chemin.

— Je dois payer la couturière, et tes filles ont besoin de chaussures du dimanche, de gants et d'un nouveau chapeau. Je garderai de l'argent pour l'opération et je paierai quelques-unes de tes dettes.

Elle aurait préféré garder les cent dollars pour le divorce, mais elle n'en ferait rien.

— Comme tu voudras. Qu'as-tu fait aujourd'hui ? s'enquit-il alors, comme si elle avait pu se consacrer à autre chose qu'aux tâches routinières.

— Comme d'habitude.

La cuisine, le ménage, des courses en ville pour acheter de l'huile pour les lampes.

— Abby Mueller est passée m'apporter des ancolies et des graines de lupin pour planter devant la maison.

— C'est bien. Le jardin commence à être envahi par les mauvaises herbes.

— Attends, je ne peux pas tout faire, d'accord ? Je m'occuperai du jardin quand j'en aurai le temps.

— Ne t'énerve pas, Angie. Ce n'était pas une critique. Je sais que ce n'est pas facile pour toi. Tu t'en sors très bien, d'ailleurs.

C'était le premier compliment qu'il lui faisait et elle en fut tellement touchée qu'elle en demeura sans voix.

— Merci, murmura-t-elle au bout d'un moment.

Elle lui relata ensuite les réflexions de ses filles sur la mort ainsi que les talents d'imitatrice de Lucy.

Sam se mit à rire.

— Cette enfant a des talents de comédienne.

— Tu trouves normal que des enfants s'intéressent à des sujets pareils ?

— Bien sûr. Tous les enfants sont intrigués par la mort. Elle fait partie de la vie, Angie. Hier, deux mineurs ont été tués dans un effondrement. Elles en ont sûrement entendu parler à l'école.

— Je crois plutôt qu'elles pensaient à Laura.

— C'est dur de perdre sa mère à leur âge, lui rappela-t-il doucement. Quand elles me posent des questions, je ne les élude pas, j'essaie de leur répondre franchement, sans entourer Laura d'un halo de sainteté.

L'évocation de cette femme la mettait toujours mal à l'aise. Angie avala une gorgée de bière, consciente de la tension qui lui raidissait les épaules. Dès qu'elle était avec Sam, elle éprouvait un sentiment d'attente indéfinissable. L'attente de quoi ? De leur prochain sujet de discussion ? de dispute ? De leur prochain... baiser ?

Non, décréta-t-elle. Il n'y en aurait pas d'autre. Ni lui ni elle ne le désiraient.

— Est-ce bon signe que tu aies trouvé ce petit gisement ? demanda-t-elle après un moment de silence.

Il haussa les épaules et elle perçut l'odeur légère de sa peau, mélange de terre et de savon. Soudain, elle prit conscience de la chaleur de son genou, tout proche de son épaule puisqu'il était assis un peu plus haut. Elle s'écarta aussitôt. Jamais la proximité d'un homme ne l'avait troublée à ce point. Parfois, en fin de journée, elle était fatiguée et honteuse d'avoir tant pensé à lui et à des choses qui ne devraient même pas effleurer son esprit, car elles ne se produiraient jamais.

— Pas forcément, mais cela peut signifier que j'approche, répondit-il en finissant sa bière. Les syndicats n'investissent que lorsqu'ils sont certains que le gisement est important et nécessite des recherches à long terme.

— Je n'y connais rien dans ce domaine, mais, qu'est-ce que les syndicats ont à voir là-dedans ?

— Si je tombais sur un gros gisement, je ne pourrais l'exploiter seul. Je le vendrais alors à un syndicat pour qu'il s'en charge.

— Tu ne garderais pas ta mine ?

— Cela coûte une fortune de la développer. Le minerai se trouve toujours en profondeur. Il faut prévoir des puits d'extraction, des soutènements, des machines et des hommes. Cela coûte très cher.

— Et combien pourrais-tu vendre un gisement riche en or ?

— Cela dépend. Al Jordan en a tiré cent mille dollars. Clink Williams s'est contenté de six cents.

— Pourquoi si peu ?

— Parce qu'avant l'exploitation réelle, personne ne connaît exactement la quantité et la qualité de l'or qui se trouve en sous-sol. Le syndicat estime son prix après examen de la sylvanite. La femme de Clink voulait retourner dans l'Ohio. Ils étaient pressés de vendre.

Angie ne s'attendait pas à cela. Elle avait toujours cru que trouver un gros gisement apportait la fortune.

— Qu'espères-tu, Sam ? Qu'attends-tu de l'avenir ?

— J'aimerais acheter une maison à Denver, près d'écoles de qualité pour mes filles, répondit-il sans hésiter. J'aimerais qu'elles vivent dans une ville où les fillettes ont d'autres sujets de conversation que la tenue des prostituées du quartier. Et je veux que notre maison soit plus grande que celle de ton père.

Elle eut un mouvement de surprise ; mais après tout, pourquoi ? Le passé ne les lâchait décidément pas.

— Molly m'a dit que les parents de Laura habitent un manoir. C'est ce que tu aimerais ?

Sam secoua la tête.

— Herb Govenor a fait fortune il y a quelques années. Laura avait déjà quitté leur maison quand ses parents se sont installés à Colorado Springs.

Il baissa les yeux sur Angie.

— Le père de Laura me hait pour de bonnes raisons, mais il ne m'a jamais reproché de ne pas être riche. Jamais.

— Mon père est mort, Sam. Tu n'as plus à lui prouver quoi que ce soit.

— C'est surtout à moi que je voudrais prouver quelque chose. Et à mes filles. Je veux leur donner une éducation digne de ce nom. Je veux qu'elles vivent dans une vraie maison, qu'elles fréquentent les meilleurs établissements scolaires, qu'elles possèdent une armoire pleine de vêtements et de ces fanfreluches dont rêvent toutes les petites filles. Je veux qu'elles grandissent à des centaines de kilomètres d'ici. Quand elles auront l'âge d'être courtisées, je ne tiens pas à ce que ce soient des mineurs qui se pressent à ma porte.

— Et toi ? Tu envisages de te remarier ? s'enquit-elle doucement.

Il eut un rire amer.

— Mon expérience du mariage ne m'incite pas à recommencer. Et puis, toi plus qu'une autre devrais savoir que je n'ai pas l'étoffe d'un mari. Je ne dis ni ne fais jamais ce qu'il faut.

Angie ignorait quel genre de mari il était puisqu'ils n'avaient jamais vécu ensemble, ni même consommé leur mariage... Elle s'empressa de chasser ces pensées, termina sa bière et demanda :

— Une chose m'intrigue, Sam. Puisque les Govenor sont si riches, pourquoi n'ont-ils pas offert de payer l'opération de Daisy ?

Elle le sentit se raidir, comme s'il s'efforçait de réprimer sa colère.

— Ils l'ont proposé à Laura, à condition qu'elle me quitte. Je comprends qu'ils n'aient pas accepté que leur fille vive avec un homme marié, mais qu'ils se servent de Daisy et de leur fortune pour lui faire du chantage, je ne l'ai jamais admis. Comment peut-on seulement émettre des conditions pour soigner sa propre petite-fille ?

Angie tourna la tête vers lui, essayant de distinguer son expression malgré la pénombre.

— Ce n'est pas juste, convint-elle.

Laura devait l'aimer profondément pour l'avoir choisi au détriment de sa fille. À moins qu'elle n'ait été convaincue qu'il rassemblerait l'argent nécessaire et qu'ils pourraient se passer de celui de ses parents. Ce qui lui permettrait de garder son mari.

— Mais maintenant qu'elle n'est plus de ce monde, pourquoi les Govenor n'ont-ils pas proposé leur aide pour Daisy ? reprit-elle.

— Ils exigent une nouvelle condition : la garde de mes filles.

Il se leva et fit quelques pas dans le jardin.

— Il ne se passe pas un seul jour sans que je sois dévoré par la culpabilité. Je n'ai qu'un mot à dire pour que Daisy soit opérée immédiatement. Il me suffit d'emmener mes filles à Colorado Springs et de les leur laisser, pour toujours.

— Oh, Sam…

— Je ne me séparerai jamais d'elles, à moins d'y être obligé.

— Que veux-tu dire par là ?

— Marsh Collins est mon avocat. Après la mort de Laura, Herb et Winnie Govenor ont demandé la garde des petites. Ils ne voyaient plus leur propre fille – ils ne se sont même pas déplacés quand elle était mourante – et connaissaient à peine leurs petites-filles. Pourtant, ils sont venus les réclamer à la mort de leur mère !

Il s'interrompit, mais Angie le pressa de continuer.

— J'ai refusé et ils ont entamé des poursuites. Marsh Collins ne fait pas le poids face à leurs maudits avocats, les meilleurs, bien sûr. Mais il a accepté que je le paie quand je le pourrais. J'étais sur le point de perdre le procès quand il a soudain proposé une conciliation.

Angie frissonna et serra son châle autour de ses épaules.

— Les Govenor estiment que je ne suis pas apte à subvenir aux besoins de mes enfants puisque, contrairement à eux, je n'ai pas les moyens de faire opérer Daisy. Marsh leur a fait remarquer que l'hiver était la période creuse dans la construction et qu'avec le retour des beaux jours, mes affaires reprendraient. Ils m'ont donné un an pour réunir les fonds nécessaires à l'opération. Ils sont persuadés que je n'y arriverai pas et qu'ils récupéreront les filles. Moi, j'ai décidé de réussir avant le premier octobre. C'est la date fixée par le juge.

— Octobre… prochain ?

Elle décida aussitôt de payer elle-même les robes des filles et d'épargner les cent dollars pour l'opération.

— Dans un cas comme dans l'autre, Daisy sera opérée. C'est tout ce qui compte.

— Tu en es sûr, Sam ? demanda Angie en se levant à son tour. Bien sûr qu'il est primordial que Daisy puisse marcher normalement, mais il est aussi important que ces petites restent avec leur père. Les Govenor ne pourraient-ils pas payer l'opération de leur petite-fille sans contrepartie ? Ne serait-ce qu'en mémoire de leur fille ? De quel droit élèveraient-ils tes enfants ? Ce sont des gens sans cœur ! Des manipulateurs ! s'enflamma-t-elle.

Surpris par sa véhémence, il répondit :

— C'est aussi mon avis. Ils ont toujours été très exigeants avec Laura. Elle avait l'impression de ne jamais leur donner satisfaction et ne cessait de s'en sentir coupable. Elle était heureuse avec moi, mais malheureuse de causer du chagrin à ses parents qui ne m'ont jamais accepté. Je ne veux pas que mes filles subissent le même sort.

Octobre, songeait Angie, accablée.

— Sam, crois-tu pouvoir gagner assez d'argent d'ici octobre pour payer l'opération ?

— Peut-être. Enfin... à condition de ne manger que des haricots pendant quelques mois, que mes créanciers cessent de me harceler, que je n'aie pas d'heures supplémentaires à payer... Nom d'un chien, Angie, je n'en sais rien ! Chaque fois que les choses semblent s'arranger, quelque chose me tombe sur le dos.

Exemple : une épouse à héberger. Elle comprenait maintenant pourquoi l'idée de subvenir à ses besoins l'avait tant rebuté.

— Mon meilleur espoir est de trouver de l'or.

— Tu parlais d'heures supplémentaires à payer, Sam. Je me demandais... tu possèdes une entreprise de bâtiment ? Des hommes travaillent pour toi ?

— Je t'expliquerai, mais pas maintenant. Je retourne sur la colline, à la mine.

— À cette heure-ci ? Il est presque 10 heures.

— Angie, ne commence pas.

— Comment ça, ne commence pas ?

— Tu vas trouver mille raisons pour me demander de ne pas aller au saloon ou à la mine ou sur mon chantier monter la garde.

— Monter la garde ?

Elle ignorait qu'il ne dormait pas toutes les nuits sous la tente.

— Si tu ne passes pas la nuit ici, tu pourrais au moins me prévenir !

— Pourquoi ? Cela t'intéresse de savoir où je passe mes nuits ?

— C'est le dernier de mes soucis ! répliqua-t-elle, furieuse. Tu peux les passer au *Old Homestead* avec Miss Lily et ses semblables si cela te chante ! Il me semble simplement que tu pourrais m'informer quand tu dors ailleurs, au cas où il se passerait quelque chose. Une urgence, par exemple !

La colère enflammait ses joues. Elle se sentait en feu, comme lorsqu'il l'avait embrassée. Involontairement, son regard glissa sur ses lèvres. Elle déglutit avec peine et s'aperçut qu'il l'observait intensément. Sa silhouette se découpait à contre-jour, dans la lumière de la cuisine. Elle aurait dû se déplacer. Elle n'en fit rien.

— Tu sais quoi ? fit-il entre ses dents. J'ai parfois l'impression que nous formons un vrai couple. Nous nous voyons tous les jours, nous nous disputons sans arrêt, et nous n'avons pas de vie sexuelle.

Sur ce, il tourna les talons et se fondit dans la nuit.

9

— Puis-je vous parler franchement, madame Holland ?

— Je vous en prie, répondit froidement Angie.

Depuis leur arrivée dans la boutique, le cordonnier ne cessait de lancer des regards perplexes au pied de Daisy qui se cachait depuis dans les jupes d'Angie.

— Acheter des chaussures de cette qualité pour la petite demoiselle me ferait perdre mon temps et vous votre argent. Elle marche le pied en dedans, le cuir que vous avez choisi n'y résistera pas. Quelque chose de plus épais conviendrait mieux.

Angie sentit la fillette s'enfouir carrément dans ses jupes.

— Nous voulons des chaussures pour tous les jours, monsieur Kravitz, et également des chaussures du dimanche.

— Je comprends, mais la petite demoiselle va râper le…

— Je sais, l'interrompit-elle, prête à exploser de colère.

Elle toisa le cordonnier sans ciller, avec une expression glaciale. Comment osait-il suggérer que Daisy était condamnée à porter des godillots ?

— C'est votre argent, après tout, concéda-t-il en haussant les épaules.

— Je ne vous le fais pas dire. Prenez leur pointure, voulez-vous ?

Kravitz commença par Lucy, et Daisy tira la manche d'Angie.

— Je ne veux pas de chaussures neuves, l'implora-t-elle, les yeux embués de larmes, les joues rosies par l'humiliation. S'il vous plaît...

Angie comprenait les réticences de la fillette à faire examiner son pied par un étranger. Elle-même ne l'avait jamais vu de près. Mais il fallait bien qu'il prenne ses mesures. Elle l'entraîna vers la fenêtre pendant qu'il s'occupait de Lucy. Écrasée de soleil, Bennet Street baignait dans un nuage de poussière soulevée par les allées et venues constantes des attelages, des chariots, des chevaux. On distinguait à peine l'enseigne de la boutique d'en face tant la nuée était épaisse.

Contrairement à Chicago, les magasins n'étaient pas rassemblés par spécialité. À Willow Creek, un hôtel et un sellier s'élevaient de part et d'autre de la cordonnerie. Un épicier faisait commerce près d'une écurie. Les laboratoires d'essais et les saloons semblaient pousser comme les champignons ici près d'un cabinet médical, là près d'une boutique d'articles féminins.

— Angie ? gémit Daisy.

— Je réfléchis.

— Je ferai ce que vous voudrez si vous ne m'obligez pas à... à montrer mon pied, promit-elle dans un souffle.

Angie soupira.

— As-tu une autre paire de chaussures à la maison ?

— Oui, des vieilles.

— Très bien, dit Angie en s'agenouillant devant Daisy. Enlève ta chaussure. Nous la laisserons à M. Kravitz.

— Pourquoi ?

— Il n'aura pas besoin de mesurer ton pied. Cette chaussure lui servira de modèle. Bien sûr, tu seras obligée de rentrer en chaussettes ! ajouta-t-elle en repoussant une mèche de cheveux dorés derrière l'oreille de la petite. Que penses-tu de mon idée ?

Daisy ferma ses grands yeux gris et se laissa aller contre la jeune femme.

— Oh, merci.

Le cordonnier rechigna à se plier à ces arrangements mais Angie demeura intraitable. Quand il lui annonça son prix pour les quatre paires, elle le trouva exorbitant, mais il était le seul professionnel en ville.

— C'est du vol! jeta-t-elle néanmoins. Quand les chaussures seront-elles prêtes?

— Dans une semaine.

— Il n'en est pas question. Nous les voulons dans deux jours.

— Mais, c'est impossible...

— Au prix que vous demandez? Dans deux jours, monsieur Kravitz. Et estimez-vous heureux que je ne les exige pas pour demain.

Dans le regard intraitable que la jeune femme dardait sur lui, l'homme vit qu'il avait intérêt à se plier à ses exigences s'il voulait être payé.

Le menton relevé, Angie quitta la boutique avec ses petites compagnes. Lucy boudait.

— C'est vraiment gênant, murmura-t-elle, les yeux fixés au sol. D'abord, vous vous disputez avec la couturière, ensuite, avec M. Kravitz et maintenant Daisy marche en chaussettes.

— Tu n'as pas à être gênée, Lucy. Pourquoi faudrait-il se laisser voler par les commerçants sans mot dire?

Lucy lui jeta un coup d'œil.

— Qu'est-ce que ça change? Vous êtes bien obligée de payer le prix qu'ils demandent, non?

— Si, mais Mme Houston a accepté d'y inclure les boutons et les ornements. Quant à vos chaussures, elles seront prêtes après-demain. J'estime que je peux exiger un minimum de service pour mon argent. Si cela te choque, je te souhaite d'épouser un homme riche.

La vie avait appris à Angie que la timidité et la politesse ne menaient à rien. Dix ans plus tôt, elle avait choisi de s'incliner plutôt que de relever la tête et d'affronter ses parents pour obtenir ce qu'elle voulait. Elle ne commettrait plus la même erreur.

Comme elles achetaient des gants, des sacs, des bas et des mouchoirs, Angie se rendit compte que Lucy prenait systématiquement le contre-pied de ce qu'elle suggérait. Si elle s'intéressait à un étalage, la fillette changeait de direction. Entre elles deux, Daisy ne savait qui suivre. Si elle restait avec Angie, sa sœur l'appelait aussitôt. À la fin, elle éclata en sanglots.

Lucy prit un air indigné en posant sur Angie un regard accusateur, comme si c'était sa faute.

Exaspérée, elle rassembla leurs achats, paya et laissa Lucy consoler sa petite sœur.

Elles rentrèrent sans échanger un mot.

Une fois dans la cuisine, Angie posa leurs acquisitions sur la table.

— J'espérais que cette sortie serait un plaisir pour vous. Il n'en est rien et je le regrette.

— Va mettre tes vieilles chaussures et nous irons jouer dehors, dit Lucy à Daisy.

Une fois seule avec Angie, elle la regarda, ôta son chapeau et lança :

— Papa aimait ma maman.

Surprise, Angie observa le visage fermé de la fillette en commençant à défaire les paquets.

— Je n'en doute pas.

— Je les ai vus s'embrasser. Très souvent.

Angie n'arrivait pas à desserrer le nœud d'une ficelle.

— C'est bien.

— Vous, il ne vous embrasse pas, jeta Lucy avant de se tourner vers la chambre. Alors, Daisy, tu viens ?

Daisy surgit de la chambre et courut en boitant vers le jardin.

— Attends une minute, j'arrive.

L'instant d'après, elle revenait dans la cuisine et tendait timidement à Angie un bouquet d'ancolies avant de suivre Lucy qui était déjà sortie par la porte de derrière.

La jeune femme contempla les fleurs qu'elle avait plantées le matin même et son cœur se serra de façon inattendue.

Toutes les trois nuits, Sam montait la garde sur le chantier des Dryfus, le futur presbytère. Le manque de sommeil commençait à se faire sentir, et il avait de plus en plus de mal à garder les yeux ouverts.

Cette nuit-là, il leva sa lanterne en bâillant et examina le travail des plâtriers, sur les murs du futur salon du révérend. Ni lui ni ses hommes ne vivaient dans des maisons luxueuses mais ils savaient les construire, songea-t-il avec une pointe de fierté. Celle-ci était particulièrement recherchée avec ses plinthes et ses linteaux incrustés de roses gravées. Ils avaient presque terminé. Ils commençaient la peinture.

Une lueur d'optimisme égaya son humeur. Si tout allait bien, il terminerait ce chantier sans encombre et obtiendrait l'accord de ses nouveaux clients pour les suivants. La chance allait peut-être enfin lui sourire.

Il fit le tour des lieux puis scruta les abords de la maison. Toutes les lumières des maisons alentour étaient éteintes à cette heure. Il faisait nuit noire. D'épais nuages dissimulaient la lune.

Ne détectant rien de suspect, il s'assit sur le sol et s'adossa au tronc d'un peuplier de Virginie pour manger un sandwich au beurre et au fromage. Il pensa à ses filles et à Angie, probablement endormies dans leur lit douillet. Il imagina la natte épaisse de la jeune femme sur l'oreiller. Peut-être avait-elle ouvert les premiers boutons de sa chemise de nuit, jusqu'à la naissance des seins...

Sam se réveilla en sursaut et pesta contre lui-même. Il n'avait pas le droit de s'endormir alors qu'il montait la garde ! Il sortit sa montre de sa poche et essaya de lire l'heure, mais l'obscurité était trop dense sous cet arbre. Il se releva lentement et se dirigea vers la fenêtre du salon où il faisait un peu plus clair.

Tout à coup, un léger mouvement au niveau du plafond attira son attention. Dieu du ciel !

En moins d'une seconde, il était à l'intérieur de la pièce où des branches et du papier avaient été rassemblés puis enflammés.

Il ôta sa veste et essaya d'étouffer les flammes. Heureusement que le parquet n'était pas encore huilé ! Il lui fallut plusieurs minutes pour venir à bout du feu. Il ouvrit la fenêtre en toussant et se pencha dehors pour aspirer une bouffée d'air frais.

Furieux contre lui, il abattit son poing sur le rebord de la croisée. S'il ne s'était pas endormi, il aurait surpris le coupable et mis fin aux soupçons qui pesaient sur lui en même temps qu'à son angoisse de ne plus être en mesure de nourrir sa famille. Les propositions de travail auraient de nouveau afflué et il aurait pu quitter cette ville, emmener ses filles loin du *Old Homestead*.

S'efforçant de surmonter sa colère, il balaya les cendres et examina les dégâts. En travaillant d'arrache-pied, il pourrait peut-être repeindre le plafond et changer les lames de parquet brûlées avant l'arrivée de ses hommes, pour dissimuler ce début d'incendie. Inutile que tout le monde sache que la maison de Dryfus aurait brûlé s'il ne s'était réveillé à temps.

Il se mit au travail sans perdre de temps et décida que, dès le lendemain, il placerait deux hommes pour surveiller les lieux.

Il avait toutefois une réponse à ses interrogations. Après avoir mené une discrète enquête, il avait appris que tout le monde aimait et respectait le révérend Dryfus. L'un des conseillers avait même cru bon de préciser :

— Le révérend est aussi unanimement apprécié que toi, Sam.

Il y avait pourtant quelqu'un qui haïssait Sam Holland, et il avait sa petite idée sur l'identité du personnage et les raisons de sa haine.

Restait maintenant à savoir quoi faire.

Après avoir terminé une nouvelle lessive, Angie étendait le linge dans le jardin en pensant à Sam. Elle admettait qu'il travaillait comme un forcené pour rassembler l'argent nécessaire à l'opération de Daisy. Ce qu'elle comprenait moins, c'était la raison de toutes ces gardes de nuit qui l'épuisaient. Elle avait remarqué les cernes sous ses yeux, et depuis quelque temps, il lui semblait distrait. Elle ne pouvait décemment pas ajouter à ses problèmes en refusant de se charger de sa lessive. Et puis, cela leur permettrait d'économiser le prix de la blanchisserie.

Elle entra sous sa tente, prit ses vêtements *et* ses sous-vêtements qu'elle lava ensuite en essayant de penser à autre chose. Ils rejoignirent peu après le reste du linge propre sur la corde. Contrariée, elle songea aux voisins qui n'allaient pas tarder à constater qu'elle avait changé d'avis. Elle regagna la cuisine en soupirant et s'attaqua à la veste qu'elle avait laissée tremper.

Comme elle brossait les taches, elle découvrit des trous sur le devant. Les examinant de près afin de voir si elle pouvait les raccommoder, elle s'aperçut qu'il s'agissait de brûlures et se demanda ce qui avait pu les causer. Elle n'avait pas entendu parler d'un incendie ou d'un feu quelconque…

Après quelques minutes de réflexion, elle dénoua son tablier, et se prépara à aller en ville. Avec un peu de chance, elle aurait le temps de faire ses courses, de passer régler quelques dettes et de poster sa lettre à Peter avant de faire un détour par le chantier de Dryfus.

Lorsqu'elle arriva à la maison du révérend, dans Golden Avenue, elle s'arrêta pour reprendre son souffle tout en admirant le travail de Sam. Il n'avait négligé aucun détail et les proportions étaient parfaites. L'avant-toit offrait une découpe recherchée, des peupliers de Virginie ombrageaient une large galerie.

L'un des hommes qui peignaient la façade descendit de son échelle et se dirigea vers elle.

— Angie ? Que fais-tu ici ? s'exclama Sam, surpris et souriant.

— Je t'ai apporté des haricots et du jambon, répondit-elle en sortant un pot de son sac à provisions. Pour ce soir, précisa-t-elle devant son air pantois. Tu ne rentres jamais à temps pour dîner alors j'ai pensé que…

— Ne te justifie pas. C'est une délicate attention, merci. Je ne m'y attendais pas, c'est tout.

À son grand désarroi, Angie se sentit rougir devant cet homme en bras de chemise, magnifiquement bâti. Une mèche de cheveux bruns s'était échappée du lien de cuir qui retenait ses cheveux. Un marteau pendu à sa ceinture se balançait contre sa cuisse.

Incapable de surmonter son trouble, Angie ne savait plus où poser les yeux.

— Angie ? Tout va bien ? s'inquiéta-t-il en lui prenant le coude.

Ce contact ne fit qu'empirer les choses. Un long frisson se propagea le long de son dos.

— Je n'aurais pas dû laver tes sous-vêtements, murmura-t-elle sans réfléchir.

— Pardon ?

— Je… j'ai lavé tes vêtements, se reprit-elle en s'efforçant de ne plus le regarder.

Il était trop beau, trop viril dans ses vêtements de travail qui laissaient deviner son corps puissant, et sous ce soleil qui mettait en valeur sa peau cuivrée. Comme il la dévisageait sans comprendre, elle enchaîna :

— Je suis tombée sur ta veste… trouée. Elle est irrécupérable.

Après s'être assurée qu'il ne portait aucune trace de brûlure apparente sur les bras ou sur ce qu'elle voyait de son torse par l'échancrure de sa chemise, elle ajouta :

— Sam ? Ces trous ont été visiblement causés par des flammes. Serais-tu en danger ?

— Nous en parlerons ce soir. Aimerais-tu visiter la maison ?

À sa façon de croiser les bras sur sa poitrine d'un air résolu, elle comprit qu'il n'en dirait pas davantage pour l'instant. Elle s'exhorta tant bien que mal à la patience.

— Oui, bien sûr, fit-elle, le laissant la débarrasser de ses paquets.

Sur leurs échelles, les peintres soulevèrent leur chapeau sur son passage, et l'un d'eux hocha la tête et leva le pouce en regardant Sam, ce qui la fit rougir de plus belle.

Elle trouva l'intérieur de la demeure superbe et songea qu'elle aurait aimé vivre dans un tel décor. Tout était de bon goût : les papiers peints, les boiseries, les parquets. Elle imagina une grande fougère devant la baie vitrée.

La cuisine était assez vaste pour que l'on puisse y manger, et une buanderie la jouxtait.

— Quelle belle maison, Sam !

Appuyé contre le chambranle, il l'observait tandis qu'elle contemplait les étagères et les placards de la cuisine.

— Tu as entendu parler du nouvel hôtel, près du dépôt ? demanda-t-il soudain. Une fête d'ouverture y est donnée, mercredi soir.

— Je sais, mais il faut une invitation pour s'y rendre.

— Je suis invité. Aimerais-tu m'accompagner ? Un bal suivra le dîner.

— Tilly Morgan affirme que seuls des gens de Denver et de Colorado Springs y assisteront, avec les notables locaux.

— J'ai dû participer à suffisamment de commissions urbaines pour que l'on me considère comme l'un des leurs, expliqua Sam avec un sourire. Au cas où tu l'ignorerais, c'est à moi que la ville doit les toilettes publiques situées derrière les bains. Alors, tu m'accompagnes ?

Angie passa mentalement en revue le contenu des malles qu'elle n'avait pas encore ouvertes. Puis elle plissa les yeux :

— Tu as une tenue pour la circonstance, Sam ?

— Je me débrouillerai, répliqua-t-il, l'air blessé par sa question.

— Euh, oui, bien sûr... balbutia-t-elle, consciente d'avoir commis un impair. Bon, je dois rentrer. Les filles ne vont pas tarder.

Un bal. Elle n'était jamais allée au bal sans chaperon ou sans une escorte masculine. Et elle n'avait jamais dansé avec le même homme plus de deux danses, hormis son père. Encore moins flirté en valsant. Son statut de femme mariée sans mari avait tenu les prétendants à l'écart.

Surprenant l'éclat nouveau qui brillait dans les yeux d'Angie, il sourit.

— Je suppose que tu es d'accord pour être ma cavalière ?

— Oh, oui ! Mais, et Lucy et Daisy ? Elles sont trop jeunes pour rester seules. Peut-être que Molly pourrait les garder. Son mari et elle ne doivent pas être invités.

Sam la raccompagna sur le pas de la porte.

— Je suis content que tu sois venue, avoua-t-il.

Pour une raison qui lui échappait, Angie avait tendance à oublier combien il était grand, sauf quand elle se retrouvait près de lui. Il était plus grand que Peter De Groot. Et beaucoup plus séduisant, lui souffla une petite voix. Il construisait aussi de superbes demeures qui seraient debout bien longtemps après eux. Angie nourrissait une certaine admiration pour les hommes qui créaient des choses durables.

Elle sourit en mesurant le plaisir qu'elle avait pris à admirer son œuvre, et lui effleura le bras.

— Tu es très doué, Sam.

À la fois embarrassé et touché, il se racla la gorge.

— Bon, à tout à l'heure, d'accord ?

— Oui, dit-elle en reprenant ses paquets.

Il était tout près d'elle. Une virilité à fleur de peau émanait de lui, et il l'observait avec une pointe de perplexité, comme s'il venait de découvrir en elle quelque chose qu'il n'avait pas remarqué auparavant.

Angie s'empressa de prendre le chemin de la maison. Elle s'était attardée et les filles seraient rentrées avant elle, ce qui n'était encore jamais arrivé. Heureusement, la route descendait.

Un peu essoufflée, elle s'engouffra dans la maison, constata avec soulagement que les petites étaient sagement attablées dans la cuisine.

— J'ai vos chaussures neuves ! annonça-t-elle triomphalement. Venez les…

Elle s'interrompit brusquement en s'apercevant qu'elles n'étaient pas seules.

Une femme était assise avec elle. Elle lui tournait le dos, mais Angie nota la rigidité de sa posture, le petit chignon de cheveux blancs sous le chapeau de prix.

Lucy se leva, le visage neutre.

— Grand-mère Govenor est venue nous rendre visite.

La mère de Laura. Le cœur d'Angie manqua un battement.

10

— C'est Angie, la femme de papa.

La robe en soie de la vieille dame se tendit sur son dos comme elle se redressait.

— Lucy, une jeune demoiselle de ton âge devrait savoir faire des présentations dans les règles.

Revenant peu à peu de sa surprise, Angie fit le tour de la table pour affronter Winnie Govenor.

Ses petites-filles avaient hérité d'elle leurs beaux yeux gris. Pour le reste, Winnie n'avait certainement jamais été aussi jolie qu'elles, mais ses traits fermes et sa mâchoire décidée lui conféraient une présence qui ne laissait pas indifférent. Son maintien exprimait une grande dignité et trahissait un orgueil démesuré. Si Angie n'avait su par Molly qu'elle avait jadis vendu des beignets sur le pas de sa porte, elle aurait cru qu'elle avait connu l'opulence toute sa vie. Son regard d'acier était celui d'une femme intraitable et dépourvue de douceur.

— On prend le thé, comme les grands, annonça Daisy.

Angie remarqua les tasses fumantes posées devant elles. Celle de Mme Govenor n'était autre que celle de sa propre mère. Elle l'ignorait, certes, mais la jeune femme se hérissa.

— On peut essayer nos nouvelles chaussures ?

— *Pourrions-nous* essayer nos nouvelles chaussures ? corrigea sa grand-mère. Vraiment, Lucy, on ne t'apprend donc rien à l'école ?

Mme Govenor tourna les yeux vers Angie et continua :

— C'est le problème, dans ce genre de villes. Les professeurs de qualité ne sont pas attirés par les camps miniers.

Le message implicite était clair. Si Mme Govenor avait la garde de ses petites-filles, elles fréquenteraient une bonne école à Colorado Springs. Elles bénéficieraient de la meilleure éducation qui soit, et ne seraient pas obligées de passer devant des maisons closes pour rentrer chez elles.

— Vous essaierez vos chaussures plus tard, répondit Angie en enlevant ses gants.

Un rayon de soleil fit étinceler son alliance en or et elle y vit une sorte de signe l'encourageant à affronter vaillamment cette entrevue avec la mère de Laura.

Elle s'aperçut tout à coup que Lucy et Daisy étaient anormalement silencieuses. Elles semblaient gênées, intimidées et l'observaient en se tortillant sur leur chaise. Captant le langage de leurs yeux, elle lança soudain :

— Mon Dieu ! Je n'avais pas vu l'heure. Mme Hooten vous attend pour votre essayage. Il vous reste cinq minutes.

Les fillettes s'essuyèrent aussitôt la bouche et descendirent de leur chaise.

— Nous aurons bientôt de nouvelles robes, grand-mère.

— Et Angie nous a acheté un chapeau neuf, des gants, un sac, renchérit Lucy.

Winnie haussa les sourcils.

— Cela représente bien des dépenses, commenta-t-elle. Je ne vous vois pas souvent. Je pense que vous pourriez remettre votre essayage à plus tard et m'accorder un peu de temps.

— C'est impossible, répondit Lucy en affichant un air de regret.

La séance d'essayage n'avait lieu que le lendemain. Sam avait raison. Cette enfant avait des talents d'actrice.

— Angie nous dit toujours que nous devons respecter les artisans qui travaillent dur. Ce ne serait pas bien de ne pas aller à ce rendez-vous avec Mme Hooten.

— Soyez à l'heure pour le dîner, dit la jeune femme, un peu honteuse d'inciter des enfants à mentir.

Elles lui octroyèrent un regard de gratitude et se précipitèrent vers la porte de derrière. Angie se retrouva seule avec Winnie Govenor.

Elle s'aperçut alors qu'elle avait abandonné les bassines de lessive sur le sol, pleines d'eau refroidie et grisâtre. Voilà qui n'était pas fait pour donner d'elle la meilleure impression. Pour tout arranger, un caleçon long de Sam flottait dans un baquet et sa veste brûlée était jetée sur l'évier, près des paniers-repas des filles et de son tablier. Et elle n'avait pas fait la vaisselle du petit déjeuner.

Tant pis. Après tout, elle n'attendait pas de visite, et encore moins celle de Mme Govenor.

— Il vaut peut-être mieux que les petites soient absentes, après tout, attaqua celle-ci. J'ai certaines choses à vous dire.

Angie ôta son chapeau et s'assit en regrettant que cette femme ait pris la seule tasse en porcelaine de la maison. Un peu de thé l'aurait aidée à se calmer pour affronter la suite.

Car s'entretenir avec une femme qui avait l'intention d'enlever ses enfants à Sam ne pouvait que tourner à l'affrontement.

— Je tiens d'abord à ce que vous sachiez que mon mari et moi avons été horrifiés quand notre fille s'est mise en ménage avec Sam Holland. Je vous assure qu'elle a reçu une excellente éducation, et que rien ne la prédestinait à devenir une traînée ou à voler le mari d'une autre. Je ne m'explique pas qu'elle se soit conduite ainsi et j'ai vivement condamné sa décision. Je vous prie d'accepter mes excuses pour les torts que ma fille vous a causés.

Angie ne s'attendait pas à un tel discours. Elle pensait que Mme Govenor aurait évité d'aborder un sujet aussi scabreux que les relations adultérines de sa fille avec un homme marié. De plus, il n'était visiblement pas facile pour elle d'être obligée de s'excuser. Angie fit l'effort de se montrer conciliante.

— Votre fille n'est pas entièrement à blâmer.

Un éclair de colère incendia le regard de la vieille dame.

— Nous savons tous qui est à blâmer, affirma-t-elle. Par faiblesse de caractère, Laura a consenti à une liaison coupable. Votre présence ici aujourd'hui fait que sa faute s'étale au grand jour et rejaillit sur nous ! Le nom des Govenor se trouve publiquement souillé.

Le regard d'Angie se posa sur la tasse de sa mère. Jamais Emily Bertoli ne se serait montrée aussi déloyale envers sa fille. Jamais elle n'aurait sali sa mémoire.

— La honte retombe aussi sur Lucy et sur Daisy ! poursuivit la vieille dame.

— Elles sont très jeunes, remarqua Angie. Je ne crois pas que…

Mme Govenor l'interrompit en se penchant vers elle.

— J'ai essayé d'avertir Laura. Je lui ai expliqué qu'elle mettait sa réputation en pièces et ruinait sa vie tout autant que l'image de sa famille. Je l'ai prévenue que ses enfants grandiraient dans l'opprobre.

Tandis que Winnie dévidait la liste de ses avertissements, Angie songea à ses propres parents et à leur réaction si elle avait été à la place de Laura. Brusquement, il lui vint à l'esprit que Sam n'était pas entièrement responsable du tour qu'avait pris leur mariage.

Son besoin à elle d'obtenir l'approbation de ses parents avait été plus fort que son amour pour Sam.

Mal à l'aise, elle bougea sur sa chaise.

— Je ne sais pas si vous connaissez la situation entre M. Holland et moi-même.

Mme Govenor réprima tant bien que mal une grimace de dégoût.

— M. Holland est venu nous voir peu après le départ de Laura. Nous avions le cœur brisé et plein de honte. Il nous a expliqué que votre mariage n'avait jamais été consommé, que vous aviez choisi de rester à Chicago et que vous alliez demander le divorce.

— C'est vrai, admit Angie. Votre fille ne m'a pas volé mon mari à proprement parler.

C'était elle, Angie, qui lui avait tourné le dos. Mais Mme Govenor ne voyait qu'une seule chose : l'alliance qui brillait toujours au doigt de la jeune femme.

— Sam et moi n'avons jamais été vraiment mariés, ajouta-t-elle. Nous aurions dû divorcer depuis longtemps.

— Alors pourquoi êtes-vous venue ici ? jeta Mme Govenor en toisant Angie avec une animosité manifeste. Si les gens de Willow Creek ignoraient que Laura n'était pas une honnête femme, tout le monde le sait, à présent. À cause de vous, notre nom est traîné dans la boue !

Angie éprouva un élan de sympathie inattendu envers la défunte. Comment une mère pouvait-elle traiter sa fille de la sorte ?

— D'après ce que j'ai entendu dire, votre fille était une femme convenable et respectée de tous. Ce n'est pas parce qu'elle a fait un choix malheureux qu'elle est soudain devenue une moins que rien. Et puis, elle était bonne.

— Comment pouvez-vous défendre une femme qui a vécu avec votre mari sans s'en cacher, madame Holland ? s'indigna Mme Govenor. Votre réaction confirme mes craintes : vous êtes totalement inapte à vous occuper de mes petites-filles.

Sidérée, Angie écarquilla les yeux.

— Je vous demande pardon ?

— Si vous pensez qu'une femme qui choisit délibérément l'adultère peut rester honnête et convenable, c'est que vous êtes incapable de servir de mère à deux petites filles. Que Dieu les protège de votre influence !

Stupéfaite par les conséquences inattendues de ses propos, Angie en resta coite.

— Et puis, vous ne trompez personne. M. Govenor et moi savons pourquoi vous êtes ici.

— Je suis venue dans l'espoir d'obtenir le divorce.

— Nous connaissons la vraie raison de votre présence, mais sachez que ce petit complot ne vous mènera à rien. Sam sera incapable de faire opérer sa fille et nous obtiendrons la garde des enfants. S'il s'imagine que faire venir sa femme sous son toit influencera le tribunal en sa faveur, il se trompe lourdement. Cela ne change rien au fait qu'il est un homme dépourvu de tout sens moral.

— Il a sans doute fait des erreurs, comme tout le monde, mais il est loin d'être immoral ! Sam est aimé et respecté dans cette ville !

— Ce n'est qu'un comédien qui ne trompe personne. J'étais à peine arrivée à Willow Creek que j'apprenais déjà qu'il dormait dans le jardin. Laissez-moi rire !

— Je n'ai pas l'intention d'évoquer nos arrangements avec vous ni avec personne, se défendit Angie, outragée. Sachez que je ne suis pas venue ici pour qu'il obtienne la garde de ses filles. J'ignorais tout de leur existence et de celle de Laura avant mon arrivée.

— Eh bien, vous essaierez d'en convaincre le juge. Je crains fort qu'il ne soit pas plus dupe que moi !

— Parce que vous vous imaginez qu'il croira qu'après dix ans d'absence, j'aurais subitement accepté de venir servir de mère aux enfants qu'il a eues avec une autre ? C'est ridicule !

— Peu importe. Il ne parviendra pas à faire opérer Daisy, et nous récupérerons les filles. Votre petite mise en scène restera sans effet.

Angie se leva d'un bond. Elle n'était pas Laura, et elle se moquait d'obtenir l'approbation de cette femme. Elle la provoquait ? Eh bien, elle n'allait pas être déçue !

— Je ne suis pas venue à Willow Creek dans le but d'influencer le juge, répéta-t-elle. Mais maintenant que je suis là, je mettrai tout en œuvre pour aider Sam à garder ses filles. C'est un bon père et il aime ses enfants. Il serait cruel et injuste de les séparer.

Mme Govenor se leva à son tour et les deux femmes s'affrontèrent du regard de part et d'autre de la table.

— Nous sommes leurs grands-parents ! Nous avons le même sang. C'est à nous de les élever ! Regardez autour de vous, madame Holland. Mes petites-filles vivent dans un gourbi ! Elles ont besoin d'aller dans une école digne de ce nom. Tous les jours, elles côtoient des ivrognes et des filles de mauvaise vie. Leur père a vécu dans l'adultère, tout le monde le sait. M. Govenor et moi leur offrirons une vie décente.

— Votre aveuglement, votre étroitesse de vue me laissent sans voix ! Si vous vous intéressez tant au sort de vos petites-filles, pourquoi n'avez-vous pas proposé de payer l'opération de Daisy sans rien exiger en retour ? Tout simplement parce qu'elle en a besoin ? Qu'elle sera plus heureuse avec un pied normal ?

— Comment osez-vous !

— Savez-vous qu'elle est la risée des autres enfants ? Que les gens se retournent sur son passage ? Avez-vous seulement idée de ce qu'elle ressent quand il faut lui acheter une paire de chaussures ? Avez-vous seulement vu son pied ? Je ne crois pas. Elle le cache par tous les moyens.

Hors d'elle, Angie ajouta :

— Je ne crois pas que vous aimiez vraiment Daisy. Vous vous servez d'elle et de votre argent pour tout contrôler. Vous avez agi de la même façon avec Laura. Aujourd'hui, c'est avec Sam. Si vous aviez des sentiments réels pour votre petite-fille, vous l'auriez fait opérer il y a des années !

Blême, tremblante de rage, Mme Govenor se raidit.

— Vous ne savez pas ce que vous dites. Daisy aurait été soignée il y a longtemps si Laura était venue à la maison. C'est tout ce qu'on lui demandait. De rentrer chez elle.

— Vous avez donc puni Daisy parce que Laura voulait être heureuse ? Et vous osez mettre en doute mes aptitudes à être mère ?

Ce fut au tour de Winnie de céder à la fureur.

— Quand je pense que je me suis abaissée à vous faire des excuses parce que vous me faisiez pitié ! Vous ne valez pas mieux que ce minable de Sam Holland !

— Sortez d'ici. Immédiatement. Et ne remettez jamais les pieds dans cette maison.

La vieille dame fit volte-face dans un bruissement de soie et marcha jusqu'à la porte qu'elle ouvrit avant de s'arrêter pour lancer une dernière flèche.

— Vous n'avez aucun poids ici, madame Holland. Mon mari et moi obtiendrons la garde de nos petites-filles par la voie juridique, et je viendrai ici quand je le voudrai, aussi souvent que j'en aurai envie, et ce n'est pas vous qui m'en empêcherez.

Et elle sortit sans claquer la porte, comme Angie l'escomptait. Au contraire, elle la referma doucement derrière elle.

Angie se souciait moins de dignité.

— Allez au diable ! cria-t-elle à pleins poumons.

Puis elle sortit décrocher le linge propre, retourna dans la maison, le jeta sur le lit et s'y assit, la tête entre les mains.

Sa mère lui manquait affreusement. Elle n'avait jamais douté de son amour. Si elle s'était comportée comme Laura, Emily Bertoli ne l'aurait jamais désavouée. Elle aurait pleuré, prié. Elle se serait reproché de n'avoir pas su l'élever, puis elle aurait essayé de comprendre.

Elle releva la tête et contempla le plafond. On ne pouvait décemment permettre à Mme Govenor de prendre en charge l'éducation de Lucy et de Daisy. Cette femme avait un cœur de pierre.

Seigneur! Il fallait absolument trouver l'argent nécessaire à l'opération de Daisy. Et vite. En cet instant, Angie se sentait prête à se munir d'une pioche pour aider Sam à la mine.

Quand Sam apprit que Herb Govenor était en ville, il se contenta de hocher la tête. Il n'était pas surpris de la présence de ses beaux-parents. Tous les notables des environs avaient été invités à l'inauguration du nouvel hôtel.

Ce soir, il n'irait pas chercher de l'or. Quand 6 heures sonnèrent, il confia ses outils à Rafe, se lava dans le baril d'eau de pluie et lissa ses cheveux en arrière.

Il supposa que les Govenor étaient descendus à l'hôtel du *Congrès* comme ils en avaient l'habitude. À cette heure-ci, Herb devait se trouver au *Miner's Bar*.

L'endroit sentait le bois ciré, le cuir et le cigare. Dans ce genre d'établissements, il n'y avait pas de sciure de bois sur le sol ou de femmes trop fardées qui attendaient les clients à l'étage. Des hommes en costumes élégants se détendaient dans de profonds fauteuils, discutant de leurs derniers investissements ou des syndicats que la plupart d'entre eux dirigeaient.

Avec ses vêtements de travail, ses bottes en cuir usé et son chapeau déformé, Sam ne paraissait pas vraiment à sa place. Quelques années plus tôt, pourtant, les hommes réunis ici lui ressemblaient. Ils caressaient les mêmes rêves. Des regards en coin lui indiquèrent que ceux qui se trouvaient là aujourd'hui le considéraient comme un intrus. Ils n'appréciaient sans doute pas qu'on vienne leur rappeler le passé et les jours difficiles qu'ils avaient vécus.

Herbert Govenor était attablé avec deux d'entre eux, dont Marcus Applebee, l'un des rares à n'avoir pas oublié d'où il était issu.

Il se leva et serra la main de Sam avec entrain.

— J'ai pensé à toi ces derniers jours. Le maire m'a appris que tu allais construire une nouvelle école en amont de Bennet. C'est une excellente idée. Quand tu chercheras des fonds, viens me voir.

— Je n'y manquerai pas, Marcus.

Sam se tourna alors vers Herb Govenor.

— Il est temps que nous parlions.

— Nous n'avons rien à nous dire.

— Nous pouvons discuter ici, cela m'est égal.

Herb Govenor mordit son cigare en toisant durement Sam, hocha brièvement la tête et se leva. Il se dirigea vers le vestibule.

Dans la petite pièce tranquille, Sam observa l'homme qu'il n'avait pas revu depuis leur dernier affrontement, au tribunal. Govenor était un peu plus gros et un peu plus chauve, mais il était toujours aussi arrogant et haineux.

— Que voulez-vous, Holland ?

Sam répondit à voix basse à cause du réceptionniste, derrière son comptoir, un peu plus loin.

— Je veux que les incendies cessent. Je sais de quoi je parle. Si mon chantier partait en fumée, je ne serais pas capable de payer l'opération de Daisy et vous m'enlèveriez mes filles.

— Vous m'accusez d'allumer les feux sur vos chantiers ?

— Je vous accuse de payer des hommes pour le faire. Jusqu'à présent, personne n'a été blessé, et vous avez incendié des sites dont les propriétaires pouvaient supporter la perte. Mais vous allez mettre un terme à vos agissements sinon je préviens les autorités.

— Vous n'avez aucune preuve de ce que vous avancez.

Il ne prenait même pas la peine de nier, ce qui confirmait les soupçons de Sam.

— Salaud !

Govenor se pencha vers lui, les yeux brillants.

— J'ai l'intention de vous ruiner comme vous avez ruiné la vie de ma fille.

Le poing de Sam partit, et Govenor s'effondra sur le sol, mais il se releva avec une énergie surprenante pour un homme de son âge et se jeta sur Sam. Ils se battirent avec acharnement, sans se soucier de l'endroit où ils se trouvaient.

Le temps que les clients du bar bondissent pour les séparer, ils étaient l'un et l'autre bien amochés.

Personne ne songea à leur demander ce qui se passait ou à appeler les forces de l'ordre. Herb Govenor et Sam Holland étaient tout aussi respectés l'un que l'autre, et leur situation de famille explosive était connue de tous.

Marcus Applebee entraîna Sam vers la porte qui donnait sur la rue.

— Viens, mon gars. C'est fini.

— Ça, ça m'étonnerait, répondit Sam en se tenant la mâchoire.

Herb vieillissait peut-être, mais il gardait un sacré punch ! Il espérait simplement qu'il lui avait fait aussi mal !

Un petit sourire dansait sur les lèvres de Marcus.

— Ça faisait longtemps que je n'avais pas assisté à une pareille bagarre !

Les deux hommes se retrouvèrent sous le soleil déclinant. Sam pressait un mouchoir sous son nez sanglant.

— Tu achètes toujours ? demanda-t-il à Marcus.

— Quand ça vaut le coup, oui. Tu as trouvé quelque chose ?

— Non, pas encore. C'est Cannady Johnson. Je crois qu'il est tombé sur un gisement. Si cela se confirme, je voulais te prévenir, toi, plutôt qu'un de ces oiseaux-là.

Il inclina la tête pour désigner l'hôtel, et regretta aussitôt ce mouvement. Tout son corps était douloureux.

— J'ai certains contacts. Si les analyses se révèlent prometteuses, je parlerai à Johnson.

— Bien, répondit Sam en regardant son mouchoir taché de sang.

Il faillit se mettre à rire en imaginant Angie penchée sur son baquet et frottant les taches...

— Sam, si je te disais quelle somme ma compagnie tire journellement de la Moose Jaw Mine, tu ne me croirais pas. Si jamais tu as besoin de...

Sam se raidit et posa la main sur le bras de son ami.

— J'espère que Cannaby aura de la chance. Il est près du but. Bonsoir, Marcus.

— Le problème, quand on est têtu comme une mule, c'est qu'on devient parfois un âne.

— Peut-être, admit Sam en souriant.

Il s'éloigna avec un signe amical de la main. Quand il arriva devant chez lui, il constata avec contrariété qu'il ne pourrait faire un détour par sa tente pour se nettoyer et se changer. Angie, Molly et ses filles étaient assises sur le perron donnant sur le jardin. Elles admiraient le soleil couchant en mangeant des framboises.

Quand Angie vit son visage tuméfié et le sang sur sa chemise, elle poussa un cri. Lucy et Daisy lâchèrent leur bol et éclatèrent en sanglots.

11

— Parfois, je me demande à quoi le Seigneur pensait quand il a créé les hommes, marmonna Molly en examinant Sam dans la semi-pénombre. Quels crétins !

Angie avait bondi vers lui, mais, ne sachant où il était blessé, elle n'osait pas le toucher.

— Cessez de pleurer, les filles ! intervint Molly en fronçant les sourcils. Il n'y a pas de quoi s'affoler. Les blessures au visage saignent toujours beaucoup, surtout celles du nez. Mais votre père est debout, et il a l'air entier.

— Sam ! Qu'est-il arrivé ? s'écria Angie.

— Molly a raison, je vais bien, les filles.

C'était beaucoup dire. Il avait mal partout.

— Tu es couvert de sang, et ton œil est gonflé et fermé. Quant à ton nez... Il n'a pas l'air cassé mais... Dieu du ciel, dans quel état tu es !

Sam la prit par les épaules.

— Ça va aller, Angie, je t'assure.

Le premier choc passé, Lucy et Daisy se précipitèrent vers leur père qui les réconforta de son mieux en adressant à Molly un regard dont elle saisit aussitôt le sens.

— Venez, les filles. On va cueillir d'autres framboises à la maison, et si vous êtes sages, M. Johnson vous racontera peut-être une histoire. Elles dormiront chez nous, ajouta-t-elle à l'adresse de Sam et d'Angie. Vous avez de quoi vous occuper, je crois.

Sam s'agenouilla et enlaça les fillettes.

— Allez avec Molly, j'irai vous chercher demain matin.

Daisy s'essuya les yeux avec sa manche.

— Tu ne vas pas mourir, papa ?

— Ce n'est pas un petit saignement de nez qui va me tuer, ma jolie poupée.

— Ton œil est tout gonflé, remarqua Lucy, toute pâle.

— J'ai eu des petits ennuis, mais d'ici à quelques jours tout rentrera dans l'ordre. Molly ? Merci, dit-il en incitant ses filles à la suivre.

Dès qu'elles entrèrent chez leur voisine, Sam posa la main sur ses côtes en grimaçant de douleur.

— Bon sang !

— Viens, dit Angie en le précédant dans la maison. Il y a de l'eau chaude sur la cuisinière.

Elle alla chercher sa trousse à pharmacie et se félicita que ce soit le jour de la lessive. Tous les linges étaient propres. Après avoir posé une compresse sur son œil tuméfié, elle appliqua de l'alun sur le nez pour arrêter le saignement et commença à le nettoyer. Elle l'aida ensuite à enlever sa chemise, se troublant au contact de son torse nu. Jamais elle n'avait posé les mains sur cette partie de son corps. Il était chaud. Doux. Musclé.

Elle lava consciencieusement le sang sur sa gorge.

— Arrête de me regarder, murmura-t-elle d'une voix mal assurée.

Sa proximité l'affectait plus que de raison, et le regard qu'il posait sur elle lui en disait long sur l'effet qu'elle-même produisait sur lui.

Elle devait se retenir pour ne pas caresser sa poitrine lisse et bronzée. À son grand désarroi, la rougeur de ses joues s'intensifia. Elle n'était plus une enfant, mais une adulte capable de soigner un homme sans se troubler comme une collégienne !

Quand elle se rendit compte qu'elle s'attardait à laver des endroits déjà propres, elle jeta le linge dans l'évier et s'empressa de l'aider à enfiler une chemise propre. Tout irait mieux quand elle ne verrait plus ce torse tellement attirant. Elle prit ensuite deux bières dans la glacière et lui en tendit une. Tout en sachant que la bière n'était pas une boisson de dame, elle commençait à en apprécier le goût… et l'effet légèrement grisant qui avait le mérite de calmer le cours de ses pensées. Mais elle avait du mal à chasser de son esprit la vision du corps athlétique sur lequel elle rêvait de laisser courir ses doigts.

— Bon, dit-elle en s'asseyant en face de lui, à la table de la cuisine. Que s'est-il passé ?

— Combien de temps dois-je garder cette compresse sur l'œil ?

— Pendant vingt minutes au moins. Qu'est-il arrivé ?

— Un steak serait plus efficace.

— Je n'en ai pas sous la main. Sam, si tu ne me dis pas ce qui s'est passé, je te mets l'autre œil au beurre noir !

Il avala une longue gorgée de bière et soupira.

— C'est une longue histoire, commença-t-il.

— Nous avons toute la nuit devant nous.

Angie regretta immédiatement cette phrase qui fit naître en elle des images sur lesquelles elle préférait ne pas s'attarder.

— Les problèmes ont commencé cet automne, reprit-il. Après que l'on m'eut signifié que j'avais un an pour réunir l'argent nécessaire à l'opération de Daisy. Un premier incendie s'est déclaré dans les nouveaux bureaux du syndicat que je construisais. Le bâtiment était presque achevé et, une nuit, il a brûlé entièrement. Incendie criminel.

— Mon Dieu !

— Le temps que les autorités parviennent à cette conclusion, mon équipe et moi avions entamé un nouveau chantier. On finissait de poser la toiture de la maison de Mick Kelly quand elle est partie en fumée à son tour.

Avec ses cheveux défaits, son col ouvert et son œil protégé par une compresse, Sam ressemblait à un pirate au sortir d'une bataille. Un pirate terriblement séduisant. Attirant. Dangereux. Angie retint son souffle.

— Cette fois, le coupable n'a même pas essayé de faire passer ce feu pour un accident.

Angie plissa les yeux ; les problèmes de Sam étaient encore plus graves qu'elle ne le pensait.

— Les gens commençaient à parler. Ils s'appliquaient à dire que je n'y étais pour rien, mais le doute s'installait.

— C'est ridicule ! Pourquoi aurais-tu mis le feu à un chantier pour lequel on devait te payer ?

Il haussa les épaules.

— On a supposé que je n'étais pas d'accord avec la politique du syndicat ou que je haïssais les propriétaires qui m'employaient. On m'a même soupçonné de vouloir me faire payer pour la reconstruction. Ou tout simplement d'être fou. Une chose était certaine aux yeux de tous : deux incendies coup sur coup, c'était une coïncidence étrange.

Angie fronça les sourcils.

— Je comprends maintenant la raison de ces gardes de nuit. Un troisième incendie n'aurait pas été considéré comme une coïncidence. Ta veste… c'était à cause d'un nouveau feu ?

— J'étais de garde, ce soir-là. Je me suis endormi, mais heureusement, j'ai pu éteindre le brasier à temps.

Il ôta sa compresse.

— Personne n'est au courant, Angie. Et personne ne doit l'apprendre.

Sa confiance la toucha profondément. Ne sachant comment lui prouver qu'elle en était digne, elle se leva et lui tendit une nouvelle compresse chaude.

Elle comprit alors que Sam lui avait déjà manifesté sa confiance en lui abandonnant sa maison, ses enfants, la gestion de son argent. À présent, il lui avouait un lourd secret.

Tout à coup, elle n'était pas sûre de le mériter. Elle passait des heures à ruminer sur sa vie avec Laura, et s'était bien gardée de lui dire qu'elle possédait une boîte postale à Willow Creek. De plus, elle doutait qu'il parvienne un jour à payer l'opération de Daisy. Elle baissa la tête, honteuse. Sam valait mieux qu'elle.

— As-tu une idée de l'identité du coupable et des raisons qui le poussent à agir ainsi ?

— Je crois que Herb Govenor a engagé quelqu'un pour mettre le feu à mes chantiers.

— Herb Govenor… ! Mais, pourquoi ferait-il une chose pareille ?

— Pour me priver de ressources. Si tous mes projets partent en fumée, personne ne voudra plus m'engager, et je serai incapable de faire opérer ma fille.

— Tu pourrais trouver de l'or.

— J'en cherche depuis des années, Angie.

Il ferma les yeux un instant et renversa la tête en arrière. La jeune femme s'aperçut alors à quel point il était fatigué.

— Jusqu'ici je n'ai trouvé que des broutilles. Les chances que je décroche la timbale avant le procès sont très maigres, tu sais.

— Mais elles existent. Tu ne peux pas renoncer maintenant, Sam.

— Je n'en ai pas l'intention, mais je ne peux miser là-dessus.

Angie regarda les pots dans lesquels elle avait réparti l'argent. Au train où celui de Daisy se remplissait, il faudrait plus d'un an avant qu'elle puisse être opérée, et la garde des filles serait confiée aux Govenor.

Elle se massa les tempes, sentant la migraine pointer.
— Alors, tu paies des heures supplémentaires à tes ouvriers pour qu'ils montent la garde sur le chantier. Et si l'un d'entre eux était l'incendiaire ?
— Non. Je travaille avec eux depuis des années, j'ai confiance en eux.
— Mais cela engendre des frais qui t'empêchent d'économiser. En même temps, si un nouvel incendie éclatait, tu ne trouverais plus de travail du tout. Une situation inextricable, en somme. Sam, n'y a-t-il vraiment rien d'autre à faire ?
— J'ai essayé, ce soir, dit-il en touchant son nez douloureux.
Il lui raconta sa bagarre avec Govenor.
— Je suis certain que c'est lui, mais je n'ai aucune preuve.
Incapable de rester en place, Angie se leva.
— Je n'arrive pas à croire qu'il existe des gens aussi méprisables ! Comment des grands-parents peuvent-ils en arriver à de telles extrémités pour arracher des enfants à leur père ? Ils ne devraient songer qu'à leur bonheur. À propos, Winnie Govenor est venue ici, cet après-midi.
Sam eut un sourire amer.
— Alors ?
— Disons que tu n'es pas le seul à avoir affronté un Govenor aujourd'hui.
— J'imagine le pire !
— Tu es un père immoral et moi un mauvais exemple pour des enfants.
— Non, Angie, tu es tout le contraire, répliqua-t-il, soudain grave. Tu n'es pour rien dans cette histoire où tu t'es retrouvée plongée malgré toi. Ce n'est sûrement pas facile pour toi de passer du statut de fille d'un homme riche à celui de femme d'un type qui n'arrive pas à joindre les deux bouts. Pourtant, je ne t'ai jamais entendue te plaindre. Tu as fait de ton

mieux pour t'adapter à la situation. Et... je voulais te dire que je te trouve formidable avec les filles.

Venant de lui, ces compliments la touchèrent profondément, d'autant qu'il la blâmait d'avoir gâché leur mariage et ruiné la réputation de la femme qu'il avait aimée.

— J'ai laissé brûler les haricots, dit-elle d'une toute petite voix.

— J'adore les haricots brûlés.

— Tu ne le sais pas encore, mais tu vas bientôt porter des caleçons roses... L'écharpe rouge de Daisy est tombée dans la bassine de rinçage.

— Je n'irai pas jusqu'à prétendre que j'aime les sous-vêtements roses. Mais, bon, il y a des fautes plus graves.

— Lucy me hait, fit-elle à brûle-pourpoint.

Il la regarda attentivement.

— Lucy était la maîtresse de maison avant ton arrivée. À sept ans. Laisse-lui le temps de comprendre qu'elle est redevenue une petite fille.

Angie n'ignorait pas que la fillette la considérait comme une rivale. Avant son arrivée, elle s'occupait de la maison, de son père, de sa petite sœur. À présent, ces prérogatives revenaient à Angie.

— Je me sens parfois tellement dépassée.

Debout devant l'évier, elle lui tournait le dos, quand elle sentit brusquement ses bras autour d'elle. Elle sursauta, surprise, car elle ne l'avait pas entendu se lever ni s'approcher.

— Moi aussi, admit-il d'une voix lasse, les lèvres contre ses cheveux.

Elle se laissa doucement aller contre lui, prenant garde de ne pas appuyer sur ses côtes douloureuses, et posa ses mains sur les siennes nouées à sa taille.

Dans la vitre de la fenêtre, elle vit leur reflet. Celui d'un homme et d'une femme se soutenant l'un l'autre, dépendants l'un de l'autre, se réconfortant mutuellement. Un instant plus tôt, elle avait l'impression qu'ils se trouvaient face à des problèmes insurmontables, et voilà que soudain, avec les bras de Sam autour d'elle, l'espoir revenait. Ensemble, ils parviendraient peut-être à trouver des solutions.

Il lui suffisait de se retourner pour que sa bouche se retrouve à quelques centimètres de la sienne. Son souffle s'accéléra et une douce chaleur l'enveloppa.

— Angie ?

Humectant ses lèvres, elle répondit d'une voix rauque :

— Oui ?

— Si je ne m'allonge pas tout de suite, je risque de tomber.

Il lui lâcha la taille et agrippa le bord de l'évier.

— J'espère que cette ordure souffre autant que moi, marmonna-t-il.

Quelle idiote elle faisait ! Il était blessé, épuisé et avait autre chose en tête que de l'embrasser. Elle aussi, d'ailleurs, tenta-t-elle hâtivement de se convaincre.

Se frottant brusquement les mains, elle s'efforça de se conduire en la femme efficace qu'elle était censée être.

— Je pense que tu devrais dormir dans ton lit, cette nuit. Tu te reposeras mieux. Je... je dormirai chez les filles, s'empressa-t-elle d'ajouter comme une lueur s'allumait dans le regard de Sam.

— Bien sûr.

Une fois de plus, elle se sentit rougir jusqu'aux oreilles. Et elle détestait rougir !

— Cela va de soi. Je ne sais pas pourquoi j'ai cru utile de le préciser.

— Moi non plus.

— Je parle du fait que je dormirai chez les filles.

— Je sais.

— Je ne vois pas pourquoi je... c'est juste que...

Bredouillant lamentablement, elle éprouva le besoin urgent de s'occuper les mains. Elle les plongea alors dans la bassine où trempait le linge taché de sang et se mit à le frotter vigoureusement.

— Je me doute bien que tu ne penses pas à... à des choses... inconvenantes, continua-t-elle de bafouiller, s'enfonçant de plus en plus.

— Comme de dormir dans un lit récemment occupé par une femme superbe et désirable ? Respirer le parfum de ses cheveux et savourer le plaisir de la tenir dans mes bras ? Est-ce cela que tu appelles des choses inconvenantes ?

Elle leva la tête et croisa son regard.

— N'y compte pas trop, Angie, murmura-t-il en baissant les yeux sur sa gorge où palpitait une petite veine.

Elle déglutit avec peine. S'il faisait un pas vers elle, elle se couvrirait de honte en se jetant dans ses bras.

— J'accepte ton invitation de dormir dans un vrai lit ce soir, dit-il à la place, avant de se détourner d'elle pour se diriger vers la chambre.

Il s'immobilisa sur le seuil comme s'il allait ajouter quelque chose, mais se contenta de murmurer :

— Bonne nuit.

Épuisée par tant d'émotions, Angie se hâta de ranger la cuisine avant de se retirer chez les filles où elle dénoua ses cheveux pour les brosser. Elle les tressa pour la nuit tout en songeant à Sam et aux désirs inconnus que sa virilité éveillait en elle.

Depuis qu'elle l'avait retrouvé, son corps était animé d'une vie nouvelle. Elle qui ne pensait jamais au sexe jusqu'ici se prenait à y penser jour et nuit.

Le souvenir de leur baiser la harcelait sans relâche.

Et tout ce qu'il faisait la fascinait. Il lui suffisait de se raser au-dessus de l'évier ou de lui tendre ses couverts pour qu'elle se trouble au-delà de toute raison.

Sa façon de ficher son marteau dans la ceinture de son pantalon la captivait.

À l'église, sa voix de baryton faisait courir en elle de longs frissons. Sa façon de la regarder parfois lui coupait le souffle. La veille, elle l'avait vu fumer un cigare dans le jardin, au soleil couchant, et son grand corps tranquille, son visage tanné l'avait fait trembler.

Dix ans plus tôt, elle était trop jeune, trop innocente pour comprendre la nature des émois que Sam Holland suscitait en elle. Au cours des années qui avaient suivi, elle avait fermé la porte à tout éveil sexuel. Aujourd'hui, elle entrouvrait cette porte.

Déconcertée, elle jeta la brosse et prit son visage entre ses mains. Elle ne voulait pas que son corps réponde ainsi à celui de Sam. Elle voulait divorcer !

Pour essayer d'oublier la vision troublante de son torse nu, elle pensa à Peter De Groot. Un homme qu'elle admirait, qu'elle respectait. Son ami Peter, auprès duquel elle envisageait son avenir. C'était avec lui qu'elle lèverait le voile sur les choses mystérieuses de l'amour. C'était lui qui assouvirait le désir qui la consumait.

Mais c'était Sam Holland qui dormait dans le lit qu'elle avait quitté ce matin. Sam qui occupait toutes ses pensées, même quand elle s'acharnait à l'en chasser. Sam qui enflammait ses rêves.

Sam se réveilla à l'aube et ne put retrouver le sommeil. Appuyé contre ses oreillers, il demeura dans l'obscurité, respirant l'odeur d'Angie. Elle le hantait. Pour se changer les idées, il se remémora sa bagarre avec Herb Govenor.

Si lui envoyer son poing dans la figure l'avait soulagé sur le coup, rien n'était résolu pour autant. Son problème demeurait entier. Quiconque recourrait à ses services prendrait le risque de voir sa maison brûler et de perdre tout ce qu'il avait investi dans la construction.

La semaine prochaine, quand il aurait remis les clés de sa nouvelle maison au révérend Dryfus, il se retrouverait sans nouveau chantier en perspective. Govenor aurait atteint son but : le priver de tout moyen de subsister.

D'humeur sombre, Sam se leva et s'approcha de la fenêtre. Les lumières de Bennet Street brûlaient encore sous le ciel opalescent. Il se demanda si Herb oserait mettre le feu à une école, punir des enfants innocents pour parvenir à ses fins. Mais, après tout, n'avait-il pas été jusqu'à tenter de brûler la maison d'un pasteur ?

Le firmament était d'un bleu laiteux quand il entra dans la cuisine pour préparer du café et faire chauffer de l'eau pour se raser. Il s'arrêta devant la chambre de ses filles.

Il avait l'impression de sentir le délicieux parfum d'Angie malgré la porte fermée. Il l'imagina dans son sommeil, les lèvres légèrement entrouvertes, ses longs cils recourbés ombrant ses joues. Une sorte de fourmillement lui serra le ventre.

Angie ne tenait plus aucun rôle dans sa vie depuis si longtemps qu'il avait naïvement cru qu'elle lui serait indifférente. Mais vivre avec elle jour après jour, partager les tâches de la vie quotidienne dont il se chargeait seul jusqu'à présent, contempler sa beauté rayonnante... appétissante... tout cela avait changé quelque chose au plus profond de lui.

Il la désirait. Oui. Mais il voulait aussi qu'elle le respecte, qu'elle l'admire.

Et qu'elle le désire aussi.

12

Le mercredi, les voisines d'Angie l'aidèrent à choisir sa robe. Après une heure de discussion animée, elles optèrent pour le modèle en satin et brocart au détriment de la faille et du velours.

Abby Mueller repassait avec précaution les ruchés de dentelle des manches bouffantes, dentelle que l'on retrouvait en ceinture autour de la taille bien marquée, tandis que Tilly Morgan créait un ornement de coiffure avec des chutes d'étoffes diverses.

— Des boucles d'oreilles mais rien autour du cou, conseilla Molly.

Dorothy Church approuva.

— Les gorges nues sont à la mode, ainsi que les bracelets, d'ailleurs.

— Moi, je trouve qu'ils alourdissent inutilement les longs gants du soir, remarqua Tilly tout en passant en revue les petits boutons de roses qu'elle avait étalés devant elle.

Molly recula pour examiner les cheveux d'Angie.

— Lorsque vous enlèverez vos gants pour dîner, les bracelets seront les bienvenus, expliqua-t-elle distraitement.

Abby interrompit son repassage.

— Molly Johnson ! Que sais-tu des gants du soir et de ce qui convient ou non dans un dîner ?

— Je connais plus de petits détails et d'informations utiles que n'importe qui, rétorqua Molly en riant.

— Vous qui avez fréquenté les bals et les soirées mondaines, dites-nous si Molly a raison, demanda Abby à Angie.

— Oui, je crois. Molly, cessez de me regarder comme ça. Je ne veux pas d'une coiffure compliquée. Je préfère un simple chignon.

Angie se pencha sur la malle qu'elle avait traînée dans la cuisine et en sortit des mules, un sac de satin blanc et un éventail en dentelle.

Molly s'empara de l'éventail.

— Vous savez que les dames s'en servent pour envoyer des messages secrets aux hommes ? Voici le regard aguichant.

— Ma mère était trop occupée à élever ses huit enfants pour m'apprendre le langage de l'éventail, lâcha Tilly en levant les yeux au ciel.

Dorothy sourit.

— Ton regard aguichant manque de subtilité, Molly. Donne-moi l'éventail et regarde. Tu dois prendre un air indifférent et laisser l'éventail parler pour toi.

Un éclat de rire général salua sa démonstration. Abby délaissa son fer froid pour en prendre un chaud. Elle secoua la tête.

— Tu n'as pas l'air indifférente, Dorothy, mais aussi effarouchée qu'un chat mouillé ! Si tu t'y prends ainsi, tu feras fuir tous les hommes avant même qu'ils ne t'approchent.

Pendant que Molly la coiffait, Angie écoutait, le sourire aux lèvres. Leur empressement à l'aider à s'apprêter pour le bal la touchait. Elles auraient pu l'envier, la jalouser, mais non. Elles se réjouissaient pour elle, tout simplement.

En cet instant, pour rien au monde elle n'aurait souhaité être ailleurs que dans cette cuisine encombrée et baignée de soleil où flottait l'arôme du café, où résonnaient les rires de ces femmes.

— Dépêche-toi d'attacher ses cheveux, Molly. Je prépare le fer pour friser sa frange.

— N'est-ce pas Winnie Govenor que j'ai vue, il y a quelques jours ? demanda Abby. Je suppose qu'elle est en ville avec son mari pour l'inauguration, non ?

— Mon Dieu ! s'exclama Tilly. Tu dois bien être la seule à ne pas avoir entendu parler de la bagarre entre Herb et...

Elle s'interrompit brusquement en tournant des yeux inquiets vers Angie.

— Ils se sont battus, c'est vrai.

À son grand soulagement, personne ne l'interrogea sur les causes de cette altercation.

— Angie n'est plus une gamine, intervint Molly. Elle ne va pas s'évanouir parce qu'on prononce le nom des Govenor. Tout le monde sait ce qu'ils sont en train de faire et tout le monde les déteste à cause de ça. Pourtant, je ne crois pas que Winnie soit une si mauvaise femme que ça. Elle est seulement froide, distante et malavisée.

— À part ça, elle est formidable, glissa ironiquement Tilly.

Une superbe création faite de boutons de roses, de feuilles séchées et de quelques perles prenait forme entre ses doigts de fée.

Doroty s'humecta l'index pour tester la chaleur du fer.

— Je pense qu'elle aimerait être plus sociable mais qu'elle ne sait pas comment s'y prendre, dit-elle.

— Je me demande comment tu peux être aussi indulgente pour une femme qui... qui ne s'est jamais dérangée pour voir sa fille, alors même qu'elle était mourante, intervint Abby en lançant un bref regard à Angie qui faisait mine d'être perdue dans ses pensées.

— Reconnais que personne ne s'est rendu compte qu'elle allait mourir jusqu'à ce qu'elle soit tout près de la fin, remarqua Molly. Les Govenor n'avaient peut-être pas évalué la gravité de la situation, eux non plus.

Un silence s'installa. Toutes observaient Angie qui cessa de feindre l'indifférence.

— Je suis au courant pour Laura. Ne soyez pas gênées de parler d'elle devant moi.

— C'est tout de même embarrassant d'évoquer une femme qui vivait avec votre mari, jeta Dorothy sans détour.

— Bon, nous aimions bien Laura, trancha Molly. Gardons le souvenir de la femme qu'elle était, pas de ce qu'elle a fait. Pareil pour Sam. Nous n'avons pas à juger ou à prendre parti.

— Est-ce que vous haïssez Laura ? voulut savoir Abby.

— Au début, oui, je crois que je la haïssais, avoua Angie après réflexion. Mais je n'en suis plus très sûre, à présent.

Comment la haïr quand ses filles se blottissaient contre elle tous les soirs avant de s'endormir ? Même Lucy avait enroulé ses bras autour de son cou, pas plus tard que la veille.

Lucy et Daisy choisirent ce moment précis pour faire leur entrée. La conversation s'arrêta net. Fascinée par tous les atours féminins, elles se précipitèrent sur les gants d'Angie pour les essayer, agitèrent son éventail, contemplèrent ses pendants d'oreilles en perles.

— Quand est-ce que je pourrai porter un corset ? s'enquit Lucy.

— Treize ans est l'âge normal, je crois, répondit Tilly.

— Oh... cela dépend, corrigea Abby avec une petite toux discrète.

Daisy caressa les rubans qui bordaient le corset d'Angie.

— Mabel Hooser en porte un et elle n'a que huit ans, lança-t-elle.

— C'est bien ce que je disais. Cela dépend. Pauvre petite, s'entraver de la sorte à son âge !

— Est-ce que grand-père et grand-mère seront au bal ? demanda Daisy à Angie.

— Je pense, répondit la jeune femme qui redoutait cette confrontation plus que tout.

— Grand-mère et toi vous serez les plus jolies femmes de la soirée, déclara Daisy en s'approchant pour contempler l'œuvre de Molly et de Dorothy.

Cette réflexion étonna Angie qui pensait que les fillettes n'aimaient pas leur grand-mère. Décidément, il ne fallait pas se fier aux apparences.

— Mlle Lily donne aussi un bal, ce soir, annonça Lucy à la stupeur générale. Elle a fait venir une robe de Paris pour l'occasion.

— Comment diable sais-tu une chose pareille ?

Lucy haussa les épaules.

— Par le petit cousin de Germaine Jablonski qui connaît la fille de l'aide-cuisinier de Mlle Lily.

— Je ne pense pas que ta grand-mère approuverait ce genre de conversation, remarqua Angie.

Les deux fillettes se mirent à rire.

— Grand-mère n'approuve jamais rien, riposta Daisy sur un ton affectueux. Elle est comme ça.

— Elle veut que nous devenions des ladies, renchérit Lucy en mimant une dame prenant le thé, le petit doigt levé. Elle prétend qu'il est plus facile d'apprendre les règles de l'étiquette à notre âge que plus tard.

Ces révélations dénotaient une faille dans l'armure de Winnie Govenor. La transition entre la misère qui l'avait contrainte à vendre des gâteaux sur le pas de sa porte et l'opulence n'avait pas dû être facile.

— Mais ce n'est pas grave. Grand-mère nous corrige parce qu'elle nous aime, décréta Daisy avec une candeur sans nuages.

— Elle veut que ce soit plus facile pour nous que ça l'a été pour elle, ajouta Lucy, intriguée par le silence des femmes qui les écoutaient avec une vive attention.

Plus elles parlaient, plus Angie mesurait combien elle s'était trompée. Non seulement les filles aimaient leur grand-mère, et se croyaient aimées d'elle, mais elles ne lui en voulaient pas de les réprimander sans cesse, car elles en comprenaient les raisons.

Le silence persista un bon moment après que les fillettes eurent quitté la pièce. Finalement, Tilly s'approcha de la porte pour vérifier qu'elles ne traînaient pas dans les parages et observa à voix basse :

— On dirait que Winnie réussit mieux dans le rôle de grand-mère que dans celui de mère.

— Elle veut peut-être se racheter d'avoir rejeté Laura, suggéra Dorothy Church en soufflant sur le fer à friser.

— Si Winnie voulait vraiment se racheter, Daisy ne boiterait pas comme un mineur ivre ! jeta Molly. Elle aurait été opérée depuis longtemps.

Angie n'était pas mécontente de constater que quelqu'un partageait son opinion.

— Vous savez quoi ? enchaîna Tilly. Je donnerais cher pour voir la robe de Mlle Lily.

Et sur cette note légère, elles retrouvèrent leur gaieté, riant, plaisantant, papotant. Toutefois, Angie demeura songeuse. Elle ne s'attendait pas que Daisy et Lucy aiment leurs grands-parents, et elle commençait à se demander si ces derniers ne les aimaient pas aussi, à leur façon. Elle demeurait convaincue que la place des filles était auprès de leur père, mais devait admettre que les choses n'étaient plus aussi simples dès lors que les « méchants » l'étaient moins qu'ils ne le paraissaient de prime abord.

Angie était prête. Sa cape était pliée sur le dossier d'une chaise. Elle avait mis un mouchoir propre dans son sac de soirée, un petit flacon d'eau de Cologne à la rose et une houppette pour chasser la brillance de son nez au cours du bal. Sa robe en satin brillait magnifiquement. Elle n'avait cessé de contempler sa coiffure dans le miroir. Fixé dans ses boucles, l'ornement de Tilly complétait l'ensemble à merveille.

Debout au centre de la cuisine, elle s'efforçait tant bien que mal de contenir sa nervosité. Elle craignait de s'asseoir de peur de froisser sa robe, et de toucher quoi que ce soit pour ne pas salir ses gants. Elle regardait l'heure pour la énième fois quand Sam entra enfin par la porte de derrière avec ses filles.

Angie retint son souffle quand elle le vit dans son costume sombre sur un gilet de satin gris perle et une chemise blanche agrémentée d'un large nœud de cravate. Ses cheveux bruns étaient soigneusement lissés en arrière et un ruban noir les retenait sur la nuque.

Elle ne put dissimuler son admiration.

— Tu es... tu es...

Séduisant ne suffisait pas. Il aurait pu figurer dans un magazine de mode, mis à part l'œil au beurre noir, songea-t-elle en souriant. À sa grande surprise, il semblait aussi à l'aise dans cet habit que dans ses vêtements de tous les jours.

Il sourit, mais son regard se fit plus intense tandis qu'il la contemplait, s'attardant sur sa taille d'une finesse extrême, sur la courbe de ses seins pigeonnant au-dessus du corset. Angie se sentit rougir.

— Tu es magnifique, dit-il d'une voix altérée.

Une timidité nouvelle les avait saisis soudain, comme s'ils étaient deux étrangers. Heureusement que les filles étaient là pour faire diversion, exprimant leur admiration avec la spontanéité qui les caractérisait.

— Je ne te reconnais pas, confia Lucy à Sam.

Il s'accroupit devant sa fille en riant.

— Pourquoi ? À cause de mon élégance ou de mon coquard ?

— Je ne sais pas. Et Angie ressemble à... une princesse de conte de fées.

— Quand je serai grande, j'aurai une robe comme la vôtre, décida Daisy. Vous êtes aussi belle que Mlle Lily, ce soir !

— Dans ce cas... fit Angie qui n'aurait jamais cru qu'elle se sentirait flattée d'être comparée à une fille de joie.

Molly arriva sur ces entrefaites et s'extasia à son tour avant de pousser les filles vers la porte.

— N'oubliez pas de me rapporter un souvenir, lança-t-elle. Nous viendrons demain matin à la première heure, pour connaître tous les détails de la soirée.

— Merci de garder les filles.

— C'est un plaisir, Sam, tu le sais. Si j'avais eu des enfants, j'aurais voulu qu'ils soient aussi dégourdis et futés que ces deux petites coquines !

— J'aurais bien aimé aller au bal moi aussi, dit Lucy sur un ton de regret.

Le cœur d'Angie se serra et, curieusement, elle songea que c'était Laura qui aurait dû être à sa place en cet instant. C'était elle que ses filles auraient dû admirer.

— Ton tour viendra, Lucy, ne t'inquiète pas. Tu as toute la vie devant toi, lui répondit-elle doucement.

— Moi aussi, j'irai danser ! Après mon opération.

— Bien sûr, Daisy. Toi aussi.

Sam prit la cape de la jeune femme et la déploya sur ses épaules.

— Eh bien, madame Holland, maintenant que nous avons suscité l'approbation générale, il est temps de partir.

Il tendit le bras et Angie y glissa sa main gantée.

— Vous nous rapporterez des gâteaux ! lança Daisy avant de rejoindre Molly qui l'appelait dans le jardin.

Sam et Angie se regardèrent et éclatèrent de rire.

— C'est la première fois que je me rends à une soirée sans mon père pour m'escorter, avoua Angie.

— C'est bien ce que je pensais... dit-il avec un large sourire en se dirigeant vers une élégante voiture.

— Sam ! Cet équipage... Il est pour nous ?

Le cocher en livrée la salua en touchant le bord de son chapeau.

— Mais... nous ne pouvons nous offrir un tel luxe, murmura-t-elle en se tournant vers Sam. Et puis, l'hôtel est à deux pas.

Il posa un doigt sur ses lèvres pour la faire taire.

— Écoute-moi. J'ai échangé cette voiture contre une journée de travail. Ce sont les petites extravagances comme celle-ci qui rendent la vie supportable, Angie. Certains événements méritent qu'on s'en souvienne, et je veux que ce soit le cas de celui-ci. Tu attends cette soirée depuis bien longtemps.

— Oh, Sam... murmura-t-elle en cherchant son regard, émue jusqu'aux larmes par cette délicate attention.

Sam haussa les sourcils.

— Tu pleures ? Ce n'était pas le but recherché ! Cela me rappelle que j'ai une question de la plus haute importance à te poser, et qui nécessite une réponse immédiate.

— Oui ? dit-elle en tâtonnant dans son sac à la recherche de son mouchoir.

Il regarda à droite et à gauche avant de se pencher vers elle pour lui chuchoter à l'oreille :

— Crois-tu que tout le monde devinera que je porte un caleçon rose ?

— Que...

Un éclat de rire transfigura le visage d'Angie, chassant ses larmes par la même occasion.

— Si c'était le cas, ma virilité en prendrait un sacré coup ! crut-il bon d'ajouter très sérieusement en l'entraînant vers l'attelage. Je serai obligé de quitter la région pour fuir la honte.

— Sam Holland, tu es l'homme le plus ahurissant que j'aie jamais rencontré !

— Je constate que tu n'as pas répondu à ma question, dit-il avec un petit sourire qu'il ne put retenir plus longtemps.

Quand il s'assit près d'elle, ses yeux pétillaient d'amusement, et Angie décida d'oublier la dépense occasionnée par cette extravagance. Elle rêvait depuis si longtemps d'aller au bal au bras d'un homme autre que son père ! Un bal où elle n'attirerait pas des regards de pitié, et qu'elle ne quitterait pas prématurément en compagnie de ses parents.

Elle voulait que ce soir, son rêve se réalise, et c'était aussi le vœu de Sam, songea-t-elle le cœur en émoi.

Prise d'une impulsion, elle ouvrit son éventail et l'agita devant son visage tout en battant des cils exagérément.

— Oh, mon cher monsieur Holland, j'ai peur d'avoir une terrible nouvelle à t'annoncer !

Il prit sa main gantée et la pressa dans la sienne.

— De quoi s'agit-il, madame Holland ?

— C'est si épouvantable que j'ose à peine t'en parler.

— Vais-je devoir quitter la région ?

— Je le crains, oui, murmura-t-elle. Il vaudrait mieux que tu rentres tout de suite pour faire tes bagages parce que ton caleçon rose a passé l'après-midi au soleil, sur la corde à linge, au vu et au su de tout le voisinage.

— Je suis perdu! gémit-il en cachant son visage dans ses mains. Je vais devenir la risée de la ville.

Ils riaient encore quand Sam aida Angie à descendre de voiture puis à s'engager sur le tapis rouge qui menait à l'entrée du nouvel hôtel. Il fit une pause, et ils échangèrent un long regard avant de pénétrer dans le vaste vestibule. Quiconque les aurait surpris n'aurait pas douté qu'ils étaient amants.

Les flammes d'immenses chandeliers en cristal se reflétaient dans d'imposants miroirs en bois doré, dans les boiseries en cerisier, dans les colonnes et le sol en marbre ciré. Des fontaines de verdure emplissaient la moindre niche, de somptueux bouquets exhalaient leurs parfums raffinés.

Angie et Sam se dirigèrent vers Stratton Miles, le directeur de l'hôtel, pour le féliciter ainsi que sa femme, couverte de bijoux. Puis quelqu'un prit la cape de la jeune femme et elle se retrouva dans une vaste pièce pleine de monde.

— Mon Dieu! s'exclama-t-elle, éblouie par tant de faste.

Un quartet à cordes jouait près d'un large escalier. Le son d'un ensemble plus imposant provenait de la salle de bal.

— Champagne? demanda Sam en prenant deux flûtes sur un plateau.

Angie plissa le nez quand les bulles pétillèrent dans sa bouche, mais ses yeux riaient. Elle avait l'impression soudaine de se retrouver dans un autre monde, étrange et enchanté. Quelques heures plus tôt, elle frottait du linge, penchée sur sa planche à laver, et voilà qu'elle se retrouvait un verre de champagne à la main, environnée de satin et de bijoux chatoyants, tandis qu'un homme séduisant la contemplait de ses yeux noirs troublants.

— On fait le tour des lieux ? lui proposa Sam en lui tendant le bras. Il paraît que des tableaux venant d'Europe décorent la galerie, à l'étage.

— Nous en profiterons pour voir si nous pouvons rapporter quelque chose aux filles.

Ils furent interrompus des dizaines de fois en gravissant le vaste escalier. Sam présenta une foule de gens à Angie, riches propriétaires miniers, dirigeants de syndicat, le maire de Willow Creek et le gouverneur du Colorado. Elle fut presque soulagée quand ce fut le tour de Marsh Collins, son avocat, un citoyen ordinaire.

L'homme se penchait sur la main d'Angie quand Sam fronça les sourcils d'un air suspicieux.

— Combien cette rencontre va-t-elle encore me coûter, Marsh ?

Collins sourit.

— Eh bien, je voulais te parler de deux ou trois détails concernant nos affaires en cours.

— Je t'écoute.

— L'avocat de Whittier m'a informé que son client cesserait les poursuites si tu acceptais de reconstruire la maison à tes frais.

Sam jura entre ses dents.

— Dis-lui de maintenir les poursuites. Ce n'est pas moi qui ai mis le feu et il est hors de question que je paie pour un acte dont je ne suis pas responsable.

Collins hocha la tête.

— J'ai une bonne nouvelle, en revanche. L'Union renonce à son action en justice.

— Formidable !

— D'autre part, Herb Govenor ne semble pas avoir porté plainte contre toi pour coups et blessures.

Marsh Collins sourit à Angie avant d'ajouter :

— Ne me dis pas que cette charmante dame est l'épouse dont tu veux divorcer ?

Les joues d'Angie rosirent et elle s'empressa de déployer son éventail.

— Marsh, vieux pirate ! Le moment est mal choisi pour en parler.

— Tu as changé d'avis ? demanda Collins de son air le plus innocent.

Sam s'efforça de garder son calme.

— Je t'ai déjà dit que nous nous occuperons du divorce après l'opération de Daisy. Question de priorités.

Sur ce, il reprit le bras d'Angie et s'éloigna.

— Tu voulais connaître Marsh Collins ? C'est un homme dépourvu de tact et un avocat qui n'a même pas pignon sur rue. J'espère que ses allusions aux procès et au divorce ne vont pas gâcher ta soirée ?

Lui rappeler qu'elle passait cette soirée très spéciale avec un homme qui voulait se débarrasser d'elle n'était pas pour égayer son humeur, mais Marsh Collins s'était seulement montré maladroit, sans intention désobligeante.

— Non, affirma-t-elle. Rien ne gâchera ma soirée. Allons, montre-moi ces tableaux venus d'Europe.

Ils admirèrent les toiles dont l'une était signée Monet, ce qui les laissa imaginer les moyens de Stratton Miles.

Même s'ils n'étaient pas destinés à décorer un jour une maison qu'ils partageraient, Angie se réjouit de constater qu'ils avaient les mêmes goûts.

Quand ils redescendirent l'escalier, ils eurent vaguement conscience de former un beau couple, aux regards qu'on leur lançait.

— Aimeriez-vous danser, madame Holland ?

Un peu plus tôt, Sam avait rempli son carnet de bal en inscrivant son nom partout.

— Avec grand plaisir, monsieur Holland. Mais j'aimerais me rafraîchir un peu avant.

S'inclinant vers Sam, elle murmura :

— En réalité, je brûle de savoir si les toilettes pour dames sont aussi impressionnantes que le reste.

Angie ne fut pas déçue. Elle eut l'impression de pénétrer dans un univers totalement et luxueusement féminin. Des tapis au tissu mural en passant par les fauteuils capitonnés et les repose-pieds, toutes les nuances de rose étaient représentées. Des domestiques, vêtues de rose également, se hâtaient de satisfaire les besoins des dames, leur proposant épingles à cheveux, nécessaires de coiffure, et autres colifichets indispensables.

Souriante, Angie se dirigea vers les lavabos peints à la main, et se retrouva nez à nez avec Winnie Govenor.

Cette dernière portait une somptueuse robe en tulle gris qui s'harmonisait parfaitement avec la couleur de ses yeux et de ses cheveux agrémentés de perles. Des diamants brillaient à ses oreilles, à ses poignets. Elle était aussi imposante et froidement distante qu'une reine de glace.

Au premier regard, Angie devina que cette femme se préparait à l'humilier publiquement. Ses joues s'empourprèrent et son cœur flancha.

13

Angie se figea tandis que la bouche de Winnie se pinçait avec mépris. Elle rejeta ses jupes de côté, comme si frôler la robe d'Angie risquait de la souiller, et s'avança vers la sortie sans lui accorder un seul regard.

Les dames présentes se turent, observant la scène avec attention. Voilà un incident qui alimenterait les commérages durant les prochains jours.

Atterrée, Angie sentit son sang battre à ses oreilles. L'humiliation était telle qu'elle eut envie de disparaître sous terre. Elle tourna les yeux vers ses compagnes, qui évitèrent son regard, quand elles ne la contemplaient avec embarras ou pitié.

Inspirer de la pitié. C'était pire que tout! Elle ne pouvait le tolérer.

Empoignant ses jupes, elle se dirigea vers la porte et saisit le bras de Winnie.

— Madame Govenor, je suis Angie Holland. Je crois que vous ne m'avez pas reconnue, lança-t-elle aimablement, feignant de se méprendre. Il est vrai que j'étais très différente quand nous avons pris le thé ensemble.

Winnie posa un regard froid sur la main d'Angie.

— Ôtez votre main de là.

— Au cas où nous n'aurions pas l'occasion de discuter plus tard, je voulais savoir si vous aviez l'intention de venir voir vos petites-filles, monsieur Govenor et vous, avant de rentrer à Colorado Springs. Nous les préparerons pour l'occasion. Elles se réjouissent tellement à l'idée de passer du temps avec leurs grands-parents.

Derrière elles, le silence était tel que la musique du bal leur parvenait.

Par ces mots, Angie rappelait habilement à tout le monde qu'elle se souciait de Lucy et de Daisy, contrairement à leur grand-mère. Ce fut au tour de celle-ci de rougir d'embarras.

— Nous avons l'intention d'emmener nos petites-filles déjeuner samedi, articula Winnie d'une voix tremblante de colère.

— Très bien. Je veillerai à ce qu'elles soient prêtes et convenablement vêtues.

Elles se saluèrent d'un hochement de tête, et Winnie quitta la pièce. Angie traversa le salon silencieux et entra dans un cabinet où elle pressa les doigts sur ses tempes. Sa mère aurait sans doute estimé que sa réaction inconvenante venait de sa moitié italienne. Et elle aurait sûrement eu raison. Cette moitié latine la poussait à faire des choses que sa moitié anglaise l'amenait à regretter ensuite.

Sam l'attendait à la porte des toilettes. Il semblait soucieux.

— Je viens de voir Winnie Govenor sortir, elle semblait prête à étrangler le monde entier ! Que s'est-il passé ?

Quand Angie lui eut raconté leur altercation, Sam eut un sourire sans joie.

— Maintenant que nous avons croisé Marsh Collins et les Govenor, le pire est derrière nous. Nous allons enfin pouvoir nous amuser.

Elle accepta son bras avec reconnaissance et il l'entraîna vers la salle de bal.

— Tu as parlé avec Herb Govenor ?

— Non. Si je m'étais approché de lui, nous nous serions sûrement battus à nouveau. Nous nous sommes contentés d'échanger quelques regards mauvais à distance, et j'ai eu le plaisir de constater qu'il est en aussi piteux état que moi.

En tout cas, quel que soit son état, les femmes n'étaient visiblement pas insensibles à son charme, constata Angie. Toutes celles qu'ils croisaient ne se gênaient pas pour le regarder avec un vif intérêt. Il faut dire que le contraste entre l'habit de soirée et les cheveux longs noués sur la nuque, sans parler du coquard, le rendait plutôt exotique.

La salle de bal étincelait de mille feux. Une fraîche brise nocturne entrait par les grandes portes-fenêtres ouvertes. Des couples tournoyaient au rythme d'une valse lente. Les jupes des dames virevoltaient. Les diamants scintillaient à la lueur des chandeliers.

— Oh, Sam ! Jamais je n'ai assisté à une soirée aussi fastueuse !

— Cela m'étonne.

— Mon père n'était pas un requin de la finance mais un maçon. Mes parents m'emmenaient surtout dans des bals donnés par des amis, à des soirées musicales ou culturelles dans les cercles féminins que fréquentait ma mère. Mais je n'ai jamais connu un tel faste, une telle opulence, affirma-t-elle en jetant autour d'elle un regard émerveillé. Contrairement à ce que tu crois, je vivais dans une maison ordinaire, avec des parents ordinaires.

— Pour moi, tu étais une magnifique princesse qui vivait dans un palais de brique. Je me rappelle t'avoir entendue jouer du piano, et je me suis promis qu'un jour j'aurais un palais et un piano.

— Avec une magnifique princesse ? murmura-t-elle.

Il chercha son regard.

— Est-ce que le piano te manque ?

— Parfois, oui. Pour se calmer, dans certains cas, c'est beaucoup plus efficace que de poursuivre quelqu'un en lui jetant des projectiles à la tête.

Sam éclata de rire et lui offrit son bras.

— Ne parlons plus du passé. Si nous allions faire un tour sur la terrasse ?

— D'accord, mais nous ne dansons pas ? s'étonna-t-elle en jetant un regard de regret à l'orchestre, excellent, et aux couples qui tournoyaient sur la piste dans un kaléidoscope de couleurs ondoyantes.

— J'ai un aveu à te faire, commença Sam. Je suis un épouvantable danseur, et je crains de t'embarrasser plutôt qu'autre chose.

— Mais... tu as rempli mon carnet de bal !

— Je ne voulais pas que tu danses avec un autre, expliqua-t-il en lui glissant un sourire en coin. Je sais, c'est très égoïste de ma part.

Il reprit deux coupes de champagne sur le plateau d'un serveur qui passait et ils sortirent sur la terrasse où des lanternes chinoises diffusaient une lumière tamisée. Le parfum des œillets embaumait l'air, des bancs de bois sculptés invitaient à s'asseoir pour profiter de la douceur de la nuit sous le velours noir du ciel étoilé. La musique leur parvenait, assourdie.

Les lèvres au bord de sa flûte, Angie sourit.

— Si je comprends bien, tu m'as emmenée au bal sans avoir l'intention de m'inviter à danser.

— Nous allons danser, dit-il en lui ôtant son verre des mains pour le poser avec le sien sur un banc. Mais pas devant tout le monde.

— Je suis sûre que tu es trop modeste et que tu es un merveilleux danseur, déclara-t-elle comme il glissait le bras autour de sa taille et lui prenait la main.

Il hésita un instant avant de se lancer.

— Un deux trois, un deux trois.

Le père d'Angie valsait à la perfection, de même que Peter De Groot, l'un et l'autre évoluant avec aisance et légèreté. C'était au cours d'une danse qu'Angie avait deviné que ce dernier avait des vues sur elle. Quelque chose dans son regard lui avait fait prendre conscience de son bras sur sa taille et de leurs mains réunies.

Elle avait envie de retrouver ces sensations avec Sam. Dans un monde parfait, ils auraient tournoyé sans se quitter des yeux, le cœur battant la chamade. L'intimité de leur étreinte l'aurait fait rougir, et il se serait attendri en la contemplant.

— Un deux trois, un deux trois.

— Sam, tu ne suis pas le rythme.

Il s'arrêta et leva les yeux au ciel.

— Pourquoi ne jouent-ils pas une polka ? Personne ne se soucie de manquer un temps dans une polka.

Sam n'était pas modeste. C'était réellement un piètre danseur. Elle s'efforça de marquer le tempo, mais il trouva le moyen de lui marcher sur les pieds. Il s'excusa, fit des efforts attendrissants, en vain. Son cas était désespéré.

Pourtant, Angie trouvait cette petite faiblesse charmante. Elle s'en émouvait presque, mais ne put s'attarder sur ces pensées, car déjà il l'avait reprise dans ses bras pour un nouvel essai après qu'un faux pas eut failli les faire tomber.

Pressée contre sa poitrine, elle avait l'impression de se fondre en lui. Leurs cœurs battaient à l'unisson, leurs souffles se mêlaient. Le moment aurait pu être romantique si, déséquilibrée, elle ne s'était tordu le pied en essayant de garder l'équilibre. Le fou rire la prit.

Sam finit par s'immobiliser et recula d'un pas pour la regarder, levant un sourcil au-dessus de son œil au beurre noir.

— Tu te moques de moi ?

— Oui ! s'écria-t-elle en se tenant les côtes. Je… je crois que tu as raison. Tu es le danseur le plus exécrable que j'aie jamais rencontré !

— Il y a un domaine dans lequel je suis moins mauvais, dit-il en l'attirant contre lui avant de capturer ses lèvres.

Angie eut immédiatement l'impression de basculer dans un autre monde. Contrairement à la première fois, elle s'enhardit à lui rendre son baiser, étourdie par le contact de ses cuisses dures contre les siennes. Elle se ploya légèrement en arrière et enroula les bras autour de son cou.

De longs frissons la parcoururent. Irrépressibles. Le temps parut s'arrêter. Elle n'avait plus conscience que de la chaleur de leurs deux corps moulés l'un contre l'autre, de ces sensations inconnues d'elle qui montaient par vagues du plus profond de son être. Son souffle s'accéléra. Les pointes de ses seins durcirent. Une étrange moiteur naquit entre ses cuisses. Une faim exigeante, qu'elle aurait voulu assouvir sans attendre, la saisit.

Ils se séparèrent quand un couple derrière eux se signala par un petit toussotement et un rire contenu. Angie s'empourpra en lissant sa robe avec le sentiment ridicule d'avoir été prise en faute.

Une lueur pétillait dans le regard bleu de Sam et ils se mirent à rire comme des enfants. Après tout, qu'avaient-ils fait à part échanger un baiser sous les étoiles ?

Quoi qu'il en soit, Sam avait raison. Il était très très doué pour embrasser.

Si doué que la soirée perdit tout intérêt aux yeux d'Angie qui, dès lors, fut incapable de penser à autre chose qu'à l'homme à ses côtés. Ils achevèrent la visite de l'hôtel, mais elle remarqua davantage les jeux de lumière dans les cheveux de Sam que les subtilités de la décoration. Fascinée par la beauté de ses mains, elle n'aurait su dire ce qu'elle mangea lors du souper. C'était comme si, soudain, Sam et elle se trouvaient à l'intérieur d'une bulle de verre, isolés du monde extérieur. Plus rien n'existait qu'eux deux. Les musiciens ne jouaient que pour eux, le banquet de minuit leur était destiné. Angie demeura la proie de cet envoûtement jusqu'au dessert.

— Non ! murmura-t-elle à Sam, retombant brusquement sur terre. Ne mange pas ce gâteau.

— Pourquoi ?

— Daisy.

— Daisy ?

— Nous avons promis de lui en rapporter un. Nous allons devoir voler une serviette pour le transporter à la maison, ajouta-t-elle en se penchant vers lui avec des airs de conspiratrice. Toi, tu prends celui de Lucy.

— Angelina, combien de verres de champagne as-tu bus ?

— Un certain nombre, admit-elle en se perdant dans le bleu de ses yeux avec la certitude qu'il n'en existait pas de plus bleus. Allons, dépêche-toi. Personne ne nous regarde.

Une fois les gâteaux enveloppés et cachés dans le sac de la jeune femme, elle reprit son verre.

— Tu as peut-être assez bu de champagne, non ?

— Sam, est-ce que tu vois ce que je vois ?

Elle fixait les petites sculptures en sucre coloré représentant l'hôtel. Chaque convive en possédait une.

— Angie...

— Il nous en faut plusieurs. Deux pour les filles, une pour Molly, Tilly, Abby et Dorothy. Sam, nous allons devoir voler celles de nos voisins.

— Et puis quoi encore ? Que dirais-tu de l'argenterie ? Un plat ou deux, des couverts...

— Nous nous contenterons des desserts et des miniatures. Après tout, il suffit peut-être de demander… dit-elle en se tournant vers l'homme qui se trouvait à sa gauche.

Succombant aussitôt à son charme, celui-ci ne se fit pas prier pour satisfaire son caprice.

— Je crois qu'il est temps de rentrer, madame Holland, et de vous éloigner des serveurs munis de champagne.

— Oh, non ! Pas tout de suite. Nous devons d'abord remercier nos hôtes pour cette magnifique soirée.

Sam l'entraîna vers le vestiaire.

— Nous leur enverrons un billet, décida-t-il en posant sa cape sur ses épaules. J'ai bien fait de ne pas garder la voiture. Cela nous fera le plus grand bien de marcher un peu.

Angie contempla une dernière fois la somptueuse bâtisse, les yeux brillants, et Sam sourit. Elle était si lumineuse qu'elle attirait tous les regards. Malgré ses efforts pour contenir son exubérance, ses gestes la trahissaient. Elle tapait ses gants sur sa paume lorsque quelque chose l'amusait ou lui plaisait. Quand elle entendait de la musique, elle marquait le rythme en frappant le sol du pied et ses épaules se balançaient doucement. Ses fossettes se creusaient pour un oui ou pour un non. Elle bouillonnait de vie.

Ils remontèrent Carr Street en commentant leur soirée. Angie voulait savoir si les vases étaient en véritable porcelaine de Chine, s'il y avait bien une suite de grand standing au premier, de quel couleur exacte était le marbre du vestibule…

En entrant dans la petite maison en bois, elle se mit à tournoyer, toujours sous l'effet du charme.

— Oh, Sam, c'était une si belle soirée !

— J'entends encore les bulles dans ta voix, observa-t-il en allumant la lampe de la cuisine.

Il la contempla en souriant tandis qu'elle continuait de virevolter dans les bras d'un cavalier imaginaire, et pour la première fois de sa vie, il regretta de ne pas savoir danser. Comme elle passait près de lui, il saisit sa cape au vol et la déposa sur le dossier d'une chaise. Au passage suivant, elle lui tendit son sac.

— Je vais faire du café, décida-t-il.

— J'aimerais que cette nuit ne s'achève jamais, soupira-t-elle en s'immobilisant au milieu de la pièce.

Elle ferma les yeux en continuant d'osciller légèrement, et Sam songea que les femmes n'étaient jamais aussi belles que lorsqu'elles étaient heureuses. Lorsqu'elle ouvrit les yeux et lui sourit, un désir puissant l'envahit instantanément.

— Embrasse-moi encore, Sam, dit-elle d'une voix sourde.

Il posa les mains sur ses épaules, les laissa descendre sur les ruchés.

— Nous avons tous deux abusé du champagne, Angie. Je ne veux pas en profiter. Nous risquons de faire des choses que nous regretterons demain.

Comme si elle ne l'avait pas entendu, elle s'approcha de lui, leva le bras et tira sur le lien qui retenait ses cheveux sur sa nuque. Son parfum de roses enveloppa Sam et un gémissement monta dans sa gorge. Il posa malgré lui les mains sur sa taille. Elles s'y enroulèrent, descendirent sur ses reins. Il la plaqua contre lui et leurs jambes s'enchevêtrèrent. Il sentait sa chaleur malgré l'épaisseur des jupes et des jupons.

Elle leva sur lui ses grands yeux sombres, si pleins de promesses, et quand ils s'attardèrent sur sa bouche, Sam sut aussitôt où les mènerait ce baiser.

Il se perdit dans son regard chaviré mais ardent, et comprit qu'elle aussi le savait. Depuis qu'il l'avait embrassée, sur la terrasse de l'hôtel, la flamme qui s'était allumée en eux n'avait pas faibli. Au contraire. Chaque regard, chaque geste, chaque effleurement de leurs corps avait alimenté le brasier, les précipitant inéluctablement vers le point de non-retour.

Elle plongea les doigts dans ses cheveux défaits.

— Au début, je n'aimais pas tes cheveux longs. Je trouvais qu'ils te faisaient ressembler à un pirate.

Les doigts de Sam se posèrent sur les boutons recouverts de satin qui fermaient sa robe. Les lèvres sur son front, il murmura contre sa peau :

— Dis-moi non, Angie, et j'arrêterai tout de suite.

— Oui, souffla-t-elle en l'enlaçant. Oui, oui, oui...

— Sais-tu au moins à quoi tu dis oui ?

Dans le dos, sa robe était déboutonnée jusqu'à la taille. Sam y laissa courir ses doigts, la sentant frémir.

— Sam ? dit-elle en renversant soudain la tête en arrière.

Il se pencha pour déposer un baiser sur sa gorge, inhalant le parfum de sa peau. Elle tremblait sous ses lèvres.

— Hmmm ?

— Si tu es incapable de dire quoi que ce soit de romantique ou de joli, ne dis rien.

Il releva la tête.

— Je tiens seulement à m'assurer que tu sais que nous sommes sur le point de...

— Chut... je suis une femme adulte en pleine possession de ses facultés. Je sais ce que je fais, d'accord ?

Il n'en était pas si sûr. D'une part, ses facultés étaient quelque peu émoussées par le champagne. D'autre part, ne s'étant jamais donnée à un homme, elle ignorait ce qui l'attendait. En ce qui le concernait, et étant donné les circonstances, il considérait qu'il s'était jusqu'à présent comporté comme un vrai gentleman. Désormais, il s'octroyait le droit de laisser libre cours à ses désirs, même si le champagne y était pour quelque chose.

Cette fois, il l'embrassa sans retenue. La passion qu'elle avait éveillée en lui dix ans auparavant le submergea de nouveau plus puissante que jamais. Quand il libéra sa bouche, tous deux haletaient.

Doucement, il écarta les pans de sa robe, la fit glisser le long de son corps jusqu'à ce qu'elle repose en corolle sur le sol, à ses pieds. À présent, Angie se tenait devant lui en gants du soir, corset bordé de dentelle, pantalon et bas de soie blanche. À la lueur de la lampe, sa peau prenait des reflets satinés, ses yeux étincelaient.

Lentement, Sam ôta sa veste, puis sa cravate tandis qu'elle enlevait les épingles qui retenaient ses cheveux. Une vague auburn déferla bientôt jusqu'au creux de ses reins, et Sam en eut le souffle coupé.

Angie s'humecta les lèvres, les yeux fixés sur lui, et il déboutonna sa chemise à toute allure, l'arrachant presque pour la jeter au loin. Elle se débarrassa de son pantalon de femme pendant que lui ôtait le sien.

Il aurait aimé la déshabiller lui-même, mais il craignait de l'effaroucher. Il songea soudain que, pour la première fois, elle préférait peut-être l'obscurité. En deux enjambées il fut près d'elle. Il la souleva dans ses bras et l'emporta dans la chambre. Après l'avoir déposée sur le lit, il s'agenouilla devant elle et entreprit de rouler ses bas sur ses jambes. Il s'employa ensuite à délacer son corset. Immobile, elle se laissait faire.

— Je me sens toute faible, avoua-t-elle.

— Je sais, murmura-t-il en lui embrassant les paupières, les tempes, la bouche tout en achevant de la dévêtir.

Il referma enfin la main sur un sein et sentit immédiatement son souffle s'accélérer.

— Tu me vois ? s'inquiéta-t-elle.

— Tu es belle, Angie, si belle… murmura-t-il en l'allongeant sur le lit.

Ses mains s'aventurèrent sur son corps nu et elle ondoya sous ses caresses, trouvant sa peau légèrement calleuse infiniment excitante. Elle s'offrait à lui sans pudeur, sans retenue. Ce qui se passait, ce qu'elle éprouvait n'avait rien à voir avec ce qu'elle avait imaginé. Ce n'était pas doux et tendre, mais fort, intense, presque violent.

La bouche de Sam lui brûlait la peau tandis que ses caresses, tour à tour légères ou précises, la rendaient ivre de désir. Elle ondulait à la rencontre de ses doigts, éperdue. Il embrassait ses lèvres, ses seins, son ventre.

Angie ne savait plus où elle était. Elle murmurait des mots sans suite, l'implorant, le suppliant.

Lorsqu'elle fut moite d'envie, folle de désir, prête à hurler s'il ne la comblait pas sur-le-champ, Sam s'étendit sur elle et la pénétra lentement. Une douleur aiguë la transperça, et elle enfonça les ongles dans ses épaules.

Très vite, cependant, la douleur s'estompa et la passion reprit ses droits. Impérieuse. Exigeante. Étourdissante. Angie caressait avec fièvre le corps puissant qui se mouvait sur elle, se cambrait à sa rencontre, épousait son rythme avec une ardeur débridée. C'était si bon qu'elle se crut au paradis.

Elle perçait enfin le mystère qui la tourmentait depuis tant d'années. Le plaisir qui explosa en elle irradia chaque fibre de son corps tandis que Sam, en proie aux mêmes délices, balbutiait en gémissant dans son cou. Lorsqu'il se laissa aller sur elle, à bout de souffle, une douce félicité, un bien-être total l'habitait.

Elle s'endormit dans ses bras, le sourire aux lèvres.

Angie se réveilla aux premières lueurs du jour. S'apercevant qu'elle était nue, elle remonta prestement le drap pour se couvrir.

— Sam ? fit-elle en le secouant. Tu as passé deux nuits dans la maison, cette semaine, et chaque fois les filles étaient parties. Que vont penser les voisins ?

Il ouvrit un œil.

— Ils penseront que Sam Holland a dormi dans son lit avec son épouse. Le voyou. Il mériterait le goudron et les plumes !

— Sam, je ne plaisante pas, s'énerva-t-elle en se levant d'un bond sans lâcher le drap.

Ce faisant, elle découvrit Sam qui ne se souciait nullement de cacher sa nudité. Rougissante et troublée, elle s'éclaircit la voix.

— Lève-toi. Molly et les filles risquent d'arriver d'une minute à l'autre. Attends ! s'écria-t-elle soudain en songeant que ses vêtements étaient restés dans la cuisine.

Ne tenant pas à le voir traverser la chambre dans le plus simple appareil – Dieu savait quelles idées pouvaient lui passer par la tête ! –, elle courut chercher ses habits dans la pièce à côté. Effarée, elle ouvrit de grands yeux en découvrant leurs effets jetés un peu partout sur le sol.

De retour dans la chambre, elle les lui lança en évitant de le regarder, puis lui tourna le dos. Surprenant alors son reflet dans le miroir de la coiffeuse, elle retint une exclamation de surprise. Avec sa chevelure emmêlée, ses lèvres encore gonflées par les baisers, ses yeux brillants, elle offrait l'image même de la luxure. Rien que d'y penser, ses seins se tendaient sous le drap. Qu'était devenue la jeune femme innocente qu'elle était encore pas plus tard que la veille ?

Sam apparut soudain derrière elle et rencontra son regard dans la glace.

— Des regrets ? demanda-t-il doucement.

— Je ne sais pas, répondit-elle au bout d'un moment. Et toi ?

— Moi ?

Il se mit à rire et lui embrassa le haut du crâne.

— Regrette-t-on d'avoir connu le paradis ? Non, Angie, je n'ai aucun regret.

— Ce qui s'est passé... commença-t-elle en s'empourprant, ne devra pas se reproduire. Même si je ne regrette rien.

Il posa les mains sur ses épaules nues en continuant de la regarder dans le miroir.

— Je voudrais comprendre, Angie, mais...

— Enfin, Sam ! s'écria-t-elle en se dégageant. Ce serait indécent de partager le même lit puisque nous allons divorcer !

Il continua de lui caresser les bras tout en la contemplant dans le miroir. Angie frissonna quand il ramena ses cheveux en arrière afin d'admirer le renflement de ses seins dont les pointes se dressaient sous le drap.

— Rafraîchis-moi la mémoire. Pourquoi divorçons-nous ?

L'espace d'un instant, elle eut beau chercher, aucune réponse ne lui vint. Elle s'écarta vivement de lui.

— Pourquoi ? Eh bien, tout d'abord parce que nous avons ruiné nos vies mutuellement. Ensuite parce que tu m'as trahie avec Laura, et enfin parce que... parce que je vais épouser Peter De Groot !

Seigneur Jésus ! Pourquoi avait-elle évoqué Peter ? se demanda-t-elle, consternée. La pièce se mit à tourner autour d'elle. Elle n'avait pas envie de penser à lui maintenant. Mais pourquoi divorcer semblait-il soudain si compliqué ?

L'intrusion de Molly mit un terme à ses interrogations.

— Ouh, ouh, Angie ? Vous êtes réveillée ?

— Vite ! s'écria-t-elle en faisant volte-face vers Sam. Je vais ramasser le reste des vêtements dans la cuisine, et tu te sauves par la fenêtre.

— Quoi ?

— Dehors ! Vite ! Je ne veux pas que Molly et les filles sachent que nous avons passé la nuit dans mon lit.

— C'est *mon* lit ! rectifia-t-il.

— Peu importe à qui appartient ce lit. Nous n'aurions pas dû y dormir ensemble. Allez, va-t'en ! Et n'oublie pas d'enfiler ton pantalon.

— Tu es vraiment très belle, déclara-t-il comme elle se retournait pour enfiler son peignoir.

— Dépêche-toi ! s'affola-t-elle en se précipitant dans la cuisine pour faire disparaître les traces de leur méfait. J'arrive ! cria-t-elle en direction de la porte.

— Vous nous avez rapporté quelque chose ? demanda Lucy à travers le battant.

— Du gâteau ? fit la voix flûtée de Daisy.

— Vous le saurez dans une minute.

Elle courut dans la chambre, jeta leurs habits sur le lit et retint un cri quand elle vit le torse nu de Sam de l'autre côté de la fenêtre.

Il se gratta le menton en l'observant d'un air pensif.

— Il faudra que tu m'expliques pourquoi tu m'obliges à m'enfuir de ma propre maison comme un voleur.

— Pense à tes filles ! jeta-t-elle avant de tirer les rideaux en priant pour qu'il ait le bon sens d'attendre que Molly et les petites soient entrées avant de regagner sa tente.

Pour ses cheveux ébouriffés, ses lèvres gonflées et ses pieds nus, il n'y avait rien à faire. Pas plus que pour ce petit quelque chose dans son regard qui, elle l'aurait juré, ne s'y trouvait pas la veille.

— Angie ?

— Oui, je viens !

Elle ouvrit enfin la porte. Molly l'examina de la tête aux pieds, haussa les sourcils, mais ne dit rien. Elle ne fit pas non plus de commentaire lorsque, un instant plus tard, elle écarta deux boutons de manchette de la table avant de poser les assiettes.

Une fois le café prêt, Molly s'assit.

— Alors, cette soirée ? demanda-t-elle à Angie sans pouvoir réprimer un sourire.

Daisy soupira bruyamment.

— Du gâteau pour le petit déjeuner ? Quand papa saura ça...

— Il y avait de la musique ? Et des belles robes ? enchaîna Lucy. Vous avez dansé avec papa ? Qu'est-ce que j'aimerais savoir danser !

Angie avala une gorgée de café et, après un long regard à Molly, commença son récit.

14

Après avoir achevé la vaisselle du petit déjeuner, Angie se sécha les mains et s'assit à la table de la cuisine pour lire la lettre de Peter.

Ma très chère Angelina,

Après avoir reçu votre dernière lettre, j'ai attendu en vain d'autres nouvelles avant de vous répondre. J'espérais que vous m'annonceriez que votre situation avait changé, mais rien. Je crains donc le pire: que vous soyez toujours obligée de vivre avec M. Holland et ses enfants illégitimes.

Cela ne peut plus durer.

Votre compassion naturelle est tout à votre honneur. Je comprends que vous acceptiez que l'opération de cette fillette passe avant votre divorce, cependant, vous laissez entendre qu'elle n'aura pas lieu avant longtemps. J'en déduis donc que la situation actuelle n'a rien de provisoire.

J'ai longuement réfléchi pour tenter de trouver une solution qui nous permettrait d'être réunis au plus vite. Puisque le seul obstacle à ce divorce semble être l'argent, je vous propose d'en financer les frais.

Je veux que vous reveniez à Chicago, Angelina. Je louerai une maison où vous pourrez vivre confortablement en attendant que le divorce soit prononcé, et je réglerai tous les frais juridiques.

Ma chérie, je vous supplie de ne pas laisser votre fierté ou le sens des convenances vous dicter un refus. Seul notre avenir importe.

Permettez-moi maintenant de vous adresser un tout petit reproche. Vous n'imaginez sûrement pas les tourments et les questions engendrées par la rareté de vos lettres. Ayez pitié de l'homme qui vous aime et écrivez-moi plus souvent.

Vous me manquez plus que je ne saurais le dire. J'ai hâte de revoir votre cher visage et de vous serrer dans mes bras.

Sincèrement à vous,

Peter Markham De Groot

Le poids de la culpabilité s'abattit sur elle telle une chape de plomb. Elle avait été trop occupée pour écrire à Peter, ou même pour penser à lui aussi souvent qu'il le méritait. Et pour couronner le tout, elle s'était donnée à Sam.

Que faire à présent ? En acceptant son offre généreuse, elle pourrait connaître plus tôt que prévu la vie dont elle rêvait. Mais aucune femme convenable n'accepterait l'argent d'un homme alors qu'elle était mariée avec un autre.

Son regard se posa alors sur les pots où elle avait réparti l'argent de Sam. Le dernier, celui prévu pour le divorce, était vide. Elle soupira. S'ils parvenaient à rassembler la somme pour faire opérer Daisy, ils devraient ensuite économiser de quoi lui offrir une résidence séparée durant le temps de la procédure et payer les honoraires des avocats.

Cela représentait un montant encore plus important que celui de l'opération. Si aucun contretemps ne venait retarder l'échéance, elle ne pourrait envisager de vivre avec Peter que deux ans après l'opération de Daisy.

En revanche, en acceptant l'offre de celui-ci, elle pourrait quitter Willow Creek sous peu, et passer un an à Chicago à se faire courtiser par un homme qui serait aux petits soins pour elle.

Sa conscience la rappela à l'ordre et elle ferma les yeux. Comment pouvait-elle seulement imaginer laisser Peter faire preuve d'une telle générosité quand elle venait de le trahir ?

Ce qu'elle avait fait était irrémédiable et elle devait en assumer les conséquences.

— Angie ?

La tête blonde de Lucy apparut à la porte de derrière.

— Nous avons fini d'écosser les haricots. Vous êtes prête pour aller chercher nos robes ?

La jeune femme s'empressa d'enfouir la lettre dans la poche de son tablier et se leva.

— Je termine de récurer l'évier et j'arrive. Demande à Daisy si elle est certaine que ses nouvelles chaussures lui conviennent.

— Elles me vont très bien, répondit l'intéressée en entrant avec un saladier de haricots. Je pose ça où ?

— Dans la glacière. Tu sais, le cordonnier a proposé de faire les retouches nécessaires autant de fois que ce serait nécessaire. Autant profiter d'être en ville pour...

— Je vous dis qu'elles me vont bien. Vous voulez voir ? ajouta la fillette après un silence.

Angie retint son souffle. Le moment était grave. Elle s'essuya les mains et se retourna :

— Je crois que je serai rassurée si je m'en rendais compte par moi-même. Assieds-toi, Daisy. Lucy ? Tu veux bien essuyer la vaisselle ?

— Pourquoi toujours moi ?

— Parce que tu le fais très bien et que tu ne casses jamais rien.

Angie se tourna vers Daisy et s'agenouilla devant elle. Aujourd'hui, les Govenor emmenaient les filles déjeuner en ville. La veille, elles avaient pris leur bain, et Daisy avait gardé ses chaussettes, comme d'habitude. C'était la première fois qu'elle manifestait une telle confiance à la jeune femme, mais elle était mal à l'aise et Angie devait faire preuve de la plus grande délicatesse.

Elle prit le pied de la fillette dans sa main et vérifia que la chaussure était à sa taille. Elle s'aperçut que M. Kravitz avait renforcé et rembourré le cuir sur le côté, car Daisy marchait le pied tourné vers l'intérieur. Le brave homme ! Elle se promit de lui apporter une casserole de nouilles en sauce et de le payer en priorité.

Le cœur serré, elle tint un instant le petit pied tordu entre ses mains.

— Tes chaussures du dimanche te vont aussi bien ?

— Oui, Angie, répondit la fillette en scrutant son visage comme si elle y cherchait du dégoût ou de la pitié.

À cet instant, la jeune femme eut la certitude qu'elle devrait être présente lors de l'opération, qu'elle soit financée par Sam ou par les Govenor.

Elle écrirait à Peter qu'elle refusait son offre et lui expliquerait qu'elle ne pouvait prendre aucune décision avant l'opération de la petite. Il comprendrait.

— Bon, tant mieux, dit-elle en se relevant.

Elle se leva, ôta son tablier et l'accrocha à la porte.

— Il est temps d'aller chercher vos nouvelles robes si vous voulez être prêtes quand vos grands-parents arriveront.

Elle avait déjà prévu de s'occuper de faire du pain et certaines tâches ménagères pendant que les petites seraient en ville. Elle en profiterait aussi pour réfléchir à sa réponse à Peter. Mais une question la tourmentait déjà. Quand ils seraient mariés, serait-il choqué de constater qu'elle n'était plus vierge, ou penserait-il que Sam et elle avaient consommé leur union dix ans plus tôt ?

Peu importe, décida-t-elle. Peter l'accepterait comme elle était.

Peu après, elle descendait la rue en compagnie de Lucy et de Daisy. C'était un grand jour pour ces dernières. Non seulement, elles étaient en vacances, mais elles allaient étrenner de nouvelles robes et déjeuner au restaurant avec leurs grands-parents.

Angie aurait voulu partager leur gaieté, mais une nouvelle question se mit à la torturer comme elles sortaient de chez Mme Hooten.

Voulait-elle vraiment divorcer ?

Évidemment !

Mais elle devrait quitter Sam et les petites...

Après avoir fait le tour du nouveau presbytère avec le révérend Dryfus et sa femme, Sam leur remit les clés, reçut leurs compliments puis descendit en ville répandre la nouvelle. Avec un peu de chance, elle parviendrait aux oreilles de Herb Govenor avant qu'il n'ait pris le train pour Colorado Springs. Le chantier de Dryfus n'était pas parti en fumée, Sam pouvait s'octroyer un peu de détente.

— Sam Holland, tu es l'homme que je cherchais, lança le maire en le rejoignant au bar.

Il commanda une bière à Maxie.

— Je voulais te parler de ce projet d'une nouvelle école, poursuivit-il.

— Je suis prêt à commencer le chantier dès que le conseil se sera décidé pour un terrain et que vous aurez obtenu le financement nécessaire.

— Nous avons trouvé le terrain, mais nous avons un problème avec le propriétaire. Il en réclame deux fois le prix. Nous sommes en pourparlers, mais cela prendra du temps. Quant au financement, un seul donateur s'est proposé. Il est prêt à payer le tout.

Marcus Applebee, devina Sam.

— Ce délai me permettra de travailler à la mine. Cela me dépannera en attendant.

Le maire avala une longue gorgée de bière et s'essuya la bouche du revers de la main.

— Je suis content que le presbytère se soit achevé sans incident. Les gens commencent à dire que les bruits qui t'impliquaient dans ces histoires d'incendies n'étaient pas fondés.

Et ils disparaîtraient complètement quand le maire et le conseil municipal lui confieraient la construction de cette nouvelle école.

— Mais il y a un problème, reprit le maire. C'est Herb Govenor qui finance la totalité du projet. Il ne coûtera pas un centime à la ville. Il paie le terrain, les craies et le tableau, le bois de chauffage pour une année entière, et même la maison du nouvel instituteur.

Le visage de Sam se ferma. Il devinait la suite.

— Sa seule condition, c'est que ce ne soit pas toi qui effectues les travaux.

— Cette nouvelle école, c'était mon idée.

— Une bonne idée, et nous allons la réaliser. N'est-ce pas tout ce qui compte ? Nous avons le choix entre passer les mois qui viennent à solliciter des donateurs, sans être certains d'obtenir ce dont nous avons besoin, ou commencer tout de suite en acceptant la proposition de Govenor.

— Tu as déjà accepté, je me trompe ?

— Franchement, Sam, une offre pareille ne se refuse pas. Mets-toi à ma place, dit-il en lui posant la main sur l'épaule. Dès la rentrée prochaine, tes filles n'auront plus à passer devant le *Old Homestead* pour aller à l'école. C'est ce qui importe, et je sais que tu es d'accord avec moi.

Une fois le maire parti, Sam resta seul devant sa chope de bière. Il comprenait la réaction du maire. L'intérêt de la ville et de ses habitants passait avant toute autre considération.

N'empêche qu'il aurait bien voulu construire cette école.

Décidé à prendre les choses avec philosophie, il songea que cela lui laisserait le temps de chercher de l'or et, qu'après tout, c'était peut-être une chance qui lui était offerte.

Il jeta quelques pièces sur le bar et quitta le saloon.

Tout l'après-midi, il mania la pioche dans sa mine en pensant à Herb Govenor. Cet homme le haïssait parce qu'il estimait qu'il lui avait volé sa fille, et maintenant, ses petites-filles. Il s'était juré de le détruire et s'y employait activement.

Pourtant, une chose lui échappait. Un pyromane déterminé aurait trouvé le moyen de mettre le feu à la maison du révérend, gardes ou pas. Herb avait peut-être eu pitié de Dryfus qui n'aurait pas eu les moyens de reconstruire, contrairement à Whitter et à l'Union. Admettre que cet homme avait une conscience le contrariait, mais il ne voyait pas d'autre explication.

Pour se changer les idées, il orienta ses pensées vers Angie. Elle avait raison de ne pas vouloir partager son lit, malgré la nuit qu'ils avaient passée. Ses filles auraient pensé qu'il profitait de la situation puisqu'il comptait se débarrasser d'elle dès qu'il en aurait les moyens. Et puis, elles n'étaient peut-être pas prêtes à voir une autre femme prendre la place de leur mère.

Lâchant sa pioche, il repoussa son chapeau en arrière et s'essuya le front. Le soleil tapait dur.

À sa grande surprise, une idée qui ne l'avait pas effleuré jusqu'ici lui vint à l'esprit. Et s'il tentait de convaincre Angie de rester avec lui plutôt que de se séparer à nouveau ?

En y réfléchissant, il comprit qu'il n'aurait pas dû s'étonner. Ils s'entendaient plutôt bien la plupart du temps, les petites l'acceptaient peu à peu et elle était gentille avec elles. De plus, elle cuisinait à merveille et semblait gérer l'argent du ménage avec sagesse. Elle s'était intégrée à la communauté et il se plaisait en sa compagnie. Et puis, bon sang, il mourait d'envie de refaire l'amour avec elle !

Il y avait toutefois quelques bémols. Il n'avait pas grand-chose à lui offrir de plus que dix ans auparavant, et elle prévoyait d'épouser ce De Groot. L'idée qu'il lui apporterait l'aisance qu'elle méritait le contrariait tout particulièrement.

Il ne pouvait rivaliser avec lui à moins de trouver de l'or. Tout dépendait de cela, en fait. Il ne garderait ses filles – et peut-être sa femme – qu'à cette condition. Il scruta le trou qu'il creusait en soupirant. Chienne de vie, qui le rendait tributaire de la chance pour résoudre ses problèmes !

Sur les marches du perron, Angie suivit des yeux Lucy et Daisy qui grimpaient dans l'attelage des Govenor. Ces derniers ne lui accordèrent même pas un regard.

Quand elles revinrent, elles étaient seules dans la voiture avec Winnie. Elles se précipitèrent aussitôt vers Angie qui jardinait dans le parterre d'ancolies.

— On a pu commander tout ce qu'on voulait ! lança Lucy, les yeux brillants d'excitation. Moi, j'ai pris de la soupe de poissons et du poulet rôti.

— Même qu'on a eu des glaces pour le dessert ! renchérit Daisy. Avec des framboises et du coulis dessus !

— Vous allez me raconter tout ça, dit Angie en enlevant ses gants. Mais avant, il faut vous changer et ranger vos robes et vos chaussures.

Constatant que le cabriolet était toujours là, elle s'enquit :

— Votre grand-mère attend quelque chose ?

— Oh, elle veut vous parler ! lança Lucy par-dessus son épaule avant de pénétrer dans la maison.

Angie sentit son cœur battre plus vite. Qu'est-ce que cette femme pouvait bien avoir à lui dire ? Résistant à l'envie d'ôter son tablier et d'arranger ses cheveux, elle s'approcha de la voiture.

— Montez, s'il vous plaît, lança Winnie en jetant un regard critique à sa robe toute simple et à sa coiffure sans apprêt.

La jeune femme s'installa en face d'elle. Winnie Govenor portait une élégante tenue de voyage bleu nuit rehaussée d'un galon crème.

— J'irai droit au but. M. Govenor et moi aimerions que Lucy et Daisy passent l'été chez nous, à Colorado Springs. Nous aurions pu nous adresser directement à M. Holland ou à son avocat, mais jusqu'à présent, M. Holland ne s'est pas montré enclin à la discussion. J'ai pensé qu'en tentant une approche par votre intermédiaire, nous aurions peut-être une chance d'être entendus.

Angie la considéra avec stupeur.

— Madame Govenor, Sam ne renoncera jamais à ses filles. Il n'acceptera jamais votre proposition.

— M. Holland perdra ses filles dans tous les cas. Il est évident pour tout le monde qu'il n'aura jamais les moyens de faire opérer Daisy avant octobre. Mon mari et moi obtiendrons leur garde. Les deux partis s'y préparent déjà.

— Il nous reste trois mois.

— Pourquoi s'entêter inutilement ? Sachant que nous gagnerons notre procès, nous aimerions profiter de nos petites-filles cet été avant qu'elles ne partent pour l'école.

— Qu'elles ne partent pour l'école ? Si, et c'est très improbable, vous obteniez leur garde, vous ne comptez donc pas les scolariser à Colorado Springs ?

— Non. Nous les avons déjà inscrites chez Mlle Washington, une école de jeunes filles. Elles rentreront à Colorado Springs certains week-ends et pour les vacances.

— Pourquoi demander leur garde si c'est pour les envoyer vivre ailleurs la plupart du temps ?

— L'institution de Mlle Washington est la meilleure de l'Ouest. Cette personne n'accepte que des jeunes filles triées sur le volet, issues d'excellentes familles. C'est une chance incomparable que nous offrons à Lucy et à Daisy.

Angie se laissa aller contre le dossier et s'efforça de rassembler ses idées. Elle ne savait pas trop par où commencer, mais elle devait essayer.

— Madame Govenor, ces petites n'ont que sept et cinq ans. L'école de Mlle Washington sera sans doute parfaite pour elles dans quelques années, mais pas maintenant. Elles ont encore besoin de stabilité, d'un foyer et d'une famille.

Le visage de Winnie se durcit.

— De toute évidence, vous n'avez pas idée des difficultés que M. Govenor et moi-même allons rencontrer pour élever ces enfants, compte tenu de notre âge. Mais nous accomplirons notre devoir de toute façon. Confier leur éducation à Mlle Washington la plus grande partie de l'année simplifiera notre tâche.

— Leur éducation n'a pas à être reprise en main, d'autant que cela nécessiterait un éloignement auquel elles ne sont pas préparées. Elles ont seulement besoin de rester avec leur père.

Angie sentait la colère monter et elle serra les poings.

— Vos références continuelles à M. Holland comme au père de mes petites-filles m'écorchent les oreilles.

Si la justice n'était pas aussi aveugle, nous ne serions pas là en train de discuter. Si M. Holland voulait des enfants, il n'avait qu'à en faire au lieu de voler ceux de Laura !

— Mais… de quoi parlez-vous ?

— Vous le savez parfaitement. Lucy et Daisy devraient être élevées par des parents de sang ! Il peut toujours essayer de se faire passer pour leur père, cela ne change rien à la réalité.

De plus en plus perplexe, Angie leva la main pour la faire taire.

— Attendez. Je ne comprends rien à ce que vous dites.

— Vraiment ? Vous n'êtes pas au courant ? fit Winnie en plissant les yeux. Laura s'est laissé enlever à l'âge de dix-sept ans par un moins que rien. Elle a toujours eu le chic pour se choisir des moins que rien. Il s'appelait Payton et tenait une épicerie dans Myers Street. Il avait déjà la tuberculose quand Laura l'a épousé, et il a fini par en mourir. Nous avons proposé à notre fille de revenir chez nous, mais elle a préféré rester dans la maison où ses enfants étaient nées. Un an plus tard, elle a rencontré M. Holland, et vous connaissez la suite.

— Lucy et Daisy ne sont pas les filles de Sam…

— Bien sûr que non, jeta durement Winnie. Et ce n'est pas en les adoptant qu'il l'est devenu. Jamais son sang ne coulera dans leurs veines ! Un bout de papier n'y change rien !

— Dites-moi, madame Govenor, si Sam était leur vrai père, vous acharneriez-vous autant à les lui enlever ?

— Vous ne comprenez donc rien ? M. Holland n'est pas lié par le sang à mes petites-filles.

— Je vois… Que voulez-vous vraiment, madame Govenor ? Élever vos petites-filles ou empêcher Sam de le faire ?

— Nous avons des obligations familiales envers elles. Pas M. Holland. Et puis, nous devons songer à plus tard. Quel genre de femme un coureur de jupons tel que lui prendra-t-il ? Et qui choisira-t-il entre mes petites-filles et sa future femme ?

— Il a déjà choisi ses filles, déclara Angie sans la moindre hésitation. Il les aime, et jamais il ne les négligera au profit de quiconque.

— Et si un jour il avait un enfant à lui ?

— C'est une insinuation malveillante. Jamais Sam ne cessera de les aimer, même s'il refait sa vie et s'il a d'autres enfants.

— Vous êtes d'une naïveté ! À moins que vous ne soyez aussi entichée de cet homme que ma fille l'a été.

Angie descendit du cabriolet et regarda Winnie Govenor droit dans les yeux.

— Vous essayez d'obtenir une chose dont personne ne veut, même pas vous. Vous feriez mieux de cesser de brandir vos devoirs tel un étendard pour vous demander où vos petites-filles seraient le plus heureuses et où elles auraient le plus de chances de s'épanouir. Sam ne peut certes pas leur offrir le confort que votre mari et vous leur promettez, mais pensez-vous que ce confort les aidera à se sentir moins seules et abandonnées chez Mlle Washington ? Ne seraient-elles pas plus heureuses auprès d'un père qui les aime et ne souhaite que leur bonheur ?

Le regard d'Angie se durcit et elle ajouta :

— Je ne suis ni naïve ni entichée de Sam Holland. Et je sais ce dont Lucy et Daisy ont besoin, car je ne suis pas aveugle non plus.

Mme Govenor se contenta de secouer la tête et ordonna au cocher de se mettre en route.

Angie regarda l'attelage s'éloigner. Elle comprenait maintenant pourquoi Lucy et Daisy ne ressemblaient pas à Sam… Il n'avait pas eu cinq ans pour réunir l'argent nécessaire à son opération puisque Daisy était née avant qu'il ne rencontre Laura. Ils ne se connaissaient pas non plus depuis huit ans, comme elle l'avait cru...

Plus tard, ce soir-là, elle le rejoignit sur les marches du perron où il lui apprit qu'il ne construirait pas l'école.

— Je suis désolée, je sais que ce projet te tenait à cœur, répondit-elle tout en se demandant s'il pensait à elle quand il allait se coucher sous sa tente.

Elle tressaillit. Quelle pensée ridicule ! Et qui n'avait pas lieu d'être.

— Tu vas chercher un nouveau chantier ?

— Je ne tiens pas à mettre quiconque en péril.

Et il lui raconta sa théorie sur les intentions de Herb Govenor.

— Le début d'incendie chez Dryfus était un avertissement, conclut-il.

— Mais le presbytère aurait brûlé entièrement si tu ne t'étais pas réveillé.

— Oui, mais Herb aurait sans doute fait une donation anonyme au révérend pour réparer ses torts. Il est prêt à tout, Angie, alors, je préfère ne pas prendre de risques avant que le jugement sur la garde des filles soit rendu. Remarque, il a peut-être renoncé à ses incendies puisqu'il est persuadé de gagner, mais on ne sait jamais.

Angie appréciait tout particulièrement ce moment de la soirée où Sam et elle se retrouvaient pour bavarder tranquillement. Ils évoquaient le passé, les filles, leurs voisins, les derniers potins. Elle se sentait alors très proche de lui, percevait la chaleur de son corps, songeait à leur nuit passionnée où sa bouche s'était posée sur ses seins avant de s'égarer au creux de son ventre, entre ses jambes...

Mais ce soir, les soucis l'empêchaient de penser à leurs corps enfiévrés.

— Si tu ne travailles pas, comment allons-nous payer les factures ? demanda-t-elle soudain, affolée.

Dans les pots, il y avait tout juste de quoi manger pendant une semaine. Après…

— Je suis sur un filon de sylvanite qui me paraît prometteur. J'en saurai plus dans un jour ou deux. Si le minerai est de bonne qualité, j'en tirerai un peu d'argent, de quoi payer nos dettes, si nous faisons attention.

Angie avait l'impression que les analyses en laboratoire leur coûtaient plus cher que ce qu'ils tiraient du minerai.

— Sam ? Et si la sylvanite ne valait rien ?

Il garda le silence un moment.

— Je ne vous laisserai pas mourir de faim. Essaie de me faire confiance, Angie. J'ai la conviction que je trouverai de l'or ici. Je sais, il s'agit surtout d'une intuition… mais c'est tout ce que j'ai à te proposer.

Dix ans plus tôt, elle n'avait pas suffisamment cru en lui pour le suivre dans l'Ouest. À présent, elle n'avait pas le choix. Leur destin était lié.

Elle contempla pensivement les reflets de la lune sur son alliance avant de refermer les bras autour de ses genoux où elle posa son menton.

— Sam ? Pourquoi ne m'as-tu rien dit pour les filles ?

— Te dire quoi ?

— Que tu les avais adoptées. Je croyais que tu étais leur père.

— Je *suis* leur père.

— Tu sais ce que je veux dire.

— C'est moi qui les berce la nuit, qui prépare leurs repas et les conduis à l'école. Je leur ai construit une maison, je veille sur elles, je m'inquiète pour elles, je joue avec elles, je leur apprends à distinguer le bien du mal. Et quand elles se marieront, c'est moi qui les mènerai devant l'autel. Si ce n'est pas être un père, ça !

— Ne te fâche pas, je suis de ton côté.

— Vraiment ?

Elle sentit son regard qui la scrutait dans la pénombre.

— Ce soir, je suis passé à la poste en rentrant. Pourrais-tu m'expliquer pourquoi nous payons deux boîtes postales ?

Angie sursauta.

— Je paie la mienne avec mon argent. Je corresponds avec des amis de Chicago.

— Y compris Peter De Groot ?

— Oui. Et je n'ai pas de comptes à te rendre, Sam. Tu m'as déjà pris dix ans de ma vie. Je ne te laisserai pas continuer.

— Tu m'en veux toujours ?

— Je comprends peut-être mieux ton point de vue qu'autrefois, et je veux bien accepter une part de responsabilité, mais le fait est là. Rien n'a changé.

Ce n'était pas vrai. Tout avait changé depuis la nuit qu'ils avaient passée ensemble. Angie n'était plus la même. Elle ne regardait plus Sam avec les mêmes yeux, et le souvenir de Peter s'estompait chaque jour davantage dans sa mémoire.

En revanche, la vie de Sam ne semblait pas aussi bouleversée que la sienne.

— Je ne renoncerai pas à mon avenir parce que quelques lettres écorchent ta fierté.

Elle aurait voulu qu'il lui réponde qu'il s'agissait d'autre chose que de fierté. Il garda le silence. Les crickets s'en donnaient à cœur joie. Au loin, la ville murmurait. Un chien aboya et des accords d'harmonica percèrent la nuit.

Sam se leva.

— Tu peux écrire à qui tu veux, c'est le cadet de mes soucis, jeta-t-il avant de se diriger vers sa tente.

— Tant mieux, parce que j'ai l'intention de continuer à écrire à Peter.

En vérité, elle aurait aimé que Sam en soit affecté.

Elle leva la tête et regarda la lune, clignant des yeux pour chasser ses larmes. Tout semblait si simple lorsqu'elle était arrivée à Willow Creek, si clair.

À présent, c'était l'obscurité la plus totale. Elle ne savait plus ce qu'elle voulait.

Elle ne savait plus rien.

15

Durant les dix jours qui suivirent, Sam quitta la maison chaque matin après le petit déjeuner et ne revint de la mine que le soir, le temps de passer une heure en compagnie de ses filles et de les mettre au lit. Angie s'appliquait à l'ignorer et il ne lui disait que le strict nécessaire.

Quand il vendait un peu de minerai, il se contentait de poser l'argent sur l'évier avant de partir dîner en ville et boire un verre au saloon. Comme il n'avait pas laissé d'argent deux soirs de suite, Angie ne lui gardait plus rien au chaud. Elle ne lui posait aucune question, il ne lui expliqua donc pas qu'il avait conservé de quoi acheter du bois de charpente pour consolider la galerie qu'il creusait, mais qu'il ramènerait davantage la semaine suivante.

Il avait tort d'agir ainsi, il le savait.

Angie avait raison. Ils étaient mariés sans l'être vraiment. Il n'avait pas le droit de lui interdire d'écrire à qui que ce soit, et encore moins de faire obstacle à ses projets d'avenir.

Elle respectait sa part du contrat, tenant sa maison et son budget, s'occupant de ses filles. Elle était même en train de tailler ses robes pour habiller les petites en prévision de l'automne et de la rentrée scolaire.

Et que lui offrait-il en retour ?

Il reprit son marteau et frappa sur un étai. La galerie manquait de profondeur. Il avançait lentement.

Trop lentement. Mais c'était beaucoup de travail pour un homme seul.

Il savait toutefois qu'il allait tomber sur le jackpot. Il n'en doutait pas. Il allait trouver l'un des gisements les plus riches de Gold Hill.

L'unique question était de savoir quand. Oui, quand allait-il enfin ramasser de l'or dans les parois, le plafond, sur le sol comme on ramasse les pommes d'un arbre croulant sous les fruits ? S'il découvrait ces fameuses cavités regorgeant d'or, l'argent ne serait plus jamais un problème.

Daisy serait opérée. Angie obtiendrait son divorce.

Sam réfléchit une minute avant de ranger son marteau dans sa boîte à outils et de quitter la galerie pour regagner la ville.

— J'ai horreur du vert ! décréta Lucy tandis qu'Angie coupait soigneusement l'une de ses jupes. Je n'en porterai pas.

Angie posa les ciseaux et se leva. Il faisait chaud aujourd'hui et son dos la faisait souffrir. Elle était restée penchée trop longtemps. Ce matin, de la glace fondue avait coulé de la glacière sur le plancher, elle avait déchiré son tablier préféré, et l'attitude de Lucy n'arrangeait pas les choses. Elle était de plus en plus désagréable depuis que l'école était terminée.

— Tu avais dit que tu aimais le vert foncé, remarqua-t-elle avec lassitude en avalant une gorgée de thé dans l'espoir de se calmer.

Elle avait lu quelque part que prendre une boisson chaude les jours de grande chaleur produisait un effet apaisant. Cela ne semblait pas être le cas en ce qui la concernait.

Daisy hocha la tête au-dessus de la chute de tissu où elle s'exerçait à coudre.

— Tu as dit que tu aimais le vert, c'est vrai.

— Oh toi, la ferme ! Tu prends toujours son parti !

— Lucy, ça suffit, intervint Angie en repoussant une mèche de cheveux collée sur son front. On ne dit pas la ferme dans cette famille ! Ce n'est pas beau.

— Vous ne faites pas partie de la famille ! Vous feriez mieux de rentrer chez vous ! cria Lucy, incapable de retenir ses larmes. Personne ne veut de vous ici.

Angie avait passé des heures à coudre pour elle. Et pourquoi ? Pour qu'elle lui jette sa jupe à la figure en lui demandant de partir ?

Était-ce la fatigue ? Le découragement ? La chaleur ? Quelque chose en elle céda.

— Je ne te permets pas de me parler sur ce ton, riposta-t-elle. Va dans ta chambre et restes-y jusqu'à ce que tu sois disposée à t'excuser.

— Jamais !

Angie comprit que cette confrontation se profilait depuis le début. Aujourd'hui, elle n'était simplement pas d'humeur à l'éviter en faisant diversion ou en rusant d'une manière ou d'une autre.

— Va dans ta chambre ou c'est moi qui t'y conduis ! cria-t-elle en se levant.

Aucune des filles ne l'avait jamais vue en colère. Elles n'avaient pas idée de ce qu'étaient les fureurs à l'italienne... Lucy sut tout de suite qu'Angie ne plaisantait pas et des larmes de frustration brillaient dans ses yeux quand elle se leva. Elle attrapa la tasse de thé et la soucoupe qui se trouvaient devant elle et les jeta sur le sol.

— Je vous hais ! hurla-t-elle dans un sanglot avant de courir s'enfermer dans sa chambre.

Atterrée, Angie regarda ce qui restait de la tasse et de la soucoupe ayant appartenu à sa mère. Elle se laissa retomber sur sa chaise et se couvrit les yeux.

Elle avait envie de tout planter là et de s'en aller, mais pour aller où, maintenant qu'elle avait refusé l'offre de Peter. Il ne la renouvellerait pas.

— Papa et moi on est contents que vous soyez là, dit Daisy en s'agenouillant pour ramasser la porcelaine en miettes. C'était la tasse de votre maman.

Angie hocha la tête.

— Prends garde de ne pas te couper.

— On peut peut-être la recoller ?

— Je ne crois pas.

Daisy s'essuya les yeux.

— Lucy ne pensait pas ce qu'elle a dit. Elle croit que maman nous regarde.

— Bonjour, bonjour ! lança Sam, jovial, comme si les dix jours de silence qui venaient de s'écouler n'avaient jamais existé.

Angie leva les yeux.

— Que fais-tu à la maison au milieu de la journée ?

— Mesdames, mettez vos gants et vos chapeaux. Je vous emmène en ville.

Il posa son sac sur la table et ajouta :

— Où est Lucy ?

À son plus vif embarras, Angie éclata en sanglots.

La sortie ne fut pas une réussite.

Sam dut d'abord consoler Lucy qui se plaignit d'Angie en pleurant à chaudes larmes contre son épaule. Elle n'était pas sa vraie mère, elle n'avait pas d'ordres à lui donner...

Il tenta d'abord de la raisonner, la gronda doucement d'avoir cassé la tasse.

— Oui, pour la tasse, je regrette, admit la fillette.

— Angie fait de son mieux pour prendre soin de vous. Pourquoi ne la laisses-tu pas devenir ton amie ?

Comme Lucy se remettait à pleurer, Sam s'impatienta et finit par exiger qu'elle lui présente des excuses sans discuter.

Ce qu'elle fit du bout des lèvres.

Une fois chez Stetson, ils s'attablèrent autour d'une glace. Lucy boudait, Daisy demeurait muette, Angie semblait au bord de l'explosion et Sam considérait son petit monde d'un air impuissant.

Il avait remarqué depuis quelque temps que la pile de linge sale augmentait dans sa tente. Ses retours à la blanchisserie de Su Yung constituaient le baromètre des humeurs de sa femme.

Il fit un effort pour détendre l'atmosphère.

— Bon ! Qu'est-ce que mes filles préférées ont fait depuis que je suis parti ce matin ?

Ses filles préférées lui décochèrent un regard noir, puis Daisy se résigna à prendre la parole pour énumérer leurs tâches de la journée.

Angie se tenait avec raideur sur sa chaise. Son chapeau de paille enfoncé droit sur son crâne lui donnait l'air sévère.

— Pourquoi es-tu rentré au milieu de la journée, Sam ? répéta-t-elle calmement.

— Les journées sont longues, là-haut. Vous me manquez. Je me suis soudain rendu compte que nous avions tous besoin de nous détendre un peu et j'ai pensé à une petite sortie en famille.

Lucy repoussa son assiette vide.

— On peut sortir de table maintenant ?

Sam soupira. Ce n'était pas ce qu'il avait imaginé.

— Oui, répondit Angie. Mais n'oubliez pas que vous avez promis à Molly de l'aider dans son potager.

Les filles quittèrent la table, et Sam et Angie se retrouvèrent seuls.

— Je crois que je te dois des excuses, moi aussi.

— Oui, en effet.

Il vit tout de suite qu'elle était dans l'un de ses mauvais jours et il repensa à leurs retrouvailles, sur le quai de la gare de Willow Creek.

— J'avoue que ce De Groot me met hors de moi. Comment ose-t-il courtiser la femme d'un autre ? Te parler mariage quand tu portes une alliance au doigt ?

Elle le toisa froidement.

— C'est ce que tu appelles t'excuser ?

— Non, admit-elle en soupirant. Mais tu comprends pourquoi je ne voulais pas qu'il t'écrive, n'est-ce pas ?

Quant à imaginer ce qu'elle pouvait bien lui raconter dans ses lettres, cela le rendait fou. L'appelait-il « ma chérie » ? Et elle « mon très cher » ?

— Je rentre.

Il lui saisit le bras pour l'empêcher de se lever.

— Attends. Je suis désolé, Angie, ça te va ?

Elle plongea ses grands yeux sombres dans les siens et il eut envie de l'embrasser, de laisser ses lèvres et ses mains parler pour lui.

— Quand j'ai dit que je me moquais de savoir à qui tu écrivais, c'était faux. L'idée que ce type t'attend me rend malade, et je ne supporte pas que vous vous écriviez. Appelle ça de la fierté, de la mesquinerie, de l'égoïsme, comme tu voudras, mais je ne peux pas t'imaginer avec un autre, surtout après…

Les joues cramoisies, elle jeta des regards éperdus autour d'elle.

— Tu vois ce que je veux dire. Mais je te présente néanmoins mes excuses…

— Pour avoir voulu m'empêcher d'avoir une boîte postale ?

— Non, je n'ai pas…

— Pour essayer de contrôler mon avenir ? De le ruiner ? martela-t-elle, implacable.

— Je pense seulement que tu pourrais attendre que le divorce soit prononcé pour t'engager avec un autre.

— Pour avoir fait la tête pendant dix jours ?

— D'accord, sur ce point, je plaide coupable.

Il lui prit la main et la pressa dans la sienne.

— Pardonne-moi, Angie. Tu m'as manqué. Particulièrement le soir, sur les marches du perron.

Il s'était langui de voir ses fossettes se creuser quand elle souriait, de sentir son délicieux parfum de roses, d'entendre ses jupes bruisser quand elle marchait près de lui. Il aimait la lueur de son regard quand il la complimentait sur sa cuisine ou sur la propreté de la maison. Il adorait sentir la tension du désir entre eux, l'idée qu'il pouvait le prendre dans ses bras, qu'elle en avait envie autant que lui.

Le regard d'Angie finit par s'adoucir et elle soupira :

— Toi aussi, tu m'as manqué, Sam.

Cet aveu le combla d'un plaisir sans mélange.

— Le moment est peut-être mal choisi pour en parler, Sam, mais je suis anxieuse. J'ai peur que ton filon ne mène à rien, que nous n'ayons plus de quoi vivre, que les Govenor ne t'enlèvent tes filles. Ils les enverront chez Mlle Washington où elles seront seules et malheureuses, et…

— Rien de tout cela n'arrivera, Angie, je te le promets.

— Comment peux-tu en être aussi certain ?

— Je suis sûr que la galerie que je creuse va m'amener au jackpot.

Elle détourna les yeux et il comprit qu'elle ne le croyait pas. Elle le prenait toujours pour un rêveur. Il comprit aussi pourquoi la perspective de l'opération de Daisy ne lui apportait pas la joie escomptée. C'est qu'elle allait de pair avec la perte d'Angie.

Debout sur le trottoir, devant chez *Stetson Ice Cream Shoppe*, Angie regarda Sam s'éloigner en songeant que jamais elle n'avait éprouvé pour Peter ce qu'elle ressentait pour Sam. Jamais elle ne se demandait où il était, ce qu'il faisait, ce qu'il pensait. Jamais elle ne s'était sentie en feu en le contemplant. Jamais elle n'avait brûlé de toucher sa peau, de s'abreuver à ses lèvres. Comme avec Sam.

Perplexe et confuse, elle empoigna ses jupes et remonta la rue poussiéreuse. Au carrefour de Fourth Avenue et de Carr Street, elle s'arrêta net.

Daisy se tenait à quelques pas, entourée de trois garçons qui chantaient :

— Oh la boiteu-se, oh la boiteu-se…

Horrifiée, elle se rua vers le petit groupe. Elle ne voyait pas le visage de la fillette, mais son dos était raide et ses mains crispées sur ses jupes tandis qu'elle s'efforçait de se tenir droite.

Elle eut le temps d'apercevoir Lucy qui s'éloignait.

— Oh, la boiteu-se, oh…

Angie saisit l'un des gamins par l'oreille et le tira en arrière sans douceur.

— Vous devriez avoir honte, tous autant que vous êtes ! Comment pouvez-vous vous moquer d'une petite fille qui est née comme elle est et n'y peut rien ? Et si vous étiez boiteux, vous ? Si cela vous arrivait, pour une raison ou pour une autre ? C'est ainsi que l'on vous a appris à traiter les autres enfants ? Ceux qui souffrent ? Si jamais je vous reprends à vous comporter de la sorte, je préviens vos parents !

Les gamins levèrent sur elle des yeux pleins d'appréhension.

— Croyez-moi, je n'hésiterai pas.

Elle prit l'un d'entre eux par l'encolure.

— Présente-lui immédiatement tes excuses, espèce de voyou !

Les uns après les autres, ils s'exécutèrent. Daisy les écouta en silence, les larmes coulant sur ses joues.

Le dernier garçon lui toucha timidement la manche.

— Je suis vraiment désolé, répéta-t-il. Tu as de très beaux cheveux.

Angie prit la main de Daisy.

— Ôtez-vous de notre chemin, jeta-t-elle en avançant fièrement. Relève la tête, ma chérie. Ce sont eux qui devraient avoir honte, pas toi.

« Eux et quelqu'un d'autre », ajouta-t-elle pour elle-même en distinguant une petite silhouette qui entrait dans leur maison.

Lucy attendait à la porte de la cuisine. Elle avait déjà enlevé son chapeau et ses gants. Angie en fit autant, aida Daisy à se mettre à l'aise avant de s'agenouiller devant elle pour lui essuyer le visage avec un linge humide.

— Cela m'étonnerait que ces garnements t'embêtent de nouveau. Mais si cela arrivait, ignore-les. Ils sont loin de te valoir.

Daisy se jeta à son cou et referma ses petits bras autour d'elle, la serrant à l'étouffer.

Émue, Angie la garda un moment contre elle avant de l'envoyer chez Molly lui demander des graines pour semer dans son potager.

— J'ai deux ou trois choses à dire à Lucy, déclara-t-elle en regardant l'intéressée.

Dès que Daisy fut sortie, sa sœur s'approcha de la table en traînant les pieds et s'assit. Angie s'installa en face d'elle et croisa les mains sur la table après avoir repoussé le tissu vert qui l'encombrait.

— Tu m'as déçue, Lucy.

— Je vous ai dit que j'étais désolée pour la tasse de votre maman.

— Jamais je n'aurais cru que tu abandonnerais ta sœur à une bande de petits voyous.

Lucy baissa les yeux.

— Daisy ne me défend jamais, elle.

— Elle fait ce qu'elle peut. Tu es son idole, Lucy. Elle t'imite en tout. Elle se coiffe comme toi, elle te suit partout, fait les mêmes choses que toi, veut s'habiller comme toi. Quand elle ne peut acquiescer à tes opinions, elle est très malheureuse.

— Elle prend toujours votre défense ! se défendit Lucy tandis qu'une larme roulait sur sa joue.

— Est-ce une raison pour la punir ? Ces garçons l'ont effrayée, humiliée. Tu ne crois pas que tu aurais dû aller à son secours ?

— Elle ne pense même plus à maman, s'écria Lucy en pleurant de plus belle. Mais maman la voit du paradis, et elle souffre parce que Daisy vous aime !

Angie ne s'attendait pas à une telle tirade.

— Lucy... tu t'imagines que vous trahissez votre mère en aimant quelqu'un d'autre ? Mon Dieu, soupira-t-elle en allant s'agenouiller près de la fillette.

— C'est notre mère et on devrait l'aimer toujours !

— Bien sûr, ma chérie, mais le cœur n'a pas de limites quand il s'agit d'aimer. Ce n'est pas parce que Daisy m'aime bien qu'elle n'aime plus sa maman, murmura-t-elle en repoussant une mèche du front de Lucy. Pense un peu à tous les gens que tu aimes. Daisy, ton père, Mme Molly, ton institutrice, peut-être même Mlle Lily.

Lucy la regarda.

— Ce serait terrible si nous ne pouvions aimer qu'une seule personne à la fois. Notre cœur est vaste, tu sais. Nous ne sommes pas obligés de cesser d'aimer quelqu'un pour nous attacher à quelqu'un d'autre, heureusement !

Lucy fronça les sourcils.

— Vous êtes sûre ?

— Oh, oui ! Daisy ne trahit pas ta maman parce qu'elle m'aime, tu peux me croire. Et c'est vrai pour toi aussi. Tu sais, je pense souvent à Laura et je crois que nous nous serions bien entendues si nous nous étions connues parce que nous aimons les mêmes personnes. Je souhaiterais tellement pouvoir lui dire combien vous grandissez vite, lui poser des questions sur vos grands-parents, et je pense que, toi aussi, tu aurais un tas de choses à lui raconter.

Lucy jeta ses bras autour du cou d'Angie.

— Ça fait tellement mal qu'elle soit morte ! Parfois... parfois, je vous aime un peu et... et je m'en veux.

— Je sais. Parfois, moi aussi, j'en veux à ma maman d'être morte. Puis je me dis que c'est normal d'être en colère. Cela signifie qu'elle me manque et qu'elle est irremplaçable. Mais il y a une chose que nous ne devons pas oublier.

— Quoi donc ? fit Lucy en reniflant.

— Que nos mères nous aimaient, et qu'elles ne voudraient pas nous savoir malheureuses et incapables d'ouvrir nos cœurs aux autres, de continuer à vivre, tout simplement.

Lucy s'essuya les joues, mais les larmes continuaient de ruisseler.

— Je ne veux pas me sentir mal quand vous êtes gentille avec moi.

— Il n'y a pas de raison. Ta maman ne doute pas que tu l'aimes toujours autant, et je suis convaincue qu'elle serait heureuse que tu puisses aimer quelqu'un d'autre.

— Angie ? Je suis vraiment, vraiment désolée d'avoir cassé votre tasse.

— Tu as eu tort, je ne prétendrai pas le contraire, murmura la jeune femme en séchant les joues de Lucy avec un linge. Mais je crois que je te comprends, et je te pardonne.

Daisy fit brusquement irruption par la porte du jardin.

— Angie ! Venez vite ! Mme Molly est en train de pleurer !

16

L'instant d'après, Angie et les deux fillettes s'engouffraient en trombe dans la cuisine de Molly qui s'épongeait les yeux, assise à la table.

Molly Johnson était tellement solide que de la voir en larmes fendit le cœur d'Angie.

— Oh, Molly ! Quelque chose est arrivé à Cannady ?

— Ce pauvre fou ! balbutia-t-elle en se mouchant bruyamment. Regardez.

— Doux Jésus… Molly, ce sont de vrais diamants ?

Une parure de bijoux scintillait sur le plateau de bois. Une épingle à chapeau, des boucles d'oreilles, un collier, une broche, deux bracelets, trois bagues et deux boucles de chaussures. Jamais Angie n'avait vu autant de pierres précieuses réunies. Elles brillaient de tous leurs feux.

Angie s'éventa.

— Dieu du ciel ! Si ces diamants sont authentiques, il s'agit d'un vrai trésor !

— Ils sont vrais, gémit Molly en sanglotant de plus belle. Ce diable d'homme… que Dieu le bénisse !

— Bon… mais comment… ? Ne touche pas, Daisy.

— Laissez-les. Elles peuvent les contempler de près. J'étais moi-même une petite fille quand j'ai vu de vrais bijoux pour la première fois. Mais je n'en ai jamais possédé un seul.

Angie était quelque peu rassurée. Les larmes de Molly étaient des larmes de joie.

— Qu'est-il arrivé, Molly ?

— Il a toujours dit qu'il me couvrirait de diamants quand il serait riche. Je croyais qu'il plaisantait. Angie, regardez-moi. M'avez-vous déjà vue avec des bijoux, à part mes boucles d'oreilles et mon alliance ?

Elle contempla le simple anneau d'or à son doigt.

— Nous ne sortons jamais, alors, les bijoux...

Angie se pencha par-dessus la table.

— Molly, êtes-vous en train de me dire que Cannady a décroché la timbale ?

— Il me l'a avoué la semaine dernière, mais je ne l'ai pas cru. Il y a tellement longtemps qu'il cherche... Pourtant, j'aurais dû deviner. Il avait engagé une équipe pour creuser, ils ont employé de la dynamite pour dégager des galeries. Ensuite, Can est allé à Denver pour signer les papiers et... il est revenu avec ça ce matin.

Angie se précipita vers son amie, et l'instant d'après, les deux femmes tournoyaient dans la cuisine, riant et pleurant en même temps. Elles entraînèrent les fillettes dans la danse puis, une fois calmées, les envoyèrent dans le jardin.

Elles s'attablèrent pour boire un café. Molly épingla la broche sur son tablier et insista pour qu'Angie enfile les bracelets.

— Je n'ose même pas imaginer combien tout cela a dû coûter, commenta celle-ci en contemplant l'effet des bijoux sur ses poignets.

— Can s'est contenté de me dire que nous étions riches et que ce n'était qu'un début.

— Je n'arrive pas à y croire, murmura Angie.

— Moi non plus. J'ai traversé des moments de doute où je croyais qu'il n'y avait plus d'or nulle part. Ne perdez pas espoir, Angie, fit Molly en lui prenant la main.

La jeune femme continua de boire son café d'un air pensif, songeant à Sam qui cherchait depuis dix ans, sans baisser les bras. Brusquement, elle se redressa.

— Molly ! Vous allez partir !

Le sourire de Molly s'effaça.

— Nous ne ferons pas comme tant d'autres, nous n'irons pas nous installer à Colorado Springs mais à Denver. Can et moi ne sommes pas faits pour la vie mondaine, même si nous devenons riches comme Crésus. Nous avons choisi Denver parce qu'il n'y a pas que des bêcheurs, là-bas. Nous avons l'intention de construire deux maisons, nous en réserverons une pour Sam et vous.

Angie se leva et s'approcha de la fenêtre. Une brume de chaleur et de poussière flottait sur la vallée.

— Si Sam devient assez riche pour s'acheter une maison à Denver, il aura les moyens de s'offrir un divorce.

Sam apprit la nouvelle par Jim Richards, l'entrepreneur choisi par la ville pour construire la nouvelle école. Jim était venu au *L & D* pour s'assurer que Sam ne nourrissait aucune amertume à son endroit, et pour lui demander comment il voyait le bâtiment.

Une fois les plans ébauchés et le choix des matériaux suggéré, Jim dit à Sam :

— Tu es au courant pour Cannady Johnson ?

Il n'avait pas terminé d'annoncer la nouvelle que Sam grimpait sur son cheval et traversait la ville à bride abattue jusqu'au saloon où il découvrit son ami en train de fumer un énorme havane après avoir offert une tournée générale.

Il lui flanqua une claque dans le dos.

— Bon sang, Can ! Espèce de vieux grigou !

Les deux amis se regardèrent avec un sourire heureux, puis Sam apprit comment Cannady avait investi dans l'exploitation de la mine en empruntant de l'argent, et comment il avait négocié avec les syndicats pour en tirer le meilleur profit.

En reprenant le chemin de sa maison, Sam pensait à la bonne fortune de Can Johnson. Même si lui-même tombait sur de l'or, il ne pourrait négocier comme son ami, car il n'avait pas les moyens de développer une mine aussi importante. Et même si par miracle il trouvait l'argent nécessaire, il était trop tard maintenant. Marsh Collins n'aurait pas le temps de contacter les syndicats pour trouver un acheteur.

La condition décidée par la cour était que l'opération de Daisy ait lieu au plus tard le premier octobre. Cela signifiait qu'il devait prendre contact avec le chirurgien vers la mi-septembre. Dans cinq semaines.

La voix d'Angie s'éleva dans l'obscurité.

— Je t'attendais.

Il se laissa tomber sur les marches du perron. Son dos se retrouva contre les jambes de la jeune femme. Elle eut un bref mouvement de surprise, mais ne se déroba pas.

— Je suppose que tu sais, pour Can.

Il hocha la tête.

— Tu sens le whisky et le tabac.

— Tu veux que je te laisse.

Il espérait qu'elle dirait non, car il se sentait soudain trop fatigué pour bouger.

— Non.

Elle lui raconta les événements de la journée, les diamants de Molly, la détresse de Lucy et la mésaventure de Daisy.

— Je parlerai à Lucy, décida-t-il.

Un long silence s'écoula avant qu'il n'ajoute :

— Je crois que cela ne va pas se passer comme je l'espérais, Angie. J'avais des rêves, de grands rêves. J'y ai cru pendant longtemps, mais j'ai perdu le feu sacré.

La nuit était particulièrement sombre et il faisait frais pour un mois d'août. Seule la lumière de la lampe de la cuisine leur apportait un peu de clarté. Non loin, les feuilles du lilas chuchotaient sous la brise.

— J'ai réfléchi à la façon dont nous pourrions nous en sortir, Sam, murmura-t-elle en lui caressant les cheveux, ce qui le surprit agréablement. Si nous vendons tout, ton cheval, le chariot, mes boucles d'oreilles en grenat, mon épingle à chapeau et nos alliances ainsi que… la maison… combien d'argent pourrions-nous réunir ?

— Vendre la maison ?

— Laisse-moi finir. Nous nous installerions sous la tente, là-haut, près de ta mine. Les filles et moi t'aiderions à creuser.

Il faillit éclater de rire, mais elle s'exprimait avec un tel sérieux qu'il se retint. Profondément ému, il se tourna vers elle et lui prit la main.

— Tu ne peux imaginer à quel point je suis touché que tu sois prête à vivre sous une tente pour aider Daisy. Toi… sous une tente…

Il secoua la tête.

— Ce n'est pas nécessaire de vendre la maison. Je trouverai l'argent.

— Comment ?

Il s'aperçut qu'elle avait les mains râpeuses et abîmées. Son cœur se serra douloureusement. Molly Johnson possédait des diamants, Cannady offrait à boire à toute la ville, et Angie et lui étaient là, à envisager de s'installer sous cette maudite tente.

— J'ai un projet.

— Peux-tu m'en dire plus ? Je ne veux pas t'ennuyer, Sam, mais je ne dors plus tellement je m'inquiète. Les jours passent et il n'y a que quelques dollars de plus dans le pot de Daisy. C'est loin de suffire.

— Pas ce soir, d'accord ?

Il craignait que son projet ne lui paraisse dérisoire comparé à la vanne qui venait de s'ouvrir pour Can.

Angie retira sa main de la sienne.

— Je suis certaine de trouver quelque chose pour vous aider. Winnie Govenor vendait des gâteaux devant chez elle, en son temps. Je pourrais mettre ma sauce tomate en bouteille et la vendre ? Ou vendre des nouilles ? C'est si long à préparer. Je suis sûre que beaucoup de femmes seraient ravies de les acheter toutes faites.

— Attends. Tu veux vendre tout ce que j'ai, vivre sous une tente, creuser ma mine, vendre des nouilles… Et moi ? Je suis censé acheter un hamac et dormir pendant ce temps ? Tu me prends pour un incapable ?

— Mais…

— Je paierai l'opération de Daisy.

— Pourquoi te mets-tu en colère ? Je veux seulement t'aider.

— Tu m'aideras davantage en restant ici à t'occuper de la maison et des filles. C'est important que tu puisses me dégager de ces soucis, tu comprends ?

« Et que tu sois là, tous les soirs, à bavarder avec moi », ajouta-t-il silencieusement. Il aimait ces instants où ils se retrouvaient, où il percevait son odeur, sa douceur, où ils s'effleuraient par mégarde.

— Chaque fois que je regarde les filles, je me demande si elles seront encore là en octobre.

Comme il se taisait, elle reprit :

— As-tu l'intention d'emprunter la somme nécessaire à l'opération ?

— Qui me la prêterait, sachant que je ne pourrai rembourser avant des années ? De toute façon, ce n'est pas une solution acceptable. Je veux être en mesure de payer.

— Et comment comptes-tu t'y prendre ? Sam, je me fais un sang d'encre !

— Je ne veux pas en parler ce soir, dit-il d'une voix lasse. De quoi aurais-je l'air, à côté de Can, à évoquer un projet incertain de quelques milliers de dollars ?

— Sam, je ne...

— Can et Molly n'ont jamais perdu l'espoir. Ils méritent ce qui leur arrive et je suis heureux pour eux.

— Mais tu regrettes que ce ne soit pas toi, dit-elle doucement.

— Je ne suis pas jaloux, Angie, je voudrais seulement que cela m'arrive à mon tour.

Il se leva, enfonça les mains dans ses poches et se dirigea vers sa tente.

— Bonne nuit, Angie.

Il s'attarda quelques instants à contempler sans les voir les lumières de la ville. L'idée lui vint d'aller boire quelques bières au *Gold Slipper,* mais il n'avait pas pour habitude de noyer ses soucis dans l'alcool et en public. Avec un soupir, il jeta un regard de regret vers la maison et pénétra dans sa tente, décidément peu accueillante.

Devant le miroir de la coiffeuse, Angie brossait lentement ses cheveux. Elle songeait au bonheur que devaient partager Molly et Can en ce moment même, à la chance qui avait souri à plus d'un chercheur d'or à Willow Creek. Pourquoi Sam n'y avait-il pas eu droit ?

S'il était triste et découragé, ce n'était ni par rancœur ni par jalousie. Il était seulement impatient que ce soit enfin son tour.

Son regard tomba sur la dernière lettre de Peter posée sur le bureau. Peter était lui aussi un homme impatient. Il devenait de plus en plus insistant. Un peu trop, d'ailleurs. Il voulait maintenant qu'elle rentre immédiatement à Chicago. Immédiatement !

Et il prenait un ton impérieux, autoritaire qu'elle ne lui connaissait pas. Il avait tort. Son attitude montrait qu'il ne respectait pas son caractère indépendant, et qu'il ignorait tout de la fougue italienne. Quant aux réponses d'Angie, elles étaient de plus en plus brèves et incisives. Sans faillir, elle lui répétait les raisons qui l'empêchaient de satisfaire à sa demande.

Peu à peu, elle se rendait compte que l'avenir que lui proposait Peter n'était pas celui qu'elle envisageait au début. Si elle comptait vraiment pour lui, pourquoi ne se montrait-il pas plus patient ?

Elle jeta la lettre sur le bureau, prévoyant d'y répondre le lendemain. Une petite voix lui rappela qu'il n'y avait pas si longtemps, l'idée de devoir attendre avant d'envisager sa vie avec Peter l'emplissait d'amertume. Aujourd'hui, une année ou deux de réflexion lui semblaient raisonnables. Prudent même.

Ses pensées revinrent à ce mari dont elle allait se débarrasser tôt ou tard, et une étrange idée la fit rougir. Si Sam l'embrassait à nouveau, elle aimerait ça sans se sentir coupable… Oui, autant se servir de sa vie de femme mariée pour apprendre deux ou trois choses sur l'amour. Son deuxième époux, Peter ou un autre, préférerait qu'elle ait un minimum d'expérience.

Quand elle se retrouva devant l'entrée de la tente, elle comprit qu'elle avait depuis longtemps l'intention d'aller à lui.

Et puis, ce soir, Sam avait besoin d'elle.

Sam se frotta les yeux. Ses paupières étaient lourdes, mais il ne parvenait pas à trouver le sommeil. Même son livre de géologie sur les montagnes de l'Ouest ne l'y aidait pas. Il le posa sur la petite table près de son lit de camp.

La journée avait été riche en événements mais pour lui, peu de changements. Il n'avait toujours pas trouvé l'or qu'il cherchait.

Un léger bruit attira son attention et, tout à coup, il crut avoir une vision. Angie se tenait à l'entrée de sa tente, sa chevelure couleur d'automne déployée autour d'elle tel un halo flottant dans la nuit. Sam cessa de respirer. Quelques mèches bouclaient sur sa poitrine, et elle était pieds nus.

— Que se passe-t-il ? s'inquiéta-t-il soudain en se levant.

Ils se retrouvèrent face à face, à quelques centimètres l'un de l'autre dans le minuscule espace.

Sam décela alors une douceur infinie dans les yeux d'Angie, et il comprit soudain la raison de sa venue.

— Angie, prononça-t-il dans un murmure qui roula sur sa langue comme un gémissement.

Il fit un pas vers elle, prit son visage entre ses mains et le leva vers lui pour la contempler, essayant de lire son expression, de deviner ce qui se cachait dans le secret de son cœur. Mais le cœur féminin demeurait toujours un mystère pour les hommes. Ils ne pouvaient jamais en percer tous les secrets. Cela faisait partie du charme et de la fascination que les femmes exerçaient sur eux.

Il inclina lentement la tête et effleura ses lèvres des siennes, comme pour s'assurer qu'il ne s'était pas mépris sur ses intentions. Elle sentait le miel et cette odeur fraîche qui n'appartenait qu'à elle. Il plongea les doigts dans ses cheveux.

— Angie…

Le rêve s'évanouit doucement. Elle était là, devant lui, bien réelle. Le subtil parfum de rose qui émanait d'elle pénétra en lui tel un élixir puissant, éveillant ses sens. Il sentit le corps d'Angie sous le fin coton blanc de sa chemise de nuit, ses formes infiniment excitantes.

Il referma les bras autour d'elle et la serra contre lui. Quand il s'empara de ses lèvres, ce fut sans douceur, comme pour la punir du désir affolant qu'elle faisait naître en lui. Les mains au creux de ses reins, il la plaqua contre son ventre pour qu'elle sente son sexe durci.

— Sam...

— Si tu ne veux pas, il ne fallait pas venir ici les cheveux défaits et en chemise de nuit.

— Ce n'est pas ça...

Il ne l'écoutait plus. Où ? se demandait-il. Sa couche était étroite, inconfortable et pas assez solide pour supporter le poids de deux personnes. Le sol était poussiéreux. Quant à sa chambre, ils feraient du bruit et réveilleraient les filles. De plus, Daisy se levait souvent, la nuit, pour s'assurer que la lampe brûlait toujours dans la cuisine. Alors où ?

Ses mains se démenaient avec fièvre, palpant, pétrissant ce corps magnifique. Il l'embrassa à perdre haleine tout en lui caressant la poitrine.

— Sam... La lumière.

Les paroles d'Angie mirent quelques instants à parvenir jusqu'à son cerveau. Seigneur, la lampe ! À travers la toile, leur silhouette devait se découper en ombres chinoises...

— Attends...

Il arracha la couverture de son lit, l'étendit sur le sol, puis éteignit la lampe avant de s'agenouiller pour attirer la jeune femme à lui. Il sentit son souffle dans son cou, ses seins pressés contre son torse.

Ils se collèrent étroitement l'un à l'autre et il l'embrassa passionnément, comme il avait rêvé de le faire la première fois où il l'avait vue. À la différence près qu'il ne rêvait plus. Ce soir, c'était une femme qu'il tenait dans ses bras, une femme brûlante de désir.

Il déboutonna sa chemise de nuit en déposant une pluie de baisers sur ses yeux, ses joues, dans son cou, tandis qu'elle écartait fébrilement les pans de sa chemise pour le caresser elle aussi. Elle laissa échapper un gémissement sourd qui le galvanisa.

Il fit rouler les pointes de ses seins entre ses doigts et elle frissonna contre lui. Pris de fièvre, ils se déshabillèrent mutuellement et se retrouvèrent nus l'un contre l'autre. Dans le noir, ils se touchèrent avidement, ponctuant leur exploration de petits cris contenus, de soupirs tremblants.

Quand il voulut rouler sur elle, elle le surprit en l'en empêchant, l'obligeant à s'allonger sur le dos tandis qu'elle venait sur lui.

— Angie… murmura-t-il tout en capturant la pointe d'un sein entre ses lèvres.

— Hmmm… Oui, laisse-moi faire.

Une onde de plaisir le parcourut quand elle se mit à caresser son corps nu des mains et des lèvres. Cette torture délicieuse ne fit qu'exacerber le désir qu'il avait d'elle.

Quand il bascula sur elle et qu'il la pénétra enfin, elle se cambra pour le recevoir en chuchotant son nom. Ils étaient faits l'un pour l'autre, semblaient s'être attendus de toute éternité. Ils ne faisaient plus qu'un, ondulant d'un même mouvement, palpitant de concert. La jouissance qui montait en eux leur arrachait presque des larmes. Parfois, Sam tentait de percevoir l'éclat de ses yeux dans le noir. Il la connaissait, oui, et cependant, il ne faisait que commencer à la découvrir tandis qu'elle gémissait de volupté sous ses coups de reins.

Peu après, alors qu'elle reposait contre son flanc, luttant pour reprendre son souffle, il eut soudain la certitude qu'il ne se lasserait jamais d'elle.

Et une révélation le frappa. Il était en train de tomber amoureux de sa femme. Non. Il l'était déjà. Depuis… depuis… Seigneur, il l'aimait ! Oui, il l'aimait de tout son être.

Resserrant les bras autour d'elle, il enfouit son visage dans ses cheveux et se dit qu'il voulait la garder pour toujours. Mais c'était impossible.

Quand il se réveilla, le lendemain matin, Angie avait disparu. Il gagna la cuisine et l'y trouva, vêtue d'une jupe et d'un chemisier à col montant, ses cheveux rassemblés en chignon, égale à elle-même.

— L'eau chaude est sur la cuisinière, lui dit-elle comme si rien ne s'était passé.

Lucy passa la tête dans l'entrebâillement de la porte de sa chambre.

— Comme on n'a pas école, est-ce qu'on peut venir à table en peignoir ?

Sam s'apprêtait à répondre quand il s'aperçut que la question s'adressait à Angie. Un sourire de satisfaction joua sur ses lèvres.

— Non, répondit la jeune femme en tempérant son refus par un sourire. Habillez-vous, d'accord ? Si vous avez besoin de moi pour faire vos nattes, je suis là.

— Je peux faire celle de Daisy mais pour la mienne… je veux bien.

Jusqu'ici, jamais Lucy n'aurait accepté l'aide de la jeune femme. Sam nota le regard qu'elles échangèrent et comprit que quelque chose d'important était en train de se passer. D'important et de positif.

— D'accord, dit Angie.

Durant le déjeuner, Sam observa sa femme et ses filles, songeant que depuis qu'Angie était là, les petites étaient toujours propres et bien habillées. Il aimait ce repas du matin plus que tous les autres, car il le prenait en famille, et avec l'idée que la journée qui l'attendait se révélerait peut-être prometteuse.

Tout à coup, Lucy lâcha une remarque qui le cloua sur place.

— Vous vous regardez d'une drôle de manière, tous les deux.

Et Daisy de hocher vigoureusement la tête.

— Que veux-tu dire par là ? demanda-t-il, bien qu'il s'en doutât.

— Je ne sais pas, mais vos yeux sont plus... doux, pas vrai Daisy ? Et puis, d'habitude, tu reproches à Angie sa façon de manger ses œufs. Aujourd'hui, non.

Sam jeta un coup d'œil au fouillis qui régnait dans l'assiette de la jeune femme qui haussa les sourcils d'un air amusé. Tous deux éclatèrent alors de rire.

Il n'aurait su expliquer pourquoi cet accès de gaieté lui procurait une telle émotion. Il savait seulement qu'il avait adoré la façon dont la journée s'était terminée, la veille, avec Angie entre ses bras. Qu'il adorait l'avoir en face de lui chaque matin. De même qu'il était heureux de la retrouver quand il rentrait, le soir. La douceur de sa voix était alors comme un baume sur son corps las.

Il l'avait aimée, dix ans auparavant. Et il l'aimait toujours.

17

Les habitants de Carr Street donnèrent une grande fête pour célébrer la bonne fortune de Can et de Molly.

Durant trois jours, de délicieux fumets s'échappèrent des cuisines où cuisaient des pains, des pâtisseries, des puddings et des pâtés.

Le mari d'Abby Mueller alluma un grand feu dans son jardin où il fit rôtir un cochon pendant deux jours, comme lui seul en avait le secret.

Sam construisit un stand où furent rassemblés des tonneaux de bière et des baquets de limonade pour les femmes et les enfants. Avec l'aide de Henry Church, il réalisa aussi des bancs et des trépieds pour les immenses tables.

Toute la rue s'activa gaiement pendant les préparatifs.

Le dernier jour, alors qu'Angie massait son cou douloureux, dans la cuisine, Sam s'approcha d'elle sans bruit. Elle perçut immédiatement la chaleur de son corps, se souvint du goût salé de sa peau, et une onde de désir la submergea, si intense qu'elle eut envie de se jeter dans ses bras. Là, tout de suite.

Une lueur amusée s'alluma dans les yeux de Sam, comme s'il avait deviné ses pensées. Il se pencha vers elle.

— Il y a déjà une semaine que tu es venue me rejoindre dans ma tente, lui murmura-t-il à l'oreille d'une voix rauque. Tu me manques.

— Chut… le gronda-t-elle en tirant sur sa cravate.

— J'ai envie de t'embrasser, de te caresser, de te lécher là où tu sais, entre…

— Sam Holland, arrête tout de suite !

Mais son regard s'adoucit et ses joues se colorèrent joliment.

— Bientôt, ajouta-t-elle dans un souffle.

Dans ces cas-là, elle s'efforçait de se convaincre que faire l'amour avec Sam n'était qu'une expérience destinée à lui faire découvrir un domaine jusque-là inconnu d'elle.

— Qu'est-ce qui vous fait rougir, madame Holland ? la taquina-t-il.

— Rien que je puisse dire à voix haute quand les filles risquent d'arriver d'une minute à l'autre.

Comme un fait exprès, Lucy et Daisy firent irruption dans la maison.

— On a posé tes tartes au bout de la table, comme tu nous l'as demandé, annonça Lucy.

Les filles étaient très fières de tutoyer Angie depuis quelques jours.

— C'est vrai ce qu'on dit, papa ? demanda Daisy en faisant danser sa crinière blonde. Tu vas jouer du violon ?

— Oui, mais nous sommes plusieurs violonistes, ce qui me laissera le temps de vous inviter à danser, mesdames.

Le sourire de Daisy s'évanouit aussitôt.

— Je n'aime pas danser.

— Eh bien, tu feras un effort, car j'ai bien l'intention de danser avec les trois plus jolies filles de la fête, toi y compris, mademoiselle Daisy Holland.

La fillette gratifia son père d'un regard empli d'amour.

— Tu auras le droit de m'inviter, ici, après la fête. On dansera dans la cuisine.

— Comme tu voudras. Bon, si nous allions voir ce qu'il y a de bon à manger, puisque nous sommes prêts ? Je crois que je commencerai par les nouilles d'Angie.

— Moi aussi ! décida Daisy.

Ils se sourirent, tous les quatre, et Angie s'émut de constater à quel point sa vie avait changé dernièrement.

Elle avait peu de temps pour lire ou pour se détendre tant les tâches ménagères l'occupaient. De plus, elle se préoccupait sans cesse des filles, de leurs besoins, pensait à elles quand elles n'étaient pas là. C'était si nouveau pour elle.

Elle tourna les yeux vers le beau visage bronzé de Sam et songea que depuis qu'elle était à Willow Creek, personne ne la considérait plus comme « cette pauvre fille Bertoli, abandonnée par son mari ». À présent, son mari était là pour l'escorter. Et elle partageait sa vie.

Ce soir, ils se divertiraient ensemble, et quand il ne serait pas à ses côtés, elle chercherait sa haute silhouette dans la foule tout en gardant un œil sur les petites. Les dames de Carr Street n'avaient pas des conversations mondaines. Elles lisaient peu, ne connaissaient pas la musique mais elles étaient bienveillantes et accueillantes.

— Angie ? Tu pleures ? s'inquiéta soudain Lucy.

À sa grande surprise, Angie s'aperçut que ses yeux étaient humides.

— À quoi pensais-tu ? demanda Sam, intrigué.

— Je pensais que ce soir, je ne voudrais être nulle part ailleurs qu'ici, avec vous trois.

Elle tourna un regard attendri vers la maison de Sam, modeste mais douillette, qui sentait bon le bois et la cire. Elle s'y sentait bien.

— Je ne sais pas ce que j'ai, fit-elle en haussant les épaules.

— Tu es triste parce que Mme Molly et son mari s'en vont, et que nous voudrions tous qu'ils restent, déclara Lucy en lui prenant la main pour l'entraîner vers la porte.

— On n'aime pas que les gens s'en aillent, ajouta Daisy en attrapant son autre main.

— Avant, oui, on voulait qu'ils partent, mais plus maintenant, renchérit Lucy en jetant à Angie un regard entendu.

— C'est vrai, dit Daisy. On ne veut pas que tu partes.

Angie retint son souffle. Égoïstement, elle avait songé à la peine qu'elle aurait le jour où elle devrait dire au revoir aux filles, mais elle n'avait pas songé à leur chagrin à elles.

Sentant le regard de Sam sur elle, elle leva la tête. Ils n'avaient pas évoqué leur divorce depuis des semaines. Voulait-il toujours qu'elle parte ? Peut-être était-il aussi troublé qu'elle.

Il prit son écrin à violon et ouvrit la porte.

Le soleil, qui n'avait pas encore totalement disparu derrière les sommets, jetait ses derniers feux à l'ouest. Des torches étaient plantées de part et d'autre de la rue. Les gens s'installaient déjà le long des immenses tables. Un groupe d'homme bavardait près des tonneaux de bière. Çà et là, des enfants jouaient.

Parée de ses nouveaux bijoux, Molly servait les tranches de porc. Une broche ornait son tablier qui protégeait sa plus belle robe, et une épingle rehaussée de pierres précieuses retenait une sorte de couronne faite de rubans multicolores posée sur ses cheveux.

— C'est nous qui avons fait la couronne, expliqua fièrement Daisy à Angie.

— Incroyable, pas vrai ? lança Molly de l'autre côté de la table. Qui aurait dit qu'un jour je me pavanerais avec une tiare ornée de diamants ? Si ce n'était pour vos filles, je n'aurais jamais osé sortir comme ça !

Comme Daisy et Lucy parlaient à d'autres personnes, Molly se pencha vers Angie.

— Après la fête, vous viendrez à la maison avec Sam. Can et moi avons quelque chose à vous dire.

Angie aida les femmes à faire le service, puis se joignit à un petit groupe où l'on parlait couture, future école et nouvelle institutrice. Mme Dryfus lui proposa de venir chanter dans le chœur, et Angie se rendit compte qu'elle se sentait bien parmi ces gens qu'elle avait appris à connaître et à apprécier.

Et puis, Molly avait dit *vos filles*.

Ces mots simples l'avaient émue plus que tout. Émue et attristée…

Heureusement, la musique jaillit soudain du kiosque, chassant sa morosité. En bras de chemise, Sam jouait du violon. Dès qu'il l'aperçut, il s'approcha du bord de l'estrade et entonna une gigue. Elle comprit tout de suite qu'il jouait pour elle.

Ravie, elle se mit à frapper dans ses mains. Jamais elle n'aurait pensé qu'il maîtrisât à ce point son instrument.

Molly apparut à ses côtés.

— Mon Dieu! Cet homme sait faire chanter son violon! s'écria-t-elle en l'entraînant dans la danse.

L'instant d'après, de nombreux couples les rejoignaient. Le morceau s'acheva sur un duo entre Sam et l'autre violoniste. Un tonnerre d'applaudissements s'éleva et les deux virtuoses échangèrent des sourires heureux.

Pendant toute la soirée, la composition de l'orchestre ne cessa de changer. Accordéons, banjos, ensembles de violons seuls se succédèrent avec brio. La musique ne s'arrêta que le temps du discours où l'on souhaita tout le bonheur possible aux Johnson. Cannady prit la parole pour dire combien ils allaient tous leur manquer et promit d'inviter tout le monde à Denver, à la crémaillère de leur nouvelle maison.

Il était plus de minuit quand les torches commencèrent à faiblir. Il ne restait plus ni desserts, ni bière, ni limonade. Peu à peu, les gens s'en retournèrent chez eux chargés de vaisselle, de récipients divers ou d'enfants endormis.

Lucy et Daisy tombaient de sommeil.

— Papa, on pourra danser demain ? demanda Daisy en bâillant.

— Ce n'est pas gentil qu'une jolie fille fasse attendre un homme, la taquina son père.

— Si nous remettions notre conversation avec Can et Molly à demain ? suggéra Angie. Il est tard.

Mais Molly ne voulut rien entendre, si bien que Sam et Angie rentrèrent coucher les filles avant de rejoindre les Johnson qui avaient préparé du café.

Avant de frapper à leur porte, Sam promit à Angie de ne boire qu'une tasse. Il était fatigué, elle aussi, et ils allaient faire leurs adieux à leurs amis, se promettant de s'écrire en attendant de se revoir. De toute façon, Denver n'était pas loin et Can reviendrait souvent à Willow Creek avec sa femme, puisqu'il gardait des intérêts dans la mine.

Néanmoins, le départ de Molly laisserait un grand vide dans le cœur d'Angie.

Ils s'installèrent à la table de la cuisine. Molly s'était débarrassée de son tablier et de ses diamants. Can avait baissé ses bretelles et roulé ses manches de chemise.

— C'était une belle soirée, déclara Angie.

— Oui, et Hugo n'a décidément pas son pareil pour faire rôtir un cochon.

— C'est vrai, admit Can. Mais nous ne vous avons pas conviés pour parler de la fête. Dis-leur, toi, ajouta-t-il en se tournant vers sa femme.

— Bon... voilà... Vous savez tous les deux combien nous aimons les petites. Elles sont un peu les enfants que nous n'avons jamais eus.

Sam se raidit et Angie s'en étonna.

— Nous savons combien tu te bats pour les garder, Sam, et les difficultés que tu rencontres. Nous sommes au courant pour les incendies – nous avons d'ailleurs notre petite idée sur l'identité du coupable.

Une certaine tension s'était installée et Angie s'en alarma tout à coup. Ayant remarqué le visage de plus en plus fermé de Sam, Molly s'empressa de reprendre la parole.

— J'avais préparé mon petit discours mais... bon, je vais résumer. Nous aimerions payer l'opération de Daisy.

Angie en resta bouche bée, puis des larmes emplirent ses yeux.

— Ô mon Dieu... Molly, Can et vous... vous êtes... des anges !

— Nous en avons largement les moyens, et nous aimons ces petites comme si elles étaient les nôtres. Et puis, nous leur éviterions d'être séparées de leurs parents et confiées aux Govenor.

Angie nota au passage le terme de *parents* qui s'appliquait aussi à elle.

— Je n'arrive pas à y croire... C'est merveilleux !

— Je n'ai rien de particulier contre les Govenor, mais je doute qu'ils soient faits pour élever des enfants. Ils sont trop vieux pour ça, et puis, confier ces petites à un homme capable de mettre le feu aux chantiers de leur père dans le but de le ruiner, non, ce n'est pas concevable.

— Sam, intervint Can en se penchant au-dessus de la table. Nous ne voulons pas que tu perdes tes filles.

— Merci, merci, merci... balbutiait Angie en acceptant le mouchoir que Molly lui tendait. Il n'y a pas de mots pour vous exprimer notre reconnaissance. Nous vous sommes redevables et…

— Il s'agit d'un cadeau, précisa Can. Vous l'acceptez, n'est-ce pas ?

— Bien sûr ! prononça Angie entre deux sanglots.

La voix de Sam s'éleva alors, ferme :

— Non.

18

— Sam ! s'écria Angie, suffoquée. Tu ne le penses pas ?

— Can, Molly, je vous remercie du fond du cœur, mais je ne peux accepter votre générosité.

Can se laissa retomber contre le dossier de sa chaise et regarda sa femme.

— Qu'est-ce que je t'avais dit ?

— Sam Holland, cesse de te comporter comme un âne buté ! Essayez de lui mettre du plomb dans la tête, ajouta-t-elle en s'adressant à Angie.

— Sam ! Reprends-toi, voyons, enchaîna Angie. Tu vas perdre tes filles !

— Je t'ai dit que j'avais un projet.

Elle ne voulait pas faire une scène devant Can et Molly, mais, incapable de se maîtriser, elle rétorqua vertement :

— Et quand comptes-tu lever le voile sur ce mystérieux projet ? Plus le temps passe, moins nous avons d'argent.

Elle retint à temps des paroles blessantes qui n'auraient fait qu'empirer la situation et se contenta d'ajouter :

— Sam, je t'en supplie... nous te supplions tous ! Accepte leur aide, pour l'amour de Dieu.

— Serais-tu prêt à reconsidérer la question si nous te proposions un prêt plutôt qu'un cadeau ? suggéra Molly.

Sam posa les mains sur la table et ferma lentement les poings.

— Un prêt ou un cadeau ne violerait pas les termes de la loi, mais l'esprit de la loi.

Angie n'avait pas envie d'entrer dans ces considérations philosophiques. La seule chose qui importait selon elle, c'était de garder les filles.

— Je t'en prie, Sam, pense à ce qui serait le mieux pour Lucy et Daisy.

Il releva la tête.

— Laura m'a confié ses filles parce qu'elle pensait que je serais un bon père pour elles. Que je les élèverais, les protégerais, les aimerais. La cour, elle, définit ce qui fait un bon père. Elle a estimé qu'il devait faire ses preuves en montrant qu'il était capable de faire opérer sa fille dans un délai d'un an.

— Oh, Sam... murmura Angie, devinant la suite.

— J'ai accepté cet engagement parce que j'ai estimé qu'il était raisonnable. Je le pense toujours. Si je ne suis pas capable de payer moi-même cette opération, eh bien... je mérite de perdre mes filles. Cela signifie qu'elles méritent mieux que moi.

Un silence tomba.

— Sam, reprit Molly. Tu es indécrottable.

Un sourire sans joie flotta sur les lèvres de Sam.

— Peut-être, admit-il. Mais si j'avais dû emprunter de l'argent, je l'aurais fait en octobre dernier. Cela aurait épargné une nouvelle année de souffrance et de moqueries à ma fille.

— Bon sang, Sam ! explosa Angie en se levant, hors d'elle. Molly a raison. Tu vas perdre deux petites filles qui ont besoin de toi. Tout ça pour quoi ? Parce que tu as une notion noble de l'esprit de la loi ? Eh bien, c'est faux ! La vraie raison, c'est que tu agis par fierté ! Oui ! Tu fais passer ta fierté avant tes filles !

Furieux, il se leva à son tour.

— Arrête tout de suite ! Tu vas trop loin, Angie.

— Tu essaies de te prouver à toi-même des choses dont tout le monde se moque sauf toi ! Tu veux que je t'avoue quelque chose ? Ce qui m'a le plus fait mal, c'est que tu n'es pas revenu me chercher. Tu as quitté Chicago sans un regard en arrière.

— J'ai regardé derrière moi des centaines de fois, mais tu n'étais pas là.

— En dix ans, tu n'es jamais revenu pour moi et je vais te dire pourquoi. Parce que rien n'a changé, Sam. Tu as entendu mon père décréter que tu ne réussirais jamais, que tu n'arriverais jamais à rien, et tu l'as cru ! Tu ne t'es pas préoccupé de savoir si moi, je le croyais. Tu t'es contenté de partir, et tu t'apprêtes à recommencer aujourd'hui, à abandonner nos filles, pour les mêmes maudites raisons qui n'en sont pas ! Tu t'imagines que tu ne les mérites pas parce que tu n'as pas réussi et que tu ne peux payer le chirurgien. Comme tu ne méritais pas ta femme ! Et... et tu te trompes complètement, acheva-t-elle à travers ses larmes.

Molly se tourna vers Can.

— Viens, allons faire un tour.

Can plissa les yeux.

— Il est plus de minuit. De plus, nous sommes chez nous. C'est à eux d'aller faire un tour. S'ils estiment avoir besoin d'intimité, ils n'ont qu'à rentrer chez eux.

— Nous réveillerions les filles, remarqua Angie.

— Ne bougez pas, lança Sam à ses amis sans quitter la jeune femme des yeux. Nous en avons terminé.

Tremblante de colère, Angie soutint son regard.

— En effet, c'est terminé.

Relevant ses jupes, elle quitta la pièce et claqua la porte derrière elle.

S'il perdait ses filles à cause de son stupide orgueil, elle ne le lui pardonnerait jamais. Jamais !

La colère, le désespoir et la frustration l'empêchèrent de dormir. Elle ne ferma pas l'œil de la nuit.

Finalement, quand le jour se leva, elle admit que, d'une certaine manière, elle le comprenait. Et elle l'admirait d'être l'homme qu'il était. Mais elle n'était pas pour autant d'accord avec lui. De toute façon, son opinion ne changerait rien. Il n'en tenait pas compte.

Le lendemain matin, Sam ne se montra pas à la table du petit déjeuner. Il se voyait mal s'installant en face des filles en prétendant que tout allait bien. Il préféra aller démonter le kiosque en ressassant ses rancœurs.

Une fois de plus, Angie ne l'avait pas soutenu. Elle ne lui faisait toujours pas confiance.

Quand Cannady arriva pour l'aider, Sam prit tout de suite les devants.

— Avant que tu dises quoi que ce soit, rappelle-toi que je ne veux toujours pas de ton argent. Pas plus que de tes conseils, crut-il bon d'ajouter.

Can assena un sérieux coup de marteau entre deux planches.

— Il faut que tu donnes à une femme quelque chose en quoi elle puisse croire, Sam.

— Can, reste en dehors de ça, tu veux ?

— Pourquoi ne lui as-tu pas expliqué comment tu comptais y arriver ?

— J'ai mes raisons.

— Je crains qu'elles ne soient pas bonnes, rétorqua Can, décidé à l'éclairer de ses conseils, qu'il le veuille ou non. Bon sang, Sam ! Tu ne te rends pas compte qu'elle est de ton côté ?

Malgré lui, Sam se souvint qu'Angie lui avait suggéré de vendre la maison et de vivre sous une tente pour rassembler l'argent nécessaire à l'opération. Elle lui avait aussi reproché de ne pas être venu la chercher. Pourquoi le passé ressurgissait-il toujours entre eux ?

Il abattit son marteau avec une force redoublée.

— Elle savait où me joindre. Je me suis toujours arrangé pour qu'elle ait mon adresse. Elle aurait pu renouer le contact quand elle le voulait, durant ces dix années.

— Tu étais déjà trop fier pour la supplier de te suivre, et elle était trop fière pour te demander de venir la chercher.

Can se redressa pour s'essuyer le front du revers de sa manche.

— Tu ne comprends pas, marmonna Sam.

— Ce que je comprends, c'est que ni elle ni toi ne gagnerez une bataille vieille de dix ans. Tu lui en veux de ne pas te faire confiance, je sais. Angie est comme Molly. Elles sont toutes les deux trop futées pour croire un homme sous prétexte qu'il lui dit : fais-moi confiance. Nous n'avons pas épousé des idiotes, Sam. Si tu veux garder Angie, tu vas devoir lui faire confiance, toi.

— Tu crois que je ne lui ai pas donné assez de preuves ? Je lui ai confié mes filles, mon argent, j'ai partagé mes secrets avec elle.

— Alors confie-lui ta fierté. Elle veut croire en toi, petit. Laisse-lui une chance.

— Il reste un point dans son projet dont il n'est pas tout à fait sûr. C'est pourquoi il ne vous en a pas parlé.

— Il me met à l'épreuve, rectifia Angie. Il veut que je lui fasse une confiance aveugle, vous comprenez, Molly ? Il y a dix ans, il exigeait déjà de moi la même chose. Je ne peux pas lui accorder plus de crédit aujourd'hui qu'autrefois, d'autant qu'il ne me révèle rien de son fameux projet. Exactement comme à cette époque où il souhaitait que je le suive dans l'Ouest sans me dire quoi que ce soit de ce qu'il comptait y faire. Je ne savais même pas si j'aurais un toit !

— Dites-moi, Angie, croyez-vous en Sam ?

— Bien sûr. Mais comment pourrais-je croire en un projet dont il ne me dit pas un traître mot ?

Molly soupira en secouant la tête.

— Dans ce cas, tout ce qui vous reste à faire, c'est de croire en lui. En l'homme qu'il est. En êtes-vous capable ?

Angie prit le temps de réfléchir. Elle admettait maintenant qu'ils étaient tous deux responsables de leur échec passé. Et peut-être se retrouvaient-ils dans le même cas de figure à présent.

— Si vous l'épauliez sans lui demander des précisions qu'il n'est pas en mesure de vous donner ?

— Pas en mesure... Rien que d'y penser, j'ai envie de lui jeter à la figure le premier objet qui me tombe sous la main.

Molly éclata de rire. À cet instant, les filles firent irruption dans la maison.

— Ah ! Je vous attendais ! Si nous finissions notre petit projet avant que M. Johnson et moi ne partions demain matin ?

Le cœur d'Angie se serra douloureusement.

— Oh, Molly ! Que vais-je devenir sans vous ?

— Abby, Tilly et Dorothy ont promis de vous tenir tellement occupée que vous ne vous rendrez compte de rien.

— Oui, je sais...

Sentant qu'elles allaient se mettre à pleurer, Angie se leva pour débarrasser.

— Quel est ce projet dont vous parliez, les filles ?

— On ne peut rien dire, répondit Lucy.

— C'est une surprise, renchérit Daisy. Bon, je peux te donner un indice.

— Non ! s'exclamèrent Molly et Lucy en chœur.

Sur ce, toutes trois s'éclipsèrent et Angie se retrouva seule. Elle s'attaqua à la vaisselle en réfléchissant aux conseils de Molly. En fait, elle n'avait pas le choix : elle devait faire confiance à Sam. Aveuglément. Même s'il estimait qu'elle n'avait pas son mot à dire sur ses choix concernant ses filles. Le cœur serré, elle partit à sa recherche.

Sam s'épongeait le front, après avoir chargé dans le chariot de Hugo Mueller le bois ayant servi à construire le kiosque, quand il aperçut Angie qui se dirigeait vers lui.

— Nous devons parler, Sam, annonça-t-elle d'emblée.

— Je sais.

Dans sa robe de tous les jours recouverte d'un tablier, avec des mèches s'échappant de son chignon et ses joues écarlates, elle était aussi belle que dans ses plus beaux atours. Ses lèvres pleines, naturellement roses invitaient au baiser. Quant à l'éclat de ses yeux sombres, il le rendait tout faible.

— As-tu quelques minutes à m'accorder maintenant ?

— Non. Ce soir, si tu veux, quand les filles seront couchées.

— Je n'en ai pas pour longtemps. Je voulais m'excuser pour ce que je t'ai dit hier soir.

Il haussa les sourcils.

— J'oublie parfois que Lucy et Daisy sont tes filles, pas les miennes, poursuivit-elle. J'ai compris que le choix d'accepter de l'aide ou pas, quitte à les perdre, ne regardait que toi.

Sur ces mots, elle tourna les talons et se joignit à un groupe de femmes pour les aider à transporter la vaisselle sale de Tilly Morgan.

Sam admira le balancement de ses hanches, tandis qu'elle s'éloignait la tête haute. Fière et provocante. Mais il lui en voulait pour ce qu'elle venait de lui dire.

Une demi-heure plus tard, il alla seller son cheval.

Marcus Applebee l'attendait déjà à la mine quand il arriva. Il émergeait de la galerie principale.

— Alors ? s'enquit Sam.

Marcus secoua son chapeau et hocha la tête.

— Oui, la teneur en or est élevée, admit-il. Le minerai vaut son pesant d'or, c'est le cas de le dire.

— Bon. Tu es intéressé ?

Marcus sortit une boîte de cigares de sa poche et en offrit un à Sam.

— Mon groupe serait disposé à te consentir un prêt pour développer la mine.

— Ce n'est pas ce que je cherche. Je voudrais vendre.

— C'est un peu tôt, objecta Marcus. Tu n'as pas creusé assez profondément pour nous donner une idée réelle de l'importance de la veine. Acheter maintenant serait acheter un rêve, en quelque sorte.

— Je suis sûr que ma concession est l'une des plus riches de la zone.

— Peut-être, mais je ne peux me fonder sur des suppositions. Il se peut que, un mètre plus bas, la veine se tarisse.

— Ou le contraire.

— Si tu en es persuadé, c'est une erreur de vendre maintenant. Sam, nous sommes amis depuis des années. Si tu veux un conseil, attends. Développe ta mine. Je te prêterai ce qu'il te faut. Je préférerais même te le donner plutôt que te voir passer à côté d'une fortune éventuelle.

Sam savait qu'il prenait des risques, mais sa décision était prise. Il n'accepterait la charité de personne, et il n'avait pas le temps de continuer à développer sa mine. En fait, il n'avait pas le choix.

— Tu prends un risque toi aussi, Marcus, car la source peut se tarir un mètre plus bas, en effet. J'ai toutefois la conviction que tu ne seras pas déçu. Alors, quelle est ta meilleure offre ?

— Nom d'un chien, Sam ! Je n'ai pas envie de te faire une offre. Je parle au nom d'un groupe et, vis-à-vis de celui-ci, je ne pourrais pas aller au-delà de cinq mille dollars.

Sous le choc de la déception, Sam sentit sa gorge se serrer.

— Et combien de rapport ?

Marcus haussa les épaules.

— Deux pour cent.

— Monte à six.

— Le syndicat n'acceptera jamais.

— Pourquoi ? Six pour cent de rien ne ruineront pas ton groupe. Parce que tu penses qu'il n'y a rien, Marcus, je te connais, sinon tu m'aurais proposé bien plus.

— D'accord, abdiqua Marcus après un silence. Cinq mille tout de suite et six pour cent sur l'extraction. Si tu as raison et que le filon se révèle à la hauteur de tes espérances, tu seras un homme riche. Jamais personne n'a obtenu six pour cent.

Sam lui serra la main.

— J'envoie Marsh Collins à ton bureau pour rédiger les papiers. Quand aurai-je l'argent ?

— Dans quelques jours, je pense. Viens, je t'offre un verre, d'accord ? Je ne sais pas si tu vas signer pour la fortune ou rien du tout, mais on peut toujours arroser ça.

Oui, songea Sam, car quoi qu'il arrive, il aurait l'argent et tiendrait sa promesse. Et c'était tout ce qui lui importait.

Pour la première fois depuis longtemps, Sam rentra chez lui à temps pour le dîner. L'expérience ne s'avéra pas précisément agréable. Angie ne desserra pas les dents, et dès que les filles eurent terminé, elles demandèrent à quitter la table.

— Pourquoi êtes-vous si pressées ? s'irrita Sam.

— Molly nous attend, expliqua Daisy.

— Bon, mais rentrez avant la nuit.

Les deux fillettes échangèrent un regard de conspiratrices.

— On sera de retour dans quelques minutes.

Quand elles furent sorties, le silence tomba. Sam finit par le rompre.

— Je suppose que tu es furieuse contre moi.

— Je l'étais, mais je ne le suis plus, répondit Angie en se levant pour desservir. Je te l'ai dit, tu fais ce que tu veux. Cela ne regarde que toi. Je me suis excusée de l'avoir oublié.

Sam l'étudia tandis qu'elle débarrassait. Elle semblait lasse, presque abattue, et il chercha en vain la trace de sa combativité naturelle.

— Je ne voulais pas exposer mon projet, parce que je n'étais pas sûr qu'il se réaliserait, commença-t-il.

— Tu ne m'en as pas parlé parce que cela ne me regardait pas, corrigea-t-elle sans même le regarder.

Seigneur ! Il s'apprêtait à aller vers elle quand la porte s'ouvrit à la volée, livrant passage aux filles.

— Bon sang, vous ne pouvez pas entrer plus calmement ?

Irrité, Sam s'appuya contre l'évier, les bras croisés sur la poitrine. Ses filles l'ignorèrent royalement. À un signal de Lucy, Daisy tira la manche d'Angie.

— Viens t'asseoir, et ferme les yeux.

Angie s'exécuta sans protester.

— Ferme bien les yeux, surtout ! insista Daisy.

Lucy posa quelque chose devant elle.

— Ouvre les yeux, maintenant !

— Que… Oh ! s'exclama Angie devant la tasse et la soucoupe de sa mère, recollées tant bien que mal, même s'il manquait un petit morceau ici ou là.

Elle s'essuya les yeux avec le bord de son tablier.

— Mon Dieu… comment avez-vous fait ?

Daisy vint se blottir contre elle.

— J'ai ramassé les morceaux et Mme Molly a aidé Lucy à les assembler.

— Elle n'est plus comme neuve mais… Oh, Angie ! Je suis tellement désolée ! gémit Lucy. Tu retrouves tout de même la tasse de ta maman, non ?

— Oh, vous êtes des amours ! Merci ! Merci à toutes les deux ! C'est tellement, tellement gentil à vous…

Sam s'éclipsa discrètement et s'assit sur les marches du perron. À l'intérieur, ses filles et Angie continuaient de bavarder. Elles l'aimaient, cela ne faisait aucun doute.

Et, que Dieu le garde, lui aussi l'aimait.

19

— Quelle merveilleuse attention, murmura Angie en s'asseyant près de lui, quelques instants plus tard.

En altitude, les nuits étaient toujours fraîches, même à la fin du mois d'août, mais celle-ci était particulièrement froide. Un vent glacé soulevait le châle de la jeune femme. À la lumière de la lampe qui brûlait toujours dans la cuisine, Sam distinguait ses mains qui resserraient l'étoffe près de son cou, mais son visage était dans l'ombre.

— Je vais rentrer dans une minute. Tu as quelque chose à me dire, je crois ?

— Il faut que je te parle de mon projet.

— Ce n'est pas nécessaire.

— Angie, je t'en prie !

Une rafale de vent souleva un nuage de poussière autour de ses bottes. Sam ne voulait pas rentrer au cas où les filles ne dormiraient pas encore.

— Viens sous ma tente, d'accord ? Il fait trop froid, ici.

Il vit ses mains se crisper sur le châle.

— Je veux seulement te parler.

Après une brève hésitation, elle accepta et se leva pour le suivre.

Il alluma la lampe à huile et Angie crut plus prudent de s'asseoir sur le tabouret tandis que Sam s'installait sur son lit de camp. Elle arrangea ses jupes autour d'elle et croisa les mains sur ses genoux.

— Alors ? dit-elle. J'espère que tu n'en as pas pour longtemps parce que je suis fatiguée.

Un nouveau coup de vent fit trembler la toile de la tente.

— Voilà... J'allais te parler de mon projet quand Cannady a trouvé son jackpot. Il t'aurait paru dérisoire en comparaison, alors j'ai attendu. Entre-temps, j'ai pris contact avec Marcus Applebee.

Il déplaça la lampe pour mieux distinguer ses traits et fut frappé par sa beauté. Comment avait-il pu partir sans elle ? Et comment pourrait-il la laisser lui échapper à nouveau ?

Le vent glacé s'insinua sous la toile et il déplora une fois de plus de ne pouvoir dormir au chaud, dans la maison. Avec elle.

Posément, il lui expliqua le marché qu'il avait passé avec Marcus Applebee.

— Ce n'est pas vrai ! Tu as vendu ta mine à ce prix-là ? Tu croyais en elle. Pourquoi n'as-tu pas emprunté pour l'exploiter plus vite, comme Cannady, plutôt que de la brader ?

— C'était trop dangereux. Je risquais de me retrouver couvert de dettes, auquel cas tu n'aurais jamais obtenu ton divorce.

Les mots planèrent un moment entre eux. Comme Angie se taisait, Sam maudit silencieusement Peter De Groot et reprit :

— L'arrangement actuel me permet de payer l'opération de Daisy, le divorce et il me restera assez pour aller m'installer à Denver avec les filles. C'est une ville en pleine expansion. Je trouverai du travail sans problème. J'ai d'ailleurs l'intention de proposer à Can de bâtir sa maison.

— Tu as travaillé si dur dans ta concession... C'était ton rêve.

Il croisa son regard.

— Mon rêve, c'était d'impressionner ton père, et ce n'est pas avec ce genre de succès que j'y serais parvenu. Tu avais raison, j'ai perdu dix ans à essayer de lui prouver quelque chose.

Il se passa la main dans les cheveux en songeant qu'il s'était conduit comme un idiot. Au lieu de développer son entreprise, il avait perdu son temps à courir après un trésor hypothétique pour en imposer à son beau-père.

— Il était convaincu qu'un homme qui ne construisait pas des maisons en brique, comme lui, ne méritait pas sa fille. Et moi, jeune imbécile que j'étais, je l'ai cru.

— J'aurais dû rester à tes côtés et leur tenir tête, reconnut-elle. Moi aussi, j'étais jeune et sotte... Que regardes-tu comme ça ?

Les yeux plissés, Sam fixait un point derrière elle.

— Qu'est-ce que c'est que cette lueur ?... Bon sang ! Le feu !

Ils se précipitèrent dehors et s'immobilisèrent, horrifiés. Attisées par le vent, les flammes léchaient la façade arrière de la maison. Les rideaux de la cuisine s'enflammèrent comme du bois sec. Le plafond en toile, au-dessus de l'évier, était déjà un brasier.

Sam tourna les talons, plongea sous la tente et en ressortit en courant, enveloppé dans une couverture. Il se précipita jusqu'à la porte de derrière.

— Leur fenêtre ! cria-t-il à Angie.

Elle s'y précipita, mais le sol formait un creux sous ses pieds et elle atteignait tout juste le rebord de la croisée.

— Lucy ! Daisy ! hurla-t-elle en se haussant sur la pointe des pieds.

Elle chercha désespérément quelque chose sur quoi grimper. Il n'y avait qu'une énorme pierre, trop lourde pour être déplacée.

— Mon Dieu ! Je vous en supplie ! Aidez-nous !

Elle se démenait pour atteindre la fenêtre. Une épaisse fumée s'en échappait déjà.

— Seigneur ! *Daisy ! Lucy !*

Le battant s'ouvrit brutalement et Sam émergea de la fumée, Daisy dans les bras.

— Angie !

— Je suis là, Sam !

À la lueur des flammes, elle s'aperçut qu'il ne portait plus la couverture. L'une de ses manches avait disparu et des traces noires maculaient son col.

Affolée, elle accueillit Daisy dans ses bras et Sam retourna dans le brasier. Sous le poids de la fillette, qu'il avait lâchée un peu précipitamment, Angie tomba à genoux.

L'enfant était inerte. Les yeux révulsés, elle ne respirait plus.

— Dieu du ciel ! Daisy !

Elle l'assit sur le sol et lui tapa dans le dos en sanglotant de terreur.

— Respire, Daisy ! Je t'en supplie, mon cœur !

Une convulsion secoua soudain le petit corps. Daisy ouvrit la bouche et aspira bruyamment une grande goulée d'air.

— Angie ! cria Sam.

Empêtrée dans ses jupes, elle se releva et tendit les bras pour recevoir Lucy. Elle tomba à nouveau sous son poids. Sa chemise de nuit avait pris feu. Éperdue, elle roula l'enfant dans la poussière en se jetant sur elle pour étouffer le feu.

Sam atterrit à son tour non loin d'elle.

— Écarte-toi de la maison, ordonna-t-il d'une voix que la fumée rendait rauque.

Daisy sur l'épaule, il saisit Angie par le col pour l'aider à se relever.

— Attends ! cria-t-elle, constatant que la chemise de Sam brûlait.

Elle éteignit tant bien que mal les flammes, à mains nues, prit Lucy dans ses bras et s'éloigna en trébuchant.

— Non, par là ! hurla Sam.

Ils prirent la direction contraire au vent, vers chez Molly, laissant derrière eux la tente et la maison en proie aux flammes.

Dès qu'Angie eut la certitude qu'elles ne risquaient plus rien, elle posa Lucy sur le sol et cria son nom en lui tapant dans le dos.

Soudain, Molly fut à ses côtés. Elle agita sous le nez de la fillette un flacon d'où s'échappait une violente odeur d'ammoniaque.

— Reviens, Lucy, reviens…

Celle-ci ouvrit la bouche et inspira à fond.

— Merci, mon Dieu ! Merci ! sanglotait Angie en la serrant dans ses bras.

Accrochée à elle, Lucy respirait bruyamment, mais elle respirait. Elle l'écarta un peu.

— Et Daisy ?

— Can s'occupe d'elle. Il l'a emmenée chez Abby Mueller. Venez, on va les rejoindre.

— Pourquoi si loin ? Votre maison est plus proche…

Angie comprit alors qu'elle était trop proche. Vu la violence du vent, elle risquait elle aussi de se transformer en une véritable torche.

Les deux femmes traversèrent la rue dans la direction opposée. Abby les attendait sur le pas de la porte.

— Daisy va bien, annonça-t-elle tout de suite à Angie. Tilly est en train de préparer de l'eau chaude et du miel pour leur gorge.

Elle examina rapidement les jambes de la fillette. Les brûlures ne semblaient pas trop graves.

— Le Dr Poppell sera là d'une minute à l'autre.

— Ne me laisse pas, croassa Lucy comme Abby la prenait des bras d'Angie.

— Je reviens tout de suite, ma chérie, ne t'inquiète pas.

Le visage de Lucy était maculé de suie et ses jambes parsemées de traces rouges. Angie l'embrassa longuement.

— N'aie pas peur, tout ira bien. Occupe-toi de ta sœur en attendant le docteur, d'accord ?

Abbie l'emmena à l'intérieur et Angie se tourna vers Molly.

— Où est Sam ? s'inquiéta-t-elle.

— Avec les pompiers, probablement.

L'autre côté de la rue offrait une vision d'enfer. D'immenses flammes s'échappaient du toit de la maison de Sam. La maison voisine, heureusement vide, brûlait aussi.

Des chevaux tirant des chariots chargés de citernes d'eau arrivèrent au galop. Une chaîne de volontaires se forma. Les tuyaux de pompage entrèrent en action et des seaux d'eau passèrent de main en main à une vitesse impressionnante.

Avant de s'attaquer aux maisons en flammes, ils commencèrent par mouiller un périmètre afin d'empêcher le feu de s'étendre aux autres habitations, puis à la ville tout entière.

Le vent soulevait la jupe d'Angie et elle aperçut des trous à plusieurs endroits. Elle devait avoir quelques brûlures mais, pour l'instant, elle ne ressentait pas la moindre douleur. Elle était encore sous le choc et ses jambes se dérobaient presque sous elle à l'idée que Daisy et Lucy avaient failli mourir.

— Il faut que j'aille m'habiller, dit Molly en se rendant soudain compte qu'elle était dans la rue pieds nus, en chemise de nuit.

Elle se précipita vers sa maison, Angie sur ses talons.

— Nous devrions peut-être sortir tes affaires, suggéra-t-elle.

Hugo Mueller les arrêta sur le pas de la porte.

— Vous ne pouvez pas entrer, c'est trop dangereux. Si le vent tourne brusquement, ça va brûler comme un fétu de paille.

Sur le toit des Johnson, Can et un autre homme éteignaient des flammèches.

Molly écarta Hugo.

— Si cette maison prend feu, je m'en apercevrai. J'ai le temps de m'habiller.

— Molly Johnson, vous n'êtes qu'une vieille mule !

Angie s'engouffra dans la maison derrière son amie.

— Restez là ! cria-t-elle à Hugo. Je vous passerai des affaires et vous les porterez dans la rue.

— Seulement quelques cartons et ma trousse à pharmacie. Pour le reste, je m'en moque.

En l'espace de quelques minutes, plusieurs boîtes s'empilèrent sur la chaussée. Une fois Molly hâtivement vêtue, Angie la laissa avec Hugo et courut vers les chaînes de volontaires à la recherche de Sam.

Il n'était nulle part ! Une autre maison était en flammes à présent. La brigade s'activait. Un nouveau chariot-citerne arrivait. Angie releva ses jupes et se dirigea vers lui, cherchant désespérément un grand brun à la chemise à moitié brûlée.

Le mari de Dorothy l'aperçut et pointa le doigt vers une ligne d'hommes en sueur. Sam était parmi eux. Sain et sauf. Le soulagement la fit chanceler et les larmes jaillirent tandis qu'elle remerciait à nouveau le Seigneur. Leurs regards se croisèrent et elle lut le même soulagement dans celui de Sam. Son cœur bondit de bonheur. S'obligeant à détacher les yeux de ceux de son mari, elle fit demi-tour et se rendit chez Abby Mueller.

Les filles dormaient. Abby les avait lavées avant d'appliquer de la mélasse et de la farine sur leurs brûlures.

Le docteur venait de remplacer ces premiers soins par des pansements à l'huile de lin.

— Sont-elles gravement atteintes, docteur ? demanda Angie comme il se lavait les mains.

— Elles ont toutes les deux été brûlées aux jambes, l'aînée plus sérieusement. Il est possible qu'elle garde des cicatrices, je ne sais pas encore. Mais cela aurait pu être pire. Elles s'en sortent bien.

Il expliqua comment changer les pansements, leur donna la composition d'un gargarisme pour leur gorge et précisa qu'il leur avait administré du laudanum contre la douleur.

— Je vous en laisse un peu, au cas où. À présent, montrez-moi vos mains, madame Holland.

— Mes mains ?

Elle les étendit devant elle et découvrit plusieurs brûlures sur le dos et les paumes.

— Il y en a une autre, sur votre bras. Pas très belle à voir… constata le médecin en écartant sa manche en lambeaux. Bon, pour commencer, il faut laver tout ça avec du vinaigre.

Quand il eut terminé de panser les blessures d'Angie, il lui proposa du laudanum mais elle refusa. Elle préférait rester éveillée même si elle ne pouvait se rendre utile.

Le soleil se leva sur un amas de ruines noircies.

Au total, quatre maisons étaient parties en fumée. De celle de Sam, il ne restait qu'un tas de débris trempés.

Debout devant ce qui avait été son jardin, Sam essayait de repérer les restes de sa tente où il avait passé tant de nuits blanches.

— Je tuerai ce salaud, dit-il entre ses dents.

À mains nues, car une balle était trop impersonnelle. Mais avant de prendre le train pour Colorado Springs, il veillerait à ce que sa famille soit à l'abri.

— Qui as-tu l'intention de tuer ? lui demanda Darrel Connelly, le chef de la police en lui tendant une tasse de café avant de reporter son attention sur les ruines fumantes.

— Je sais qui a allumé ce feu, déclara Sam en plissant les yeux. C'est le même pourri qui a incendié l'Union Hall et le chantier de Whittier.

Connelly tourna la tête vers Sam.

— C'est sûrement Albert Wales. Il est en prison en ce moment même. On l'a pris il y a trois jours en train d'essayer de mettre le feu au nouvel hôtel.

Sam lui jeta un regard aigu.

— Tu as pris l'incendiaire, mais pas celui qui le paie pour faire son sale boulot. Tant mieux, parce que je tiens à le tuer de mes propres mains.

— Je sais à qui tu penses, Sam. Mais tu te trompes. C'est Wales le seul responsable. Il travaillait pour l'Union et pour Whittier. Après une dispute, Whittier a mis le feu à sa cabane et depuis, Wales ne cesse de se venger. Il ignorait que tu construisais son bâtiment. Il te connaît de vue, c'est tout. Ce n'est pas après toi qu'il en a. Nous l'avons longuement interrogé. Tu peux me croire.

Sam demeura pensif. Si Herb Govenor n'y était pour rien, alors qui avait tenté d'incendier le presbytère ? Il n'en avait jamais parlé à quiconque et préféra garder le silence, pour l'instant.

— En tout cas, ce n'est pas Wales qui a incendié ma maison puisqu'il était en prison. Qui, alors ?

Sam avait du mal à admettre que Herb Govenor soit blanc comme neige.

— Dale ! lança Connelly en se retournant. Raconte à Sam ce que tu as trouvé.

Dale Mercer l'entraîna vers un tas de débris.

— Voici l'évier, et, là, une lampe, commença-t-il en désignant des restes noircis. D'après mon expérience, je suis quasiment certain que le feu a démarré ici. Je ne sais pas ce qu'une lampe allumée faisait dans cet évier, près de la fenêtre, mais toi, tu le sais sûrement.

Sam se souvint des rideaux en feu... Ce soir-là, le vent s'infiltrait partout, mêmes dans les interstices des fenêtres. Les rideaux avaient dû bouger et...

Seigneur ! Il s'agissait d'un accident.

Ses épaules s'affaissèrent d'un seul coup et il sentit pour la première fois la douleur dans ses mains, son dos. Il était si sûr de la culpabilité de Herb. La haine l'avait égaré. Aveuglé. Il aurait pu commettre l'irréparable par erreur.

Levant la tête, il aperçut Angie qui traversait la rue et venait dans sa direction, marchant dans la boue entre des débris de toutes sortes. Elle avait l'air épuisée. Quand Sam vit ses pansements, son cœur se serra. Heureusement, elle était en vie, et ses filles aussi. C'était la seule chose qui comptait.

— Elles dorment toujours, lui dit-elle après avoir salué Connelly et Mercer. Il y a une réunion chez Tilly pour savoir où héberger les Kobler et les Green. Molly et Can nous ont offert leur maison. J'ai accepté.

Elle releva imperceptiblement le menton, comme pour le défier, mais pourquoi aurait-il refusé ? Ils n'avaient pas d'endroit où aller, même plus une tente, et les Johnson partaient pour Denver dans la matinée.

— Il faut que tu viennes avec moi, ajouta-t-elle avec autorité. Tout de suite. Le docteur t'a attendu toute la nuit.

Elle lui prit sa tasse vide et ses yeux s'emplirent de larmes quand elle vit ses mains couvertes de cloques.

— Oh, Sam... Molly nous a préparé un petit déjeuner. Je crois bien qu'elle devra nous nourrir à la cuillère, ajouta-t-elle en levant ses mains bandées.

Peu après, celles de Sam étaient pansées de manière identique. Le Dr Poppell soigna également son dos et son torse.

Après avoir tenté en vain de couper sa crêpe, il reposa sa fourchette.

— Je n'ai pas faim de toute façon.

Assise en face de lui, Molly l'étudiait.

— Tu as besoin d'une coupe de cheveux, Sam. Ta queue-de-cheval est partie en fumée. Tu as eu de la chance que le reste n'ait pas suivi. Je vais chercher mes ciseaux, décréta-t-elle en se levant. Si toutefois je les trouve !

Refusant qu'on l'aide, Sam parvint à boire seul son café et leur raconta ensuite l'histoire de Wales, l'incendiaire.

— Seigneur ! s'exclama Angie. La lampe de Daisy. J'ai coincé la fenêtre entrouverte avec une pierre de peur qu'elle ne s'ouvre et ne fasse tomber la lampe. Il n'y avait pas beaucoup de vent, tu te souviens ? Pourquoi n'ai-je pas pensé aux rideaux ? Rien de tout cela ne serait arrivé si...

— Ce n'est pas ta faute, l'interrompit Sam de sa voix enrouée.

Sa gorge lui faisait horriblement mal, malgré la potion du médecin. Quant au cataplasme enroulé autour de son cou, il ne semblait guère efficace.

— L'argent dans les pots ! s'écria soudain Angie. Je vais fouiller les débris.

— Je m'occupe de la vaisselle, puis j'irai aider Can à charger le chariot, dit Molly qui avait commencé à couper les cheveux de Sam. Vous pourrez rester dans la maison aussi longtemps que vous voudrez. Je crois que Can vous la vendra pour un dollar et contre la promesse de votre prochaine visite à Denver.

Sam ne dit rien, alors Angie prit la parole.

— Je ne suis pas trop fière pour acheter votre maison un dollar. Laissez-moi juste le temps de retrouver ces satanés pots.

— C'est un marché.

— Merci, dit Sam au bout d'un moment.

Il réalisa soudain qu'il n'avait plus rien à faire. Sa concession était vendue, quelqu'un d'autre construisait l'école et il ne pouvait chercher du travail avant que ses mains soient guéries.

— Repose-toi un peu, Sam, conseilla Angie comme si elle avait deviné ses pensées. Tu y verras plus clair après quelques heures de sommeil. Et tu te sentiras mieux.

Il en doutait. La semaine prochaine, il lui donnerait l'argent du divorce, et elle le quitterait.

20

Le mardi matin, les églises de Willow Creek et de Victor organisèrent une collecte destinée aux sinistrés de Carr Street. On proposa un hébergement aux Kobler et aux Green et, dès midi, les gens commencèrent à affluer à la porte des victimes avec de la nourriture, des vêtements, des objets de première nécessité.

Angie ne savait comment exprimer sa reconnaissance devant tant de bonté. Molly et Tilly durent la relayer pour qu'elle aille apporter une tasse de café à Sam.

Elle le contempla un moment, tandis qu'il observait les restes de sa maison. Il était différent sans ses cheveux tirés, et s'il ressemblait moins à un pirate, il demeurait tout aussi séduisant, plus proche du jeune homme qu'elle avait aimé dix ans plus tôt.

— Merci, dit-il en prenant la tasse du bout des doigts. Les filles dorment toujours ?

— Oui.

Angie se promena dans les ruines. Elle avait tout perdu. Ses vêtements, la brosse en argent qu'elle avait reçue pour ses vingt ans, ses chapeaux, ses mouchoirs brodés. La tasse de sa mère et les lettres de Peter.

— Elles sont toujours sous laudanum. Le docteur affirme que plus elles dorment, mieux cela vaut. Il est passé ce matin pour changer leurs pansements. Il semblait satisfait et m'a conseillé de diminuer la dose de calmant dès demain. Je dois changer tes pansements, Sam.

— Plus tard. J'ai rendez-vous avec Marsh Collins pour signer les papiers de la vente de la mine dans une heure. Marcus a accéléré les choses parce qu'il sait que nous avons besoin de l'argent.

Angie ne lui demanda pas s'il allait bien, car elle imaginait ce qu'il endurait. Elle-même souffrait sans répit, et les brûlures de Sam étaient plus graves que les siennes. Elle remarqua les cernes profonds sous ses yeux.

— Sam, une heure de sommeil ne suffit pas.

Angie dormait sur un lit de fortune, dans le petit salon de Molly. Les filles partageaient l'unique chambre, et Sam avait refusé de se coucher à cause des brûlures de son dos et de sa poitrine qui le mettaient à la torture à la moindre pression. Dans la nuit, quand Angie s'était levée pour jeter un coup d'œil aux petites, elle l'avait trouvé à la table de la cuisine, somnolent, la tête sur ses bras repliés.

— Un peu de laudanum te permettrait de dormir allongé.

— La nuit prochaine, peut-être.

Cette nuit, elle exigerait qu'il prenne sa place, décida-t-elle devant son visage dévasté par la fatigue. Elle s'apprêtait à le lui dire quand une voiture dévalant Carr Street attira son attention. Elle s'arrêta au bord de la rue et le cœur d'Angie manqua un battement quand elle vit Herb Govenor en descendre, suivi de Winnie.

— Sam, murmura-t-elle en plaçant la main sur son bras. Je t'en prie, reste calme. Je pense qu'ils sont venus parce qu'ils sont inquiets pour les petites.

Le visage de Sam s'était durci. Son regard semblait de marbre.

— Quoi que tu penses de ces gens, ce sont les grands-parents de tes filles. Et rappelle-toi, Sam : Herb Govenor n'est pas coupable.

Winnie leur adressa un bref signe de tête avant de se diriger vers la maison de Molly. Herb Govenor vint vers eux, scrutant les débris à la recherche d'un endroit à peu près propre où poser ses chaussures de prix.

— Que voulez-vous ? attaqua Sam.

Govenor s'inclina devant Angie, son regard s'attarda sur les bras bandés de Sam.

— Je sais que vous me croyez responsable des incendies, Holland, mais vous vous trompez. Je n'ai rien à voir avec ça.

Il fit un geste vers les cendres.

— Jamais je n'aurais mis la vie de mes petites-filles en danger, je le jure sur la Bible.

— Vous m'avez laissé croire que vous étiez derrière les feux qui ont détruit l'Union Hall et le chantier de Whittier.

Govenor haussa un sourcil, comme s'il s'apprêtait à répondre, puis il s'appuya sur sa canne.

— Je n'y étais pour rien. Quand j'ai appris les conséquences que ces incendies avaient pour vous, j'ai regretté de ne pas les avoir allumés moi-même, je le reconnais. Alors, si vous pensiez que c'était moi... fit-il en haussant les épaules. Car vous le pensiez, n'est-ce pas, Holland ?

— Oui, jusqu'à ce que la police m'annonce que l'incendiaire était en prison. En ce qui concerne ma maison, c'était un accident.

— Mais vous avez tenté de mettre le feu chez le révérend Dryfus, intervint Angie en se rapprochant de Sam.

Même si elle se doutait que la démarche du vieil homme avait dû lui coûter, elle ne se sentait pas pour autant plus encline à l'indulgence à son égard.

— Savoir qui a craqué l'allumette importe peu. Les instructions étaient d'épargner les vies et de ne pas causer de dommages majeurs, jeta Govenor en soutenant le regard de Sam. Je voulais que vous n'ayez plus de travail.

— C'est réussi. Mais vous n'obtiendrez pas pour autant la garde de mes filles. J'ai vendu la mine, et je signe aujourd'hui. Dès que ce sera fait, j'irai au *Sylvan Saloon* et j'utiliserai leur téléphone pour appeler le chirurgien de Daisy à Colorado Springs afin de convenir d'une date pour l'opération. Marsh Collins en informera la cour. L'intervention aura lieu avant le délai fixé. Vous avez perdu, Govenor.

— Je suis au courant, au sujet de l'offre d'Applebee, répondit Herb. Je suis venu vous parler de l'avenir. Je… je ne suis pas homme à supplier qui que ce soit, mais nos petites-filles sont tout ce qui nous reste de notre fille. Je vous demande de nous permettre de les voir de temps en temps.

— Donnez-moi une raison d'accepter plutôt que de vous envoyer au diable.

— Nous sommes les derniers liens du sang entre Daisy, Lucy et leur mère. Elles ont le droit d'avoir des grands-parents et de les voir.

Angie pressa doucement le bras de Sam.

— Il a raison, dit-elle calmement. Je ne te trahis pas ! corrigea-t-elle en réponse à son regard accusateur. Je crois simplement que Laura serait heureuse de savoir sa famille réconciliée. Tu vas élever tes filles, Sam. C'est toi qui auras de l'influence sur elles, mais tu ne peux les priver de leur famille maternelle.

— Les parents de Laura lui ont tourné le dos quand elle a décidé de mener sa vie !

— Nous commettons tous des erreurs. Qu'est-ce qui importe le plus ? Que tu te venges des Govenor ou que tes filles grandissent en gardant un lien avec leurs uniques grands-parents ?

Estimant qu'elle avait fait tout ce qui était en son pouvoir, Angie salua Herb de la tête, empoigna ses jupes et retourna chez Molly. Elle tomba sur Winnie qui sortait de la chambre, les yeux pleins de larmes.

— Quand je pense qu'elles ont frôlé la mort…

Se tournant vers Abby et Tilly, elle ajouta en tamponnant ses yeux :

— Y a-t-il un endroit où nous pourrions parler en privé, Mme Holland et moi ?

Ignorant les protestations d'Angie, les deux femmes s'éclipsèrent en promettant d'être de retour dans une heure.

Il lui fut difficile de se montrer aimable avec Winnie, bien qu'elle eût accompli des exploits avec Herb. Quand elle constata que Mme Govenor ne faisait pas un geste pour l'aider alors qu'elle bataillait pour servir le café avec ses mains bandées, elle ne se sentit plus du tout disposée à la conciliation.

— J'irai droit au but, commença Winnie. J'ai appris que M. Holland allait obtenir la garde des filles, puisqu'il a réuni l'argent de l'opération avant l'échéance fixée par la cour. Je ne le féliciterai pas.

— Je ne m'y attendais pas.

— Mais… c'est peut-être mieux ainsi.

Surprise, Angie dressa l'oreille.

— J'aurais fait mon devoir, mais il est peut-être préférable que les enfants soient élevés par des gens jeunes.

— Madame Govenor, j'ai un tas de choses à faire…

Elle devait commencer par trier tous les dons, les ranger, trouver assez de glace pour conserver la nourriture, un lit pour que Sam puisse dormir. Et commander de nouvelles chaussures pour Daisy chez M. Kravitz…

— Madame Holland, je vous en prie, s'écria Winnie, les larmes aux yeux, oubliant toute fierté. Ne nous privez pas de nos petites-filles. Nous voudrions être là quand Daisy se fera opérer, et faire partie de leur vie, plus tard. Ne nous interdisez pas d'être leurs grands-parents.

— Ce n'est pas à moi d'en décider, dit-elle d'une voix radoucie.

En dépit de l'antipathie qu'elle éprouvait pour cette femme, elle ne voulait pas que les petites soient spoliées des seuls liens qui les rattachaient à leur mère.

— Mais vous pouvez influencer M. Holland !

Elle n'en était pas aussi sûre, mais cela n'avait plus d'importance. Sam allait signer les papiers pour vendre la mine dans une heure, et la procédure de divorce suivrait sous peu.

— Je vais bientôt partir.

Quitter Willow Creek et tous ces gens qu'elle aimait. Elle y laisserait son cœur.

— De quoi parlez-vous ?

— Je vous l'ai dit lors de notre première rencontre. Je suis venue ici pour divorcer d'avec M. Holland. Il en a les moyens, maintenant.

Winnie eut un mouvement de recul.

— Je n'aime pas ça du tout.

Surprise, Angie sourit.

— Vous m'étonnez, madame Govenor.

— Un homme comme lui a besoin d'une femme, c'est évident. Excusez-moi, mais il ne sera pas long à se remarier, et sur qui va-t-il tomber ? Croyez-vous qu'elle sera capable d'élever mes petites-filles ? De les aimer ?

— Si je me souviens bien, vous ne m'en croyiez pas capable non plus.

— Au moins, vous, je vous connais, et je sais que les petites se sont attachées à vous. J'admets que vous avez la langue bien pendue, comme moi d'ailleurs. Nous disons ce que nous pensons, non ? Vous avez sûrement un tas de défauts, mais vous me rappelez ma Laura sur beaucoup de points. Comme elle, vous êtes obstinée, acharnée, déterminée à obtenir ce que vous voulez.

Elle réfléchit un instant et enchaîna :

— Il y a peut-être un moyen juridique d'empêcher votre divorce.

Angie se leva.

— Madame Govenor, cessez donc d'essayer de contrôler la vie des autres. Cela n'a pas marché avec Laura, et cela ne marchera pas plus avec moi. Quant à votre présence pour l'opération de Daisy, j'en parlerai à Sam.

En fait, elle ne savait même pas elle-même si elle serait encore à Willow Creek pour y assister.

Après le départ de Winnie, Angie entra dans la chambre sur la pointe des pieds. Elle se pencha pour embrasser les fillettes sur le front, des larmes plein les yeux. Grâce à elles, elle avait appris que les enfants pouvaient être aussi exaspérants, insupportables et exigeants qu'affectueux, doux et drôles. S'ils requéraient beaucoup de patience et d'énergie, l'amour qu'ils donnaient en retour était le plus beau cadeau qui soit.

Ces fillettes n'étaient pas les siennes mais elle les aimait comme une partie d'elle-même.

Dix années durant, Angie avait cru que sa vie ne commencerait qu'après son divorce. Elle s'était trompée, songea-t-elle en contemplant les petites filles endormies. Sa vie avait commencé quand elle était descendue du train, à Willow Creek.

Ce soir-là, ils pique-niquèrent dans la chambre des filles. Sam fit ensuite leur bonheur en leur racontant une histoire où il était question d'une famille accidentée où tout le monde se retrouvait emmailloté de pansements. Après un fou rire général, les adultes embrassèrent les enfants qui s'endormirent sur-le-champ.

— Tu veux une bière ? proposa Sam à Angie.

— Volontiers.

Elle aurait aimé sortir avec lui sur le perron, comme ils en avaient pris l'habitude, mais il n'y avait qu'une marche à la porte de Molly, et dehors, l'odeur de brûlé était insupportable. Ils s'installèrent donc à la table de la cuisine. Angie sourit en se remémorant les diamants de Molly étalés sur la toile cirée. Sam glissa soudain une enveloppe sous ses yeux.

— Qu'est-ce que c'est ?

— Deux mille dollars. Cela te permettra de vivre confortablement pendant un an, en attendant que le divorce soit prononcé.

Angie ne parvenait pas à y croire. Elle avait l'impression que sa vie s'arrêtait au lieu de commencer.

— J'aurais aimé te donner plus.

— Non, non... C'est largement assez.

Sam se racla la gorge et releva la tête.

— J'ai une faveur à te demander. Accepterais-tu de ne partir qu'après l'opération de Daisy ? C'est seulement l'affaire de deux semaines de plus, et ta présence la réconforterait.

Voilà. Son départ était imminent et bien réel.

— J'ai promis à Daisy d'être là pour son intervention. Si tu ne l'avais pas fait, c'est moi qui t'aurais demandé la permission de rester.

— La permission... ?

Il secoua la tête avant de poursuivre :

— Nous prendrons le train jusqu'à Colorado Springs et nous descendrons dans un hôtel, près de l'hôpital.

— As-tu l'intention de laisser les Govenor venir aussi ?

— J'aimerais ne jamais les revoir, avoua-t-il après un silence.

— Crois-tu que c'est ce que Laura souhaiterait ? demanda doucement Angie. Tu as toi-même reconnu qu'elle détestait être rejetée par ses parents.

— Une chose est certaine: si les Govenor avaient obtenu la garde des petites, ils ne m'auraient jamais permis de les voir!

— Eh bien, ils auraient eu tort.

Angie préféra en rester là pour l'instant. Elle était convaincue que Sam se rendrait à ses arguments, en fin de compte. Un silence inconfortable tomba entre eux.

— Tu penses toujours t'installer à Denver? risqua-t-elle au bout d'un moment.

Il reposa bruyamment sa bouteille de bière sur la table et se leva. Quand il ne vit pas son chapeau favori au portemanteau, il jura, prit l'un de ceux qu'on lui avait donnés et ouvrit la porte.

— Je vais au *Gold Slipper*. À demain.

Une fois seule, Angie se remémora tout ce qu'elle avait vécu depuis son arrivée à Willow Creek, les joies comme les peines.

Elle aimait Sam. De tout son être. Elle aimait son physique, sa voix, la douceur de ses yeux quand il souriait à ses filles. Elle aimait sa façon d'aborder la vie la tête haute, ses prévenances, son sérieux. Et puis, elle adorait quand il la faisait rire. Elle aimait même son insupportable sens de l'honneur.

Oui, elle l'aimait, et elle aimait Lucy et Daisy. Parfois, il lui était arrivé de sentir la présence invisible et approbatrice de Laura dans la maison...

Sam et ses filles étaient sa famille maintenant. Comment pourrait-elle vivre sans eux?

Les deux semaines précédant l'opération passèrent à la vitesse de l'éclair. Angie se résolut à mettre les deux mille dollars à la banque, songeant qu'ils y seraient plus en sécurité que dans des pots. M. Kravitz, Dieu le bénisse, avait gardé en réserve un modèle de chaussures pour Daisy, et il prit la liberté d'en faire une paire pour Lucy, « la pauvre petite, avec ses jambes brûlées ».

Au bout de dix jours, le docteur vint retirer les pansements de toute la famille. Sa nouvelle peau était rose et fine, mais au moins, Angie put recommencer à s'occuper du ménage, et écrire à tous leurs généreux donateurs pour les remercier.

Molly et Can leur firent l'agréable surprise de venir leur rendre une petite visite. Ils apportèrent de nouveaux chapeaux de Denver pour les filles et Angie, et un rasoir à manche d'ivoire avec un nouveau cuir pour Sam.

Angie se délecta des descriptions que Molly lui fit de la vie dans une grande ville et elle pleura quand elle reprit le train avec Cannady.

Elle souffrit également quand Sam, une fois son dos cicatrisé, s'installa dans un lit à l'autre bout du petit salon. Le simple fait d'entendre sa respiration la rendait moite de désir…

Il ne tenta pourtant jamais de la toucher, sauf accidentellement. Il passait le plus clair de son temps en ville et rentrait pour les repas. Il plaisantait alors avec les filles, et s'il était courtois avec Angie, il l'ignorait la plupart du temps. Le soir, il ne rentrait du *Gold Slipper* que lorsqu'il la croyait endormie. Savait-il qu'elle ne dormait pas mais le regardait se déshabiller dans le noir ?

Un jour, ils déjeunaient quand on frappa à la porte. Un garçon du *Sylvan Saloon* venait informer Angelina Bertoli qu'on la demandait au téléphone.

Sam se leva pour lui donner son chapeau, sa cape et ses gants avant de se rasseoir à la table. Quand Angie revint, Sam était parti. À sa place se tenait Abby, attablée avec Lucy et Daisy…

Le grand jour arriva enfin. Les Mueller, les Morgan et les Church les accompagnèrent à la gare et souhaitèrent bonne chance à Daisy.

Un peu plus tard, assise sur le banc de bois du compartiment, Daisy s'accrocha au bras d'Angie et demanda en la dévisageant de ses grands yeux gris :

— Ça va me faire mal ?

— Tu dormiras pendant l'opération, donc, tu ne sentiras rien. En revanche, au réveil... oui, je pense que tu auras mal, mais tu le surmonteras parce que tu es une grande fille très courageuse.

— Tu seras là tout le temps ? Et papa aussi ?

— Pendant l'intervention, nous ne bougerons pas, je te le promets.

— Ils vont couper la jambe de Daisy avec un grand couteau, pas vrai ? lança Lucy.

Assis en face d'elles, Sam regardait défiler le paysage d'un air absent, mais Angie savait qu'il ne perdait pas une miette de la conversation.

— Je crois que le couteau sera tout petit et très précis.

Daisy déglutit avec peine.

— Est-ce que je vais mourir ?

— Non, chérie ! Bien sûr que non ! Le chirurgien est très expérimenté. Tu n'as pas à t'inquiéter. Pense qu'ensuite, tu auras un pied normal et que tu marcheras comme tout le monde.

Daisy se blottit contre Angie.

— J'ai peur, murmura-t-elle.

— Je sais, mon petit cœur. Moi aussi, j'aurais peur à ta place. Mais quand tout sera fini, tu verras comme tu seras heureuse.

— Mais elle pourrait mourir, n'est-ce pas, insista Lucy. Le frère de Mlle Hamlin est mort en se faisant opérer de l'appendicite.

— Cela n'arrivera pas à Daisy, jeta sèchement Angie en fusillant Lucy du regard, qui fit mine de ne rien voir.

Elle tendit la main vers sa sœur et la secoua.

— Si tu meurs, est-ce que je pourrai avoir le jupon rouge que les paroissiennes t'ont donné ?

— Lucy !
— Ben, quoi ? Daisy n'en aura plus besoin.
— Sam ?
Tourné contre la vitre, il semblait secoué de tremblement. L'espace d'un instant, Angie, effarée, crut qu'il pleurait. Mais non, il riait !
— Sam Holland ! J'espérais au moins que tu viendrais à mon secours !
— Tu t'en sors très bien, fit-il d'une voix étranglée.
Daisy se pencha par-dessus Angie et lança à Lucy :
— Si je meurs, je te donne mon jupon rouge. Mais c'est tout. Toutes mes autres affaires iront aux petits pauvres.
— Mais je suis ta sœur ! C'est à moi que devraient revenir tes possessions, pas vrai, Angie ?
Plissant les yeux, celle-ci les vrilla sur Sam qui, la main sur la bouche, luttait pour ne pas rire.
Lors de leurs retrouvailles, elle lui avait envoyé son poing dans la figure, et elle crut qu'elle allait recommencer.
Mais non. Aujourd'hui, elle ne supporterait pas de le frapper.

21

À la gare, Sam loua une voiture pour les conduire à l'hôpital. C'était grâce à l'or de Willow Creek que Colorado Springs avait pu être construit. La plupart des millionnaires de fraîche date y faisaient construire leur propriété, et exigeaient des rues pavées, des lampadaires électriques, de bonnes écoles, des théâtres et des restaurants de qualité.

Il s'était imaginé que si l'hôpital accueillait les enfants des millionnaires, il serait parfait pour sa Daisy, mais il se trompait. Il détesta d'emblée l'odeur de désinfectant qui le prit à la gorge, l'atmosphère d'efficacité impersonnelle qui y régnait. Des petites formes minuscules étaient étendues dans des lits aux draps trop parfaitement tirés pour convenir à des enfants.

Tout en faisant les cent pas dans la salle d'attente, Sam songeait à la salle d'opération qu'il venait de visiter et aux enfants livides qu'il avait croisés. Il attendait ce jour depuis trois ans mais, à présent, il n'avait qu'une envie : prendre sa petite Daisy dans ses bras et l'emmener le plus loin possible.

Angie se planta devant lui.

— C'est la seule chose à faire, Sam, murmura-t-elle avec douceur, comme si elle avait deviné ses pensées. Tout se passera bien, tu verras. Bientôt, ta fille courra avec les autres enfants.

— Je donnerais ma vie pour lui épargner ça…

— Je sais, répondit Angie en posant la main sur son bras. Tu effraies Lucy. Essaie de te détendre, d'avoir l'air gai.

Gai ? Il n'avait aucune raison de l'être. Il n'avait plus de travail, sa maison avait brûlé, sa fille allait subir une opération délicate et douloureuse, et sa femme allait le quitter dans quelques jours.

Chaque fois qu'il regardait Angie, une douleur aiguë lui déchirait le cœur. Il n'imaginait plus la vie sans elle.

Mais il ne pouvait non plus imaginer une vie pour elle avec lui. Tout le problème était là. Qu'avait-il à lui offrir ? Rien d'autre qu'une existence misérable passée à lutter durement pour joindre les deux bouts. Quelle femme voudrait de lui quand un Peter De Groot l'attendait impatiemment ?

Après l'appel téléphonique de ce dernier, Angie lui avait demandé s'il voulait savoir ce qu'elle avait dit à De Groot. Sam avait répondu non, mais à présent, il le regrettait amèrement.

— Vous pouvez entrer, annonça l'infirmière.

Daisy paraissait terrorisée et perdue au milieu du grand lit blanc. Chaque fois que l'un des enfants gémissait dans son sommeil, elle pâlissait.

Même Lucy était impressionnée.

— Tu te sens comment ? chuchota-t-elle à sa sœur.

— Pour l'instant, on ne m'a encore rien fait, répondit Daisy.

Ils assistèrent à son dîner en s'efforçant de paraître enjoués, mais se sentirent soulagés quand l'infirmière les informa que le moment était venu de partir.

Dans le fiacre qui les conduisait à l'hôtel, Sam se détendit un peu.

— C'est l'endroit le plus déprimant que j'aie jamais vu, leur confia-t-il.

Serrée contre Angie, Lucy ne faisait plus la fière.

— J'ai peur pour Daisy, murmura-t-elle, au bord des larmes.

Angie l'entoura de son bras et la berça contre elle. Sam les observait en songeant qu'elle manquerait autant aux filles qu'à lui. Comment parviendraient-ils à surmonter sa perte ?

— Nous allons nous changer les idées en dînant à l'hôtel, puis nous dormirons dans de vrais lits, avec des matelas et des oreillers garnis de plumes.

— Il est en quoi, le matelas de notre lit.

— Quelque chose comme de la paille, dit son père. Mais cette nuit, nous dormirons comme des anges.

Il regarda Angie et comprit qu'ils ne trouveraient le sommeil ni l'un ni l'autre. Si seulement ils avaient pu se réconforter dans les bras l'un de l'autre… Mais il s'était juré de ne plus la toucher.

Sa fierté lui interdisait de succomber à ses désirs. Il ne voulait pas qu'elle le rejoigne dans son lit par pitié. Il avait l'impression que son cœur était déjà à Chicago, près de l'homme qu'elle allait épouser.

Il dégusta un dernier verre dans le salon, écoutant les rires joyeux d'Angie et de Lucy qui prenaient un bain dans la salle de bains. Elles en émergèrent une serviette nouée autour des cheveux, et il respira à pleins poumons le délicieux parfum de roses qu'il aimait tant. Il associerait toujours cette fragrance à Angie.

— Papa ?

Lucy s'arrêta devant la chambre qu'elle partagerait avec Angie.

— Tu es en colère ?

Il la souleva dans ses bras et la fit voler dans les airs avant de la serrer contre lui.

— Non, ma chérie. Seulement fatigué. Viens, je vais essorer tes cheveux dans une serviette et te coiffer avant de te mettre au lit.

Quand il revint au salon, Angie était assise près de la fenêtre entrouverte, laissant l'air frais de la nuit sécher ses cheveux. Si Sam avait été peintre, il aurait aimé immortaliser la vision qu'elle lui offrait en cet instant, les yeux clos, la tête penchée sur le côté, ses doigts glissant dans les longues mèches. Il entrevit la naissance de ses seins par l'échancrure de son peignoir et sentit sa gorge se dessécher. La voir ainsi, pieds nus, en robe de chambre, la chevelure défaite faisait courir en lui de violents frissons de désir.

— L'automne n'est pas loin, dit-elle en ouvrant les paupières. Les arbres commencent à changer de couleur.

Elle était venue à lui au printemps, telle une feuille légère dans la brise, et repartirait alors que les forêts se dénudaient avant de s'enfoncer dans leur profond sommeil hivernal.

— Tu veux un verre ? proposa-t-il. Cela t'aiderait à dormir.

Il avait éprouvé le besoin de parler pour éviter de s'approcher et de la prendre dans ses bras.

— D'accord, répondit-elle en souriant.

Il lui servit un doigt de whisky.

— Je ne t'ai pas dit que j'avais loué une maison, le temps de la convalescence de Daisy, reprit-il. Le docteur devra changer son plâtre deux fois par semaine. Dès que Daisy sera remise, j'achèterai une petite maison à Denver où mon premier travail sera de construire la demeure de Can. J'ai renoncé à chercher de l'or.

Angie fixa ses mains croisées sur ses genoux.

— Je suppose que tu aimerais connaître mes projets ?

— Si tu as envie de m'en parler, fit-il, l'air faussement détaché.

En vérité, il comptait chaque minute qui les rapprochait du moment de la séparation.

— J'aimerais rester un jour ou deux, le temps de m'assurer que l'opération a réussi et que Daisy marchera normalement.

— Cela lui fera plaisir, dit-il, le cœur chaviré.

— Je pourrais partir d'ici, reprit-elle, mal à l'aise. J'ai tout ce qu'il me faut pour voyager... J'aimerais rester en contact avec les filles, Sam. Leur écrire de temps en temps, si cela ne t'ennuie pas.

Il hésita, sachant que la vue de chaque lettre serait pour lui une vraie torture.

— Je n'y vois pas d'objection, mentit-il.

— Bien, dit-elle après un long silence en posant son verre sur la desserte.

Elle le regarda avec une expression qu'il ne parvint pas à déchiffrer. Quand elle regagna enfin sa chambre, après lui avoir souhaité une bonne nuit, il aurait juré voir des larmes trembler dans ses yeux.

Sam serra les accoudoirs de son fauteuil avec force, puis il prit son visage dans ses mains.

Il aurait voulu qu'elle lui dise qu'elle ne voulait plus divorcer, qu'elle ne le quitterait pas, qu'elle l'aimait. Oui, qu'elle l'aimait et préférait vivre dans un cottage avec lui plutôt que dans un palais avec ce maudit De Groot. Voilà ce qu'il voulait.

L'impossible, en somme.

— Je vais dégager les tendons et les ligaments postérieurs et médians du pied de Daisy. Je leur redonnerai ensuite leur position longitudinale. Il est possible qu'il faille aussi restaurer certains ligaments latéraux. Je ferai deux incisions. Une postérieure et une latérale.

Herb Govenor s'éclaircit la voix.

— Et... après l'opération.

— Il faudra prévoir une longue rééducation, expliqua le chirurgien aux quatre personnes assises devant lui. Nous changerons le plâtre de Daisy deux fois par semaine pendant six semaines. Si tout se déroule comme je l'espère, dès janvier, elle portera un appareil orthopédique la nuit. Ensuite... elle trottera comme vous et moi, conclut-il avec un sourire.

— Et si ce n'est pas le cas ? demanda Sam.

— Eh bien, je recommencerai. Il est possible qu'il faille couper certains os. Les raccourcir, mais pour l'instant, je ne pense pas que ce soit nécessaire. Enfin, c'est une éventualité, indiqua-t-il en s'adressant plus particulièrement à Sam et à Angie. Le pied bot est une malformation qui se soigne. J'en ai opéré des dizaines. Votre fille en ressortira avec un pied plantigrade et flexible.

— Qu'entendez-vous par « plantigrade » ? interrogea Angie d'une toute petite voix.

— Cela signifie que Daisy pourra se tenir debout sur la plante du pied et non en s'appuyant sur la cheville ou sur l'extérieur du pied. Avez-vous d'autres questions ? ajouta le chirurgien en consultant sa montre.

— Combien de temps durera l'opération ? voulut savoir Winnie.

— Entre deux heures et demie et trois heures.

— Et... souffrira-t-elle beaucoup ? Après ?

— Elle sera sous morphine. Elle dormira la plupart du temps, les jours suivant l'intervention, et ensuite, elle sera groggy quand elle se réveillera.

— Combien de temps la garderez-vous à l'hôpital ?

— Dix jours serait l'idéal. Cela nous permettrait d'intervenir au moindre problème. À présent, si vous voulez bien m'excuser...

Comme ils se dirigeaient vers le bloc opératoire, Angie prit la main de Sam.

— Tout se passera bien, j'en suis sûre.

Elle s'arrêta sur le pas de la porte de la chambre et contempla les deux petites têtes blondes penchées l'une près de l'autre, sur le lit. Son cœur se serra. Le médecin pensait que Lucy et Daisy étaient ses filles, et elle les considérait comme telles, aussi curieux que cela puisse paraître.

Le moment était venu d'emmener Daisy dans la salle d'opération. Ses grands-parents lui promirent une surprise à sa sortie. Sam la serra contre lui et lui ébouriffa les cheveux en lui disant qu'il l'aimait d'une voix bourrue. Puis Angie s'approcha.

— Nous serons tous là à ton réveil, ma chérie.

— Ils ne se moqueront plus de moi, n'est-ce pas ?

— Non, mon cœur, jamais plus.

— Et je pourrai danser un jour ?

— Oh, oui alors !

— Angie, je t'aime.

— Moi aussi, mon petit ange ! s'écria Angie en l'étreignant.

Sam lui pressa l'épaule, et elle s'écarta pour laisser l'infirmière pousser le lit en direction du bloc. Dès qu'elle fut hors de vue, Angie éclata en sanglots et Sam la prit dans ses bras.

— Elle est tellement petite !

— J'ai peur, gémit Lucy en s'accrochant à eux.

Ce furent les trois heures les plus longues de leur vie. Sam et Herb Govenor fumèrent cigare sur cigare en arpentant la salle d'attente, échangeant à peine quelques mots. Winnie et Angie jouèrent aux cartes avec Lucy ou lurent à haute voix un journal oublié par quelqu'un.

À un moment, Mme Govenor et Angie se retrouvèrent seules dans le couloir.

— La garde a été accordée à M. Holland, commença Winnie. Nous lui sommes reconnaissants de nous avoir permis d'être présents aujourd'hui.

— Mais ?

— Il n'y a pas de mais. Nous espérons que cela augure de relations meilleures entre nous. Nous... nous aimerions prendre Lucy une semaine ou deux.

Écoutez-moi. M. Holland et vous allez passer beaucoup de temps à l'hôpital. Nous pensons que ce n'est pas l'endroit idéal pour une petite fille en bonne santé. Nous pourrions la garder, nous occuper d'elle, la distraire et nous viendrions voir sa sœur ensemble. De cette façon, M. Holland et vous pourrez vous consacrer exclusivement à Daisy.

Angie était trop fatiguée et inquiète pour lui expliquer qu'elle allait bientôt partir. Elle se contenta d'acquiescer.

— Je parlerai à Sam, mais je ne vous promets rien.

Winnie lui pressa la main avec gratitude.

— Merci. Je sais que vous et moi ne nous sommes pas toujours entendues mais…

Angie n'était pas en état d'écouter les effusions de Mme Govenor. Elle lui tapota la main.

— Je crois que l'infirmière a dit que nous pouvions boire du café au rez-de-chaussée. Vous venez ?

En descendant, Angie eut l'impression d'avoir vieilli de dix ans.

— On dirait qu'elle est morte, chuchota Lucy, affolée.

— Non, mon ange, elle dort, répondit Sam, incapable de détacher les yeux du plâtre.

Il était énorme, mais droit. Il prononça une énième prière de remerciements silencieux au Seigneur. Sa fille allait marcher, la tête haute, avec grâce et légèreté. Il posa la main sur l'épaule de Lucy.

— Tu es sûre que tu veux passer deux semaines avec tes grands-parents ? Tu n'y es pas obligée, tu sais, c'est vraiment toi qui décides.

— Grand-père m'a promis de m'emmener aux courses de chevaux et grand-mère va m'apprendre à jouer au croquet, alors je veux bien. Et puis, je pourrai manger toutes les glaces que je veux !

Sam hocha lentement la tête. Il n'aimait pas les Govenor, mais il semblait qu'ils allaient faire partie de sa vie désormais. Curieusement, jamais il n'avait autant ressenti la présence de Laura. Et si cela n'avait paru absurde, il aurait même été jusqu'à dire qu'il la sentait heureuse. Oui, heureuse. Alors...

« J'ai tenu ma promesse, dit-il silencieusement à Laura. Le docteur pense qu'une deuxième intervention ne sera pas nécessaire. Quand on lui ôtera son appareillage, personne ne devinera qu'elle n'a pas toujours marché comme tout le monde. J'aurais voulu que tu sois là, Laura. Cela aurait été le plus beau jour de ta vie. »

Si Sam avait eu l'esprit fantasque, il aurait perçu un souffle tiède sur sa joue en même temps qu'une brise légère le poussait doucement vers Angie.

Il ne vit que la femme assise près du lit, la petite main de Daisy dans la sienne, des larmes plein les yeux. Il n'aurait su dire laquelle dès deux était la plus belle, de sa fille au visage d'ange avec ses cheveux blonds déployés sur l'oreiller, ou de sa femme, qui irradiait l'amour et la joie.

Une infirmière au visage sévère apparut et leur demanda de sortir. Sam entoura Angie de son bras pour l'aider à se lever, et tous deux rejoignirent les Govenor à l'extérieur de l'hôpital. Sam et Herb échangèrent un long regard, puis Sam se baissa pour embrasser Lucy.

Govenor ajusta son chapeau, fronça les sourcils puis tendit la main.

— Si nous oubliions le passé ? suggéra-t-il.

— Laissez-moi un peu de temps, répondit Sam en lui serrant la main à contrecœur.

Il regarda Winnie emmener Lucy vers leur coupé de ville à la portière ornée d'armoiries. Rien que ça.

Il se tourna vers Angie, et une pensée le frappa soudain. Ils seraient seuls à l'hôtel, ce soir et le reste de la semaine.

— Sam ? dit-elle en suivant des yeux la voiture qui s'éloignait. Je ne peux pas supporter ça. Si je dois partir, autant que ce soit demain. Je sais, c'est lâche de ma part, mais je ne me vois pas faire mes adieux aux filles. C'est... c'est au-dessus de mes forces, avoua-t-elle en essuyant une larme.

Il chassa de son esprit l'idée de la chambre d'hôtel pour eux seuls et revint à la réalité. Ses filles avaient rejeté Angie au début, mais, aujourd'hui, elles l'aimaient. Elles ne comprendraient pas qu'elle les quitte pour un autre homme, une autre vie que lui-même était incapable de lui offrir. Car qu'avait-il d'autre à lui proposer que lui-même ? Cela ne lui avait pas suffi dix ans auparavant, pourquoi cela lui suffirait-il aujourd'hui ?

— Je leur dirai au revoir à ta place, répondit-il d'une voix anormalement rauque. Je t'achèterai ton billet de train et je t'enverrai le reste de ton argent.

— Merci.

Il lui prit le bras et ils se dirigèrent vers la station de fiacres où il l'aida à monter dans un cab. Comme il ne la suivait pas, elle s'étonna :

— Sam ?

— Je vais au saloon le plus proche. J'ai besoin de quelques verres. Je viendrai te chercher demain matin pour te conduire à la gare.

— C'est ce que tu veux ?

Passer la nuit dans un saloon bruyant et enfumé ? Non. Ce qu'il voulait, c'était la prendre dans ses bras et l'embrasser à perdre haleine, jusqu'à ce qu'ils soient tous deux ivres de désir. Car son corps l'aimait tout autant que son cœur, et savait le lui dire. Il voulait dormir avec elle blottie contre lui, s'éveiller à l'aube et respirer l'odeur de sa peau, de ses cheveux. Voilà ce qu'il voulait.

— Le premier train part à midi, se contenta-t-il de répondre. Je serai à l'hôtel à 10 h 30.

Sur ce, il ferma la portière et fit signe au cocher de démarrer.

Il resta là, à regarder s'éloigner tout ce qui comptait pour lui.

Angie passa la nuit recroquevillée dans un coin du divan du salon, à pleurer et à fixer la porte en priant pour que Sam revienne. Il entrerait en trombe et lui dirait qu'il l'aimait, qu'il ne voulait pas qu'elle parte, que Daisy, Lucy et lui avaient besoin d'elle.

À 2 heures du matin, elle cessa d'y croire et s'installa dans le fauteuil près de la fenêtre. Son avenir s'annonçait semblable à une longue route vide et interminable où elle n'avait pas envie de s'engager. Elle n'était plus chez elle à Chicago, mais elle n'avait pas d'autre endroit où aller. Elle y avait encore des relations, et Peter était un gentleman. Il ne lui compliquerait pas la vie. Peut-être même resteraient-ils amis ? Elle baissa la tête et se cacha le visage dans les mains.

Elle aimait Sam à en mourir. Dix ans plus tôt, il lui inspirait des sentiments romantiques, idéalisés. Aujourd'hui, elle l'aimait intensément, avec une maturité nouvelle, d'un amour que les épreuves et la vie quotidienne n'avaient fait que renforcer.

Ils avaient dansé ensemble, ri ensemble, pleuré ensemble devant leur maison brûlée et leur fille opérée.

Elle l'aimait.

Elle avait caressé son corps nu et ferme, goûté à la saveur de sa peau. Il lui avait fait découvrir le plaisir mystérieux qu'un homme et une femme pouvaient se donner mutuellement. Elle avait pleuré d'extase entre ses bras et fondu de bonheur quand il avait tremblé de plaisir contre elle.

Elle l'aimait.

Angie enroula ses bras autour d'elle. Où allait-elle trouver la force de vivre sans lui ? Où ?

— Je suis passé à l'hôpital, lui dit Sam le lendemain matin, dans le fiacre. Daisy a eu une nuit agitée, mais ce matin, elle dormait calmement.

— Moi aussi, j'y suis allée. Nous avons dû nous croiser.

Elle semblait fatiguée, ses yeux étaient cernés, comme si elle n'avait pas dormi. Une mèche auburn échappée de son chignon bouclait sur son épaule. Dieu sait ce qu'elle devait penser de son apparence à lui. Il était dans un piteux état.

À 9 heures, un serveur l'avait réveillé, écroulé sur une table de poker. Le petit déjeuner n'avait amélioré ni ses nausées ni sa terrible migraine. Il était allé se faire raser et couper les cheveux chez un barbier, mais cela n'avait pas arrangé grand-chose.

Ses vêtements étaient froissés, il empestait le tabac et le whisky, ses yeux étaient injectés de sang et son humeur noire comme le fond d'un tombeau.

— Il fait beau, observa Angie pour rompre le silence insupportable.

— Ni trop chaud ni trop frais.

N'avaient-ils rien d'autre à se dire que d'échanger des platitudes sur le temps ?

— Pourquoi ne cesses-tu de tirer sur ta jupe ?

Elle lui jeta un bref regard.

— Je la trouve un peu courte et on voit mes bas.

En effet, il apercevait le haut de ses bottines et un centimètre de bas blancs. Cette constatation le rendit furieux contre lui. Angie était arrivée avec de quoi ouvrir une boutique de mode, et après six mois passés avec Sam Holland, elle repartait sans rien hormis des robes offertes par charité et qui ne lui allaient pas. Pour tout bagage, elle n'avait qu'une minuscule valise. Comment aurait-elle pu songer à rester avec un homme tel que lui ? songea-t-il, dégoûté.

Le trajet jusqu'à la gare lui sembla interminable.

— Je suis désolé d'être arrivé en retard, s'excusa-t-il.

Angie tripotait ses gants, n'osant pas le regarder.

— Après ces mois passés avec tes filles et toi, je... Après ce que nous avons...

Elle s'interrompit en rougissant.

— Non, je voulais te dire que je n'étais plus... en colère contre toi. Je suis aussi responsable que toi de ce qui est arrivé il y a dix ans.

— Non, Angie. Je suis le seul à blâmer. Je n'aurais jamais dû te laisser quitter cette pièce. Si je... Oh, à quoi bon ? Cela n'a plus d'importance maintenant.

— Je comprends, pour Laura. Et je suis heureuse que tu aies tes filles. Elles sont merveilleuses.

De son côté, il comprenait maintenant qu'elle n'ait pas le courage de dire au revoir à Lucy et à Daisy. Lui-même trouvait insupportable de devoir lui faire ses adieux. Il se sentit soulagé quand la voiture s'arrêta enfin devant la gare où régnait une vive animation.

Il l'aida à descendre, paya le cocher et prit sa valise. Mais elle ne glissa pas son bras sous le sien.

— Tu n'as pas besoin de m'accompagner sur le quai et d'attendre que le train parte.

— Ne sois pas ridicule, jeta-t-il.

Son estomac le faisait souffrir, sa migraine lui vrillait le crâne, il se sentait vide et en voulait au monde entier.

— Ton train part dans vingt minutes. Je peux les employer à me comporter comme un gentleman.

— Je ne voudrais pas te déranger, riposta-t-elle sur le même ton.

Sur ces mots, elle releva ses jupes trop courtes et fendit la foule, Sam sur ses talons.

Une fois sur le quai, elle tendit son billet au contrôleur et décida de s'installer sans attendre dans son compartiment. Pourquoi prolonger inutilement cette torture ?

Elle se tourna vers Sam.

— Veux-tu que je te rende notre alliance ?

— Quoi ?

— Je crois que la femme est censée la rendre à l'homme, dans ces cas-là.

— Pour l'amour du Ciel, Angie ! Non. Je ne veux pas que tu me la rendes. Vends-la, jette-la dans le lac Michigan, je ne veux pas le savoir.

— Bon, d'accord. Au revoir, Sam, parvint-elle à articuler. Je te souhaite d'être heureux.

Il secoua la tête.

— J'espère que tu auras la vie que tu mérites. De Groot te rendra heureuse.

L'ombre d'un sourire joua sur les lèvres tremblantes d'Angie.

— Peter m'avait téléphoné ce jour-là pour me demander si j'étais sûre de ne pas vouloir l'épouser. Je lui ai répondu que oui, j'en étais sûre.

Les mains de Sam se refermèrent sur les siennes, il avait du mal à respirer. Puis il se dit aussitôt que cela ne changeait rien. Si ce n'était ce type, ce serait un autre. Ce ne seraient pas les prétendants qui manqueraient à une femme comme Angie.

Ils sursautèrent quand le sifflet annonçant le départ imminent retentit.

Angie prit un mouchoir dans son vilain petit sac et se tamponna les yeux.

— La fumée, mentit-elle en reniflant. Je… Dis aux filles que je les aime !

Elle se retourna et prit la main que le conducteur lui tendait pour monter dans le train.

La mort dans l'âme, Sam lui passa sa valise, puis s'éloigna et s'adossa au bâtiment de la gare.

Et voilà. La vie n'avait aucun sens. Il regarda le train s'ébranler dans un fracas métallique et scruta le wagon à travers le nuage de vapeur qui l'environnait.

Angie choisit le siège le plus éloigné de la fenêtre, craignant d'être tentée d'y jeter un dernier coup d'œil pour voir si Sam était encore sur le quai. Si tel était le cas, elle ne voulait de toute façon pas qu'il voie les larmes qui ruisselaient sur ses joues.

Qu'ils aillent au diable, lui et sa maudite fierté ! À la façon dont il l'avait serrée dans ses bras en lui faisant l'amour, il devait bien l'aimer un tout petit peu, non ? Comment osait-il la laisser partir ! Et comment pouvait-on souffrir autant ?

Brusquement, Angie releva la tête et serra son mouchoir. N'était-elle pas en train de commettre la même erreur qu'autrefois ? De fuir à nouveau ? Pas dans sa chambre, cette fois, mais à Chicago. Au lieu de rester auprès de son mari, comme elle en avait fait le serment devant Dieu, elle se sauvait. Une fois de plus.

Sam scrutait désespérément les vitres à la recherche de son visage. Lui aussi souffrait comme un damné, exactement comme dix ans auparavant.

Tout à coup, il se raidit. Nom d'un chien ! Il recommençait ! Il allait la laisser partir sans tenter de la retenir. Il avait décidé qu'elle ne voulait pas de lui ni de la vie qu'il avait à lui offrir. Mais une fois de plus, il ne lui était pas venu à l'esprit de lui demander ce qu'elle souhaitait.

Il fallait qu'il la rattrape, qu'il mette fin à cela ! Mais comment faire ? Seigneur ! Il ne pouvait laisser Daisy seule à l'hôpital. Le mieux serait d'attendre qu'elle soit suffisamment remise pour lui expliquer qu'il devait partir à Chicago.

Nom de nom de nom d'un chien !

Il courut comme un désespéré derrière le train qui prenait de la vitesse. Si seulement il avait pu l'arrêter !

C'est alors qu'un mouvement attira son attention, de l'autre côté de la voie. Elle était là, avec sa jupe trop courte qui laissait voir ses bas. Et ses yeux étincelaient de colère. Il crut que ses jambes allaient se dérober quand il s'élança vers elle, traversant la voie en trébuchant comme un imbécile.

Quand il fut à sa hauteur, elle lui martela la poitrine d'un doigt furieux.

— Je ne sais pas ce qui me retient de... de t'arracher les yeux ! explosa-t-elle. Daisy a besoin de moi. Elle va avoir du mal avec son plâtre, et qui s'occupera de Lucy quand elle rentrera ? Et toi ! Tu n'as pas besoin de moi peut-être ? Si tu prends un nouveau travail à Denver, il te faudra quelqu'un pour tenir tes livres de comptes et t'aider à choisir une maison et à l'aménager. Les hommes n'y connaissent rien en ce domaine.

Elle se pencha vers lui en plissant les yeux.

— Et ne me parle pas de divorce alors que mes filles ont besoin de moi. Nous en reparlerons quand Daisy ira bien.

— Mon Dieu, que je t'aime ! Oui, j'ai besoin de toi, Angie. Mais je t'aime, je t'aime, je t'aime !

Fou de bonheur, il la souleva dans ses bras et virevolta sur le quai avec elle. Puis il la reposa sur le sol, l'emprisonna dans ses bras et s'empara de ses lèvres. Des applaudissements saluèrent leur baiser. Il s'écarta sans détacher les yeux de son visage.

— Écoute-moi. Je ne peux t'offrir le quart de ce que tu mérites, mais je te jure que...

— Oh, Sam, quel idiot tu fais ! La seule chose qui compte pour moi, ce sont les filles et toi, l'interrompit-elle avant de l'embrasser avec fougue. Ma vie est auprès de vous trois, nulle part ailleurs. Tu m'entends ?

Elle caressa son visage transfiguré par le bonheur, ses lèvres si belles.

— Je t'aime, Sam. Comment ne t'en es-tu pas rendu compte ? Je t'aime depuis toujours, et je t'aimerai toujours.

Il rejeta la tête en arrière et cria à pleins poumons :

— Elle m'aime !

Écarlate, Angie jeta un regard timide aux personnes rassemblées sur le quai qui les regardaient d'un air bienveillant, puis elle chuchota à l'oreille de Sam :

— Je connais un hôtel où nous pourrons partager une chambre, toi et moi. Pendant deux semaines entières.

Sam sentit immédiatement son corps réagir et il la contempla en souriant, tellement heureux que sa poitrine lui semblait trop étroite pour contenir tant d'émotions. Il aspira une grande goulée d'air, tel un noyé remontant in extremis à la surface. Tout à coup, son avenir lui semblait radieux et prometteur. Il ne pouvait en être autrement, car ils étaient réunis. Angie était là. Avec lui.

D'un mouvement souple, il la souleva dans ses bras et l'emmena jusqu'à un fiacre. Il offrit un pourboire au cocher s'il atteignait l'hôtel en un temps record.

Pendant tout le trajet, ils s'embrassèrent fiévreusement, impatients d'assouvir le désir qui les consumait.

— À propos du divorce, souffla-t-il contre ses lèvres. Je pense que nous pourrions le reculer jusqu'à ce que mes affaires soient bien établies.

Comme s'il avait l'intention de la laisser lui échapper à nouveau !

Angie lui mordilla les lèvres, ce qui faillit le rendre fou.

— J'étais justement en train de penser que nous pourrions attendre que les filles aient terminé l'école…

Il se mit à rire, la ramena contre lui et continua de la dévorer de baisers en regrettant que le fiacre n'ait pas des ailes.

Quelque part au plus profond de lui, un nœud vieux de dix ans se dénoua. Avec Angie à ses côtés, l'avenir s'ouvrait devant lui, riche de promesses, et tous les succès lui étaient permis.

Mais aucune richesse n'égalerait jamais celle qu'il possédait en cet instant.

22

— Madame Holland, le dîner est prêt.

Souriante, Angie tourna les yeux vers ses invités réunis sur la terrasse, puis vers les jeunes gens qui jouaient au croquet sur la vaste pelouse.

— Nous passerons à table dans une demi-heure, Parker.

Winnie n'approuverait pas qu'Angie prolonge ainsi l'apéritif, mais elle savait que la jeune femme n'avait jamais été très stricte avec l'étiquette.

Les fossettes d'Angie se creusèrent quand la vieille dame capta son regard puis baissa délibérément les yeux sur sa montre.

Ils avaient fait venir Winnie à Denver deux ans plus tôt, après la mort de Herb, et l'avaient installée à deux pâtés de maisons de chez eux. Elle n'était plus la femme hautaine qu'Angie avait connue, et elle semblait tellement plus frêle. Les printemps étaient particulièrement doux à Denver, mais elle s'installait toujours dans les endroits les plus ensoleillés de la terrasse.

Molly s'approcha d'Angie, chargée d'un plateau de hors-d'œuvre.

— Tu sais ce que j'apprécie le plus, dans la richesse ? C'est de ne pas avoir à cuisiner. Pas toi ? Tu as l'air pensive, Angie.

— J'essayais de me rappeler l'âge de Winnie. Soixante-quinze ou soixante-seize ans ?

Molly posa la main sur le bras de son amie.

— Winnie nous enterrera tous.

— Je n'en serais pas étonnée, répondit Angie en souriant. Tu sais où sont nos maris ?

Elle avait envie d'un verre de champagne, car les cocktails ne lui disaient rien, mais le champagne serait servi au dessert.

— Dans la bibliothèque, je crois, occupés à parler affaires. Tu sais ce que c'est quand Marcus Applebee vient en ville.

Sam, Can et Marcus étaient sûrement en train d'évoquer les pourcentages qui les avaient tous rendus riches ainsi que les nombreux autres intérêts qu'ils avaient un peu partout et qui avaient transformé leur richesse en fortune.

Angie et Molly s'approchèrent du balcon en pierre pour regarder les joueurs de croquet. Dans les immenses urnes en marbre qu'Angie et Sam avaient rapportées de Grèce, l'an passé, s'épanouissaient des fleurs odorantes.

— Aurais-tu imaginé, il y a vingt ans, qu'un jour nous habiterions une immense maison et que nous serions servies par une armée de domestiques ? fit Molly, rêveuse.

Angie contempla son amie. Elle portait une jupe courte et fumait une fine cigarette rose fichée dans un long porte-cigarettes. Contre toute attente, sa coupe de cheveux à la garçonne était devenue très à la mode. Angie n'avait pas coupé sa longue chevelure, mais elle y songeait.

— T'arrive-t-il de penser à Willow Creek ?

— Plus souvent que je ne voudrais l'admettre. C'était une époque difficile, mais elle ne s'effacera jamais de ma mémoire.

Elles évoquèrent les bruits de Carr Street et les odeurs des soirées d'été de cette époque révolue. Elles aimaient tout particulièrement se rappeler une certaine table de bois brut recouverte de diamants, des petites filles courant entre des draps qui séchaient au soleil, les explosions de dynamite dans les collines. Il y avait aussi les pots contenant quelques pièces, ces moments de détente, chaque matin, où elles buvaient un café qui avait surtout la saveur de l'espoir. Et puis les flammes s'élevant dans la nuit.

— Grand-mère, j'ai faim.

Angie sourit au bambin blond aux yeux gris, le cadet de Lucy. Elle s'accroupit et redressa la petite cravate en soie.

— Nous allons passer à table, mon chéri. En attendant, grand-mère Molly va te donner un petit bout de son fromage.

— Je déteste partager mon fromage, mais puisque c'est toi…

Angie savait toujours quand Sam entrait dans une pièce. Son cœur se gonflait aussitôt et c'était comme si une pièce manquante retrouvait sa place. Elle se retourna et le vit dans l'encadrement de la porte. Il lui souriait.

Ses cheveux grisonnaient sur les tempes, mais cela ne faisait qu'ajouter à son charme et à sa distinction. Il portait un costume trois pièces dans lequel son tailleur le trouvait parfait. Ce n'était pas l'opinion d'Angie. Elle le préférait en denim et flanelle, avec ses bottes en cuir et ses outils fichés dans sa ceinture, tenue qu'il portait encore lorsqu'il allait se défouler avec ses hommes. La Holland Construction avait participé à l'extension de Denver et, de temps à autre, Sam ne rechignait pas à mettre la main à la pâte, comme il disait.

Il se glissa derrière elle et enroula un bras autour de sa taille. Angie se laissa aller contre lui. Elle adorait se reposer contre son corps solide.

— Quel anniversaire célébrons-nous, ce soir ? Le vingtième ou le trentième ? s'enquit-il en lui mordillant le lobe de l'oreille.

— Le vingtième. Tu sais que je ne compte pas les dix premières années.

L'un contre l'autre, ils tanguèrent légèrement en contemplant Daisy, sur la terrasse, au milieu d'un groupe de jeunes mamans. Se sentant observée, celle-ci tourna la tête vers eux, son bébé serré contre elle, et elle leur envoya un baiser. Plus tard, Angie regarderait Daisy et Richard valser sur la piste de danse, et les larmes lui monteraient aux yeux au souvenir du temps où sa fille était la risée de garnements sans cœur.

— Maman, quand comptes-tu nous inviter à passer à table ? demanda Lucy. Miles ne cesse de geindre et grand-mère Molly est en train de gaver Charles de fromage. Il ne va rien manger.

Les joues rouges après sa partie de croquet, Lucy se laissa tomber dans un fauteuil en pressant un mouchoir contre son front. Ses jupes raccourcissaient d'année en année, au gré de la mode, et elle avait été parmi les premières à se couper les cheveux. Tout à coup, elle fit une grimace.

— Vous ne changerez jamais, tous les deux ! lança-t-elle à ses parents. Vous ne pouvez vous empêcher de vous toucher pour un oui pour un non, et vous n'arrêtez pas de vous contempler avec des yeux énamourés.

Angie se mit à rire. Et Lucy sauta sur ses pieds pour venir les embrasser.

— Ne changez surtout pas, murmura-t-elle. Bon, je vais laver les mains des garçons si nous devons passer à table un jour.

— Elles sont belles nos filles, n'est-ce pas ? dit Angie à Sam.

Lucy s'était arrêtée pour parler à sa sœur.

Sam la fit pivoter face à lui.

— Pas autant que leur mère.

Depuis vingt ans, Angie avait une mèche rebelle qu'il ne cessait de remettre en place, derrière son oreille.

— Tu sais, commença-t-il en la gratifiant de ce regard qu'elle connaissait si bien, je me demandais...

Elle se haussa sur la pointe des pieds et déposa un baiser au coin de ses lèvres. C'était leur anniversaire, après tout, elle pouvait bien se permettre quelques écarts. Et puis, il était tellement séduisant. Ses yeux bleus brillaient toujours du même éclat, et il était aussi bronzé et musclé que lorsqu'elle l'avait épousé.

— Je sais à quoi tu penses, mais la réponse est non. Tout au moins, pas encore.

Il l'entraîna vers une alcôve où il la plaqua contre lui.

— Dis à Parker de différer le dîner d'encore une demi-heure. Ou mieux, dis à ces gens de rentrer chez eux pour que je puisse célébrer dignement notre anniversaire de mariage.

Elle rit et posa un doigt sur ses lèvres.

— Nous le célébrerons dignement, comme nous l'avons toujours fait, mais plus tard, monsieur Holland.

Cédant à la tentation, elle l'embrassa avec ardeur puis murmura contre sa bouche :

— Ah... à propos de notre divorce.

À chacun de leurs anniversaires, il émettait le désir de remplacer son alliance en or par une en diamants, mais elle refusait obstinément. Et chaque fois, ils abordaient le sujet de leur divorce. C'était devenu un rituel.

Une lueur d'amusement pétilla dans les yeux de Sam qui entra dans son jeu.

— D'accord, je reconnais avoir tous les torts. Je te donne un million de dollars, la maison, les domestiques, une nouvelle voiture. Et Winnie.

— Winnie ? répéta-t-elle en s'écartant vivement. Seigneur ! Je croyais que tu voulais la garder.

— Non, je te la laisse. J'insiste.

— Hum... Bon, cela demande réflexion. Et de longues négociations. J'ai peur que cela ne reporte notre divorce à l'année prochaine.

Il avait une telle façon d'onduler contre elle, en appuyant ses mains au bas de ses reins, qu'elle se demanda si le dîner ne pouvait être, en effet, différé d'une demi-heure.

— L'année prochaine, nous devrons envisager d'attendre que nos petits-enfants aient grandi pour divorcer. Cela constituerait un traumatisme pour des enfants si jeunes.

— Tu tenais le même raisonnement quand nos filles étaient petites. Bon... je veux bien t'accorder qu'il faut donner l'exemple en tant que grands-parents. Mais seulement jusqu'à ce qu'ils soient grands. Ensuite, nous nous pencherons sérieusement sur cette question du divorce.

Ils s'étreignirent en riant, s'émouvant de sentir leurs cœurs battre si fort l'un contre l'autre.

— Je t'aime, Sam.

Il prit son visage entre ses mains et plongea son regard dans le sien.

— Moi aussi, j'aime tout en toi, ma belle Angelina Bertoli Holland.

Un sourire dansa sur ses lèvres et il ajouta :

— Excepté, toutefois, ton impétueux caractère italien et la façon dont tu manges tes œufs.

Bras dessus bras dessous, ils s'éclipsèrent vers l'escalier en riant sous cape, décidant que leurs invités affamés n'en étaient plus à une demi-heure près.

Découvrez les prochaines nouveautés de la collection

Aventures et Passions

Le 3 février

Le frisson de minuit de Eloisa James (n° 6452)

Londres, 1804. La belle et courtisée lady Sophie York accepte d'épouser le jeune lord Braddon Chatwin, un garçon gentil mais ennuyeux dont elle a déjà refusé les maintes demandes en mariage. Pourtant, elle est folle amoureuse de Patrick Foakes, mais elle le prend pour un libertin et un redoutable séducteur. Par un concours de circonstances, elle se retrouvera néanmoins dans ses bras. Il ne lui restera plus qu'à tenter de le garder auprès d'elle. Par tous les moyens...

Le 10 février

Coup de poker de Shirlee Busbee (n° 6453)

États-Unis, fin du XVIIIe siècle. Pour défendre l'héritage familial perdu au jeu par son jeune frère, Arabella Montgomery conclurait un pacte avec le diable en personne. Justement, la seule personne susceptible de l'aider est l'arrogant Tony Daggett. Tony, avec lequel Arabella devait se marier il y a cinq ans, qu'elle n'a jamais réussi à oublier, qui lui a pris sa virginité et l'a trahie en la trompant avec une fille de joie...

Le 17 février

L'esclave du désert de Iris Johansen (n° 4815)

Perdue au cœur du désert de Syrie se dresse une forteresse imprenable. Chaque soir, le maître de Dundragon arpente les remparts en scrutant l'horizon. Il sait que l'espion des Templiers le surveille... Est-ce là l'Orient dont il rêvait, il y a des années, en Écosse ? L'ironie de la situation lui arrache un rire amer. Il passe maintenant pour un renégat. Où fuir à présent ? Sa situation est comparable à celle de cette esclave qu'il a trouvée, errant dans les dunes à demi morte de soif, quelques jours plus tôt. Évadée de Constantinople, elle tentait de rejoindre Damas... Avec ses cheveux d'or et son corps voluptueux, elle devait valoir un bon prix !

Le 24 février

La prisonnière de Black Thorn de Lisa Jackson (n° 6454)

Angleterre, 1283. Lady Apryll vit avec son demi-frère Payton dans un château qui tombe en ruine. Pour survivre, son frère propose de subtiliser des bijoux à leur richissime voisin, lord Devlynn. Apryll se résigne à entrer au château en ces fêtes de Noël pour distraire le seigneur, mais lorsque les choses tournent court, elle est retenue prisonnière. Comment dès lors calmer le courroux de Devlynn, furieux d'avoir été abusé par cette femme ? La longue chevelure d'or et les grand yeux émeraude de la captive suffiront-ils à apaiser sa colère ?

Ce mois-ci, retrouvez également les titres de la collection

Amour et Destin

Des histoires d'amour riches en émotions déclinées en trois genres :

Intrigue ***Romance d'aujourd'hui*** ***Comédie***

Le 3 janvier *Intrigue*

Surveillance rapprochée de Meryl Sawyer (n° 6416)

Alyssa et Clay sortaient ensemble. Ils s'aimaient. Pourtant, Clay a finalement épousé Phoebe, la riche cousine d'Alyssa, qui était enceinte. Peu après l'accouchement, le bébé disparaît et Alyssa est accusée d'enlèvement mais relâchée faute de preuve. Souillée moralement par cette accusation, elle s'exile en Italie. Dix ans plus tard, rattrapée par son passé, elle apprend que l'infirmière présente lors de l'accouchement de Phoebe dix ans auparavant vient d'être assassinée. Alyssa et son nouveau patron, Jake, mènent l'enquête...

Le 10 janvier *Romance d'aujourd'hui*

Les rivages de l'amour de Nora Roberts (n° 6444)

Après avoir vécu quelque temps en Europe, Seth revient sur l'île du Maryland où il a grandi. Il y retrouve avec plaisir ses trois frères adoptifs, et fait la connaissance de Dru, une jolie fleuriste. Mais cette nouvelle plénitude est bientôt troublée par sa mère. Sa mère qui n'avait pas hésité à le vendre lorsqu'il n'était qu'un enfant à une famille adoptive. Et qui aujourd'hui encore va mettre en péril l'existence tranquille qu'il espère vivre auprès de Dru...

Le 24 janvier *Comédie*

Accords et désaccords de Sue Haasler (n° 6445)

Anna Anderson travaille dans une agence d'intérim médical auprès de sa meilleure amie Laura. Elle aime sortir, s'amuser et porter des bottes sexy. Un beau jour, elle rencontre l'homme de sa vie dans un grand magasin : Michael Taylor, beau, musclé, l'imper au vent. Le seul hic, c'est qu'il a un accessoire encombrant : une adorable petite fille d'un an, Lily...

6447

Composition Interligne B-Liège
Achevé d'imprimer en France (La Flèche)
par Brodard et Taupin
le 10 décembre 2002. 16131
Dépôt légal décembre 2002. ISBN 2-290-32597-X

Éditions J'ai lu
84, rue de Grenelle, 75007 Paris
Diffusion France et étranger : Flammarion